U0024115

把浪漫種起來

康逸藍 著

自序

隨興書寫浮生悲喜

在一篇〈我為什麼要寫作？〉的短文裡，我開門見山寫著：「偶然與文字結緣，就一頭栽進，筆端遊走，海闊天空。提筆至今，已有十餘載，我用心體驗生活，用筆演化人生。在寫作的路上，我走得相當『隨興』，就像我一貫的生活態度，完全一派行雲流水，求其自然而已。」（寫于2000年）

在我的寫作生涯中，開始是以散文呈現。那時我辭去教職，有一位好友說：「妳學文的，現在沒有工作了，應該去寫寫文章。」她好人做到底，順便介紹一位專刊（屬《中華日報》）的編輯，讓我把稿子寄給那位編輯。其實我當時有種「背水一戰」的氣概，丟下鐵飯碗，要在家專心準備研究所的考試。為了不辜負朋友的好意，我在準備之餘，寫點生活拾掇類的短文寄去，蒙編輯青睞，陸續刊出。

考上研究所後，較有時間寫東西，但是我並沒有野心要當個作家什麼的，所以也總是有一搭沒一搭寫著；到了暑假，我因為跟女兒講故事而試著把故事寫成文字，開始向兒童報投稿。不知不覺，寫散文和童話慢慢變成習慣，一路寫下來，就沒有停過。後來，散文幾乎成為生活的紀錄，有什麼大小事都把它們寫下來，也大多發表在中華日報、新生報、國語日報、世界日報等。

「隨興」一直是我寫作的態度，散文最能發揮這種態度，我也不去管任何流派的表現方法，一逕就把它當我在敘述事情給親人朋友

3

聽，因此，二十年下來，累積了不少篇章。現在看來，真像老太婆的
裹腳布。這次決定一口氣出幾本書，小說和新詩因為創作不多，剛好
都可以收納為一本，唯獨散文，拉拉雜雜，可謂「卷軸浩繁」，於是
挑選百餘篇集為一書。

　　書名採取我的一貫方式，以其中一篇為書名。為什麼選〈把浪漫
種起來〉為書名呢？因為書裡各個篇章，都是我這升斗小民浮生的悲
喜，我的個性喜在平淡中添幾許浪漫，因此在心田裡闢一畦夢土以栽
培浪漫。希望讀者在我平凡的敘述中，讀出些許浪漫香氣。

　　至於內容，則稍加分卷，比較相類的合為一卷，共八卷。

　　悠悠數十載所見所聞所思，大概都在此了。一路提攜的人，
感恩啦！

康逸藍
2007仲秋
于淡水水月居

卷八　與詩同行

卷七　古笑今談

卷
一

懷鄉 & 懷舊

❦ 有情山水 ❦

　　觀音山和淡水河像是我們淡水的守護神，一直眷顧著這個命運多變的小鎮。

　　如果你到淡水小鎮來，老遠就可以看到觀音山為你秀他不同的風采，有時候峰峰相連，有時候像一面大屏風，矗立在河的對岸。而淡水河呢，早就伸出他金色的手臂，用粼粼的波光向你揮手。山水有情，這就是小鎮給你的見面禮。

　　如果你到淡水小鎮來，請來讀讀這有情的山水，怎麼讀？讓我們沿著河堤走吧！捷運站臨河的榕樹下，可以是遊山水的起點。往左看，美美的關渡大橋橫跨河面，淡水河到那裡扭了一下腰枝，更見嫵媚。也許你舟車勞頓，有點累、有點睏，那就放鬆自己，把身體交給樹幹，歪著頭看觀音山，再累，就躺著看，看到你覺得自己已經飄飄然，好像在淡水河上盪啊盪。醒來，你也許會發現歪著頭或躺著看山水，感覺不一樣哦！如果你功夫了得，倒掛在樹上看也別有風味！

　　休息夠了，順著河堤走，跟泊在河畔的船說聲「哈囉」，船頭會有眼睛瞅著你看。還有白鷺鷥，時而漫步沙洲，時而飛翔水面，姿態總是那麼優雅。

　　肚子餓了，渡船頭也到了，你可以買些脆脆的蝦卷、魚酥，一顆飽滿的阿給，或硬梆梆的鐵蛋，慰勞你的肚子，並坐看渡船來來往往。風浪很大的日子，你不妨也來個江上遊，享受乘風破浪的豪情。讓腳滑過淡水河，再去踩踩觀音山腳，有情的山水與你如此貼近，這一趟路沒有白來了。

　　在船上別忘了看看淡水小鎮的全貌，沿山崗起伏的小鎮，原該是磚紅的民居錯落在綠意中，近年來過度開發，高樓林立，你可從紅毛城那一帶窺見往日蹤跡。

　　記得要再搭船回渡船頭，繼續走，一段古意盎然的河堤，有枝葉蓊鬱的老樹，那是情人談心的好所在，更有獵取夕照的好角度。每到黃昏，各種相機被架在一旁守候，沒有相機的人，也會把手框住，瞇個眼取角度。另外，作畫的、拍電影的，都特別鍾愛這裡。

　　堤岸終止於一個小碼頭，如果你意猶未盡，可以沿著馬路繼續走，一路的風光都很浪漫，直走到漁人碼頭，看淡水河的歸宿。躺在沙灘上，吹鹹鹹的海風，也許已是萬家燈火，觀音山也躺在燈火熠熠中，大地一片寧靜，希望有情的山水之旅令你回味無窮。

❧ 曾經悠悠走過的 …… ❧

火車的路喲火車的路
何時再駛過那一節一節
老舊的車廂
帶我們到遠方
實現夢想

火車的路喲火車的路
何時再駛過那一節一節
老舊的車廂
載回異鄉點點星散的
遊子

月臺啊月臺
失落了人間的
悲歡離合
你的寂寞有多深？

　　北淡線（台北──淡水）的火車走了，鐵軌也走了，它們都將走出歷史的舞台，但它們合奏的組曲，卻會走入人們的記憶。從地平線消失的，只是它們的形體，而它們的精神，已深植人心。是誰說的：北淡線火車的開闢，帶來沿線的繁榮，如今為了讓這一帶更繁榮，它率先犧牲自己。

　　將要消失的事物，特別引人眷顧吧！即將拆去的幾個月前，北淡線火車突然充塞懷舊的人潮！它像個一夕成名的小丑演員，霎時成為矚目的焦點，來自各方的鏡頭，競相攝下它的神采，可知它已默默工作數十寒暑，立下多少汗馬功勞！在事事求新求速的時代裡，我們難得有從容的心情去搭這種過時的慢車。

　　聽說鐵軌已拆去，找個秋高氣爽的日子，搭車到竹圍國小下，由那裡沿著「火車的路」往回走，剛走在小石子路上，還擔心萬一火車開來了怎麼辦？繼而一想，沒有了鐵軌的火車路，怎會有火車駛來！一顆驚慌的心才放下，代之而起的是一段惆悵，火車真的不再來了嗎？那種金屬摩擦聲、機器轟隆聲，真的不再隨風兒飄送過來了嗎？多麼熟悉的聲音，它怎麼忍心說再見呢，一路上我的思潮起伏，前塵往事交疊胸臆！

　　小時候，每當大人宣布要到圓山動物園「給猴子看」時，我們特別興奮，「圓山」是我們心目中的聖山，那種朝聖的心情很難在今日的小孩身上看到，因為那時候的遊樂區很少。老火車車廂是兩排對望的椅子，富有人情味的設計，眼光一溜，整排人的長相、衣著甚至表情盡收眼底，當不小心對望時，都會尷尬地把眼光調走，隔會兒再瞄

13

一下。不過當時年紀小，還不懂得「讀」人。一上車，忙不迭脫去鞋子，臨窗一跪，就對著窗外指指點點，看著樹和房子往後跑，覺得趣味無窮。圓山動物園像迷宮，走著走著容易脫隊。看完動物，有條小徑可以通向兒童樂園，也可以玩上半天。如今動物園搬家，兒童樂園失去好伴侶，顯得欲振乏力，還好天文台仍在，圓山大飯店饒有宮殿之美，市立美術館常展出好作品，圓山仍值得一遊。

國中時期，感覺北淡線最迷人的一站，非士林莫屬了。士林有什麼？士林有夜市啊，可以吃，可以逛。夜市的人群像浪濤，一波接一波，蚵仔煎、花枝羹、大餅包小餅……攤販老闆手不離鍋，嘴巴還忙吆喝。再怎麼衣履光鮮的人到此，也在油膩的桌椅間，大口大口地吃著。祭完了五臟廟，開始逛服飾店，一方面大飽眼福，一方面幫助消化，討價還價之餘，手上就大包小包，回程的火車上，正好觀看北淡線的夜景，別有滋味。

真正與火車結不解緣的，是高中時期，鄉巴佬要進城讀書了，火車似乎也光榮地負起運輸責任。猶記白衫配上過膝的黑褶裙，第一次要通車到學校去，與另一同學先約好在車站會面，再戰戰兢兢上車，老天，車上的人似乎都用促狹的眼光向我們投射過來，大概我們身上嶄新的制服和滿臉的土氣，在別人的眼中是十足的「菜鳥」，害我們不敢落座，全身僵硬地遊走每一個車廂，恨不得有個地洞鑽！不久那位同學家搬到台北，我這隻落單的「菜鳥」只有早日升格為「老鳥」，漸漸懂得在人群中磨蹭上車，找個有利位置坐下，再氣定神閒地拿本書出來K。最高興的是與昔日同學來個「喜相逢」，談談各校風光；最生氣的是跟警鈴百米賽跑，眼看就要到了，火車卻緩緩啟動，只有送車的份，等下一班吧！最傷心的是忘了帶月票，又得破費，點心錢飛了。有時候人太多沒位子坐，就得睜開慧眼，判斷哪些人會在中途下車，往他們面前一站，當個候補沒問題，命中率八九不

離十。萬一沒指望，那就把書包丟到行李架上，腳跟站穩，手抓住把環，練練「站眠功」，火車的律動倒像搖籃，打個小盹下來，疲勞消去許多。

　　誰沒有青青澀澀的年華？在三年的通學生涯中，我像個孤獨的旅人，擺盪於城鎮之間，把思考的觸鬚伸向知識領域，伸向人群，為了追尋理想，驛動於熟悉又陌生的站次，所有那些成長中的笑與淚，只有北淡線火車最了解。數年來，便捷的交通幾乎讓我遺忘它的存在，直到它要告別，才喚醒我的記憶。踩著枕木前行的腳步越來越沉重，我不斷思索著：莽蒼的天地之間，什麼才是永遠的存在？走著走著，走到惜別的月台上，我終於悟到：我們曾經是北淡線的過客，北淡線曾經是大地的過客，最後我們也會成為大地的過客；但只要是存在過的，就永遠有一股精神留存於天地之間。

老火車，新捷運

　　十年前（1987），淡水鎮的老火車要停駛，我特別去搭了最後一班車；去年，淡水線的新捷運開張，我趕去搭第一班車。同樣是人潮洶湧，所懷抱的感情卻不一樣。最後一班車充滿依依的離情，第一班車充滿期待的喜悅。我這個土生土長的淡水人，見證了兩次關鍵性的時刻，心中的感覺是五味雜陳。

　　從小，老火車代表由鄉下到都市的一個通道，古色古香的車站，上演了多少悲歡離合的情節。記得家裡若有男孩要當兵，親朋好友會

買些炮竹，一路放鞭炮，一路相送到火車站。男孩站在月臺上，鐵柵欄外的親友殷殷叮嚀，汽笛響起，火車緩緩啟動，載去親友滿心的祝福。

我不是男孩子，沒有月臺相送的場面，但是高中三年都搭火車上學，火車像一條又長又大的鐵龍，載著我那段青春年華。熟悉了柴油的氣味，熟悉了火車行駛時ㄅㄧㄉㄧㄅㄚㄉㄚ的聲音，以及那種特殊節奏的晃動。那些氣味、聲音、晃動，一點一滴融入我的生命當中，我以為它們將陪伴我一輩子。當火車停駛的消息傳來，我跟許多人一樣錯愕與抗拒，彷彿有人要抽掉你生命中很重要的東西。

然而，時代的腳步走得太快了，基於交通便捷的理由，我們不得不接受事實，急急地用鏡頭攝取它的面貌，重重地用腳印烙下它的深情。眼看著鐵軌走了，枕木走了，軌道上色澤暗黃的小石子無語對蒼天的樣子，心裡老是沉甸甸。

九年悠悠過去，千呼萬喚的捷運終於完工了。嶄新的捷運站，簇新的「鐵龍」，整條路線有時在地上，有時在空中，最後鑽進地下。以前入口處站務人員在票面上打個洞，現在是電腦把關；以前老遠聽到預備開車的鈴聲，跑過去還趕得上，現在鈴一響就關門，好沒人情味；以前價錢便宜，現在貴很多……種種比較，讓我一開始對捷運抱著冷冷的態度。後來發現它不受塞車影響，很快就可以把我送到臺北；它班次很多，平穩舒適，票價也一再滑落。於是我抱著交新朋友的心情，接納它了。

交了新朋友，我並沒有忘掉舊朋友，每當車行過紅樹林，觀音山與淡水河景致依舊，密閉的車窗似乎打開了，恍若聞到泥味的和風，還有柴油的焦味。而車廂微微的晃動，也喚起往日的節奏感。我想老火車和新捷運這兩個朋友，將伴我走一生的路。

老街與小巷

　　淡水的老街，與淡水河平行，在淡水河航運發達的時代，是非常熱鬧的，布莊、金飾店、南北貨舖等，林立在街道兩旁。商店櫛比鱗次，店面窄小，但房子很狹長，很有「深度」，給人深不可測的感覺。為了讓光線好一點，中間會有天井，所以一個家好像分成兩段式；儘管如此，屋內的光線還是罩著一層朦朧的氣氛。循著木梯上樓，腳步再輕，也會在老式的木造地板上踩出聲音。造訪這樣的房子，你會以為自己穿越時空隧道，回到一個古老的年代。

　　時代不停的前進，老街要拓寬，屋子也面臨改建的命運。有些人家索性全部拆掉，建築現代化的大樓；有些人則願保留原狀，為歷史留下軌跡。於是老街的房屋新舊交雜，讓你不知身在何處？鎮上有些關懷歷史的人，提出設計圖，讓想改建的人家參考，有些人家的確參考了，連招牌也統一。如果大家有共識，老街的新面貌，應該不會太離譜吧！

　　老街的骨董店特別多，喜歡骨董的人，可以一家一家去逛。逛骨董店不像一般逛街，對那些有年代的東西，你要從容的觀賞，多和老闆談談。骨董店的老闆大多雅好古物，對那些古物認識深刻，他們也很有巧思，讓古物有新用途，雅趣十足。

　　自從捷連通車後，老街也注入新生命，人潮、車潮如浪潮，湧來湧去。國人有「走遍天下，吃遍天下」的習慣，老街的小吃攤突然多了起來。遊客隨手買、隨口吃、隨手丟，老街成了垃圾街。老街原本那份寧靜、清爽，也變成歷史了。

淡水的地形是起伏的，像老虎的爪子，號稱五虎岡，所以從老街蜿蜒而上的巷弄，就需要一些腿力了。那些巷弄曲曲折折，錯綜複雜，兩旁高高低低的人家，一不小心，你會闖到別人家門，再無進路；有時以為走到死巷，卻在盡頭發現轉個彎，又是一條延展的路，常有「山窮水盡疑無路，柳暗花明又一村」的驚喜。

如果你不喜歡老街的嘈雜，就找條巷子爬吧！你隨時可以坐下來，欣賞一片滿是爬牆虎的老牆，或是在屋頂晒太陽的貓。爬到巷子的高處，可以憑欄遠眺觀音山。晒到巷裡的陽光似乎也特別溫柔，拉著你的影子，緩步向前。

記得以前有位畫家朋友，租在巷中的老屋，路過時就去串個門子，喝杯茶，看看他未完成的畫。那房子是木板隔間，高低起伏，又有個小閣樓，很適合當藝術家的工作室。淡水，曾經是許多藝術家心靈的故鄉，他們的腳走過大街小巷，用彩筆畫山、畫水、畫老屋、畫教堂……。如果要找尋老淡水的風味，就踩著他們的足跡，穿梭在這些錯綜的巷弄中吧！

土地的眷戀

菜價昂貴，對我們這個以素食為主的家庭真是不妙，此時母親種的那些不起眼的蔬菜，倒成了餐桌上的佳餚，濟我之飢。咀嚼這種「零污染」的青菜，除了感受到母親的愛以外，也對土地生出深深的感激。

　　小時候，不但不知感謝土地，反而討厭，甚至憎恨土地，因為土地剝奪了父母的時間，連我們的假日也不放過。當同學們高高興興計畫假日的活動時，我們卻苦於土地的束縛。那時機器不普遍，幾乎全靠人力，而山上、田裡的工作繁雜又辛苦，一到假日，兄弟姊姊們都到田裡幫忙，我們年輕好玩的心，多想飛越家園，到花花世界去逛逛！因此我們討厭那一大片隨時待耕的土地，臨到假日，我們寧可祈求下雨，好讓我們窩在家裡，也不願到田裡去流汗。

　　上大學後，土地再也束縛不了我，我忙著在新世界探索，家園變得好遠好遠，只有在倦遊時，回去略事休憩。飛揚的心終於展翅到另一片天空，彷彿連根都要拔起來，到處飄啊飄，就是不願落回成長的地方。

　　後來成家了，辛辛苦苦買房子，住在「空中樓閣」（公寓三樓），與泥土有了實質的距離，才漸漸興起土地的眷戀。土地在我心中，已褪去辛苦工作的形象，代之而起的是童年歡樂的象徵。小時候的土地是大遊樂場，供我們跳躍、玩耍，那種遼闊又溫馨的感覺，竟一寸一寸浸潤我的肺腑。

　　多想擁有一片土地，一片雙手可以去耕它耘它，雙腳可以赤裸裸去踩它的土地。但是，談何容易！想重新植根，卻沒有可以接納的土地了。「土地情結」隨著地價高漲而愈深愈痛也愈無望。

　　終於我想通了，現代人漂泊的根，不一定要植在屬於自己名下的土地，只要肯放開心懷，所有大地都是我們的夢土，所有大地都需要我們的眷戀與愛護，然後所有土地的芬芳都會無私地散播……

⟡ 三棵老樹 ⟡

　　看到樹就想爬，是我由幼年「進化」到中年一個潛在的、甩不掉的衝動，但是現在的樹多不好爬，即使爬上去，也覺得少了點什麼味兒。

　　老家屋旁有三棵老黃槿樹，那是我爬樹的啟蒙處，沒有一天不向它們報到。那三棵樹的枝幹，恐怕都比家裡的椅子還乾淨，因為我們一大群孩子把那裡當成大遊樂場，一大半的童年時光都揮灑在它們身上。

　　那三棵樹並排而立，枝幹彼此交錯，我們可以由第一棵到第二棵，再到第三棵。一群小孩就像猴兒，在三棵樹所織成的綠網中遊玩，最常玩的遊戲是樹上抓人。當鬼的人在下面，其他人先爬上樹，鬼從一喊到十，就可以上去抓人，抓一個替死鬼下來。

　　我們都練就一副猴兒身段，上了樹左攀右爬，身手矯捷，各顯神通。樹挺高，追逐起來也很激烈，可就沒人摔斷手腳。

　　閒來無事，大家各找段樹幹，躺臥其上，任清風拂過，也是一大享受呢！

　　那樹的花也美，黃澄澄的，像鐘罩。中間有隻長蕊，蕊頭是紫色的，我們拿來擦指甲，擦嘴唇。有時候左手握成空心拳，把花瓣平鋪在上面，右手猛地一打，會有一聲爆裂的聲音。辦家家酒時，那花可以是燈，可以是菜，隨興運用。

　　可惜後來為了擴充曬穀場，那三棵樹被砍了，舖上硬硬的水泥。那時小小心靈覺得很難過，彷彿生命中某種重要的東西被連根拔起。以後雖也爬過別的樹，但都沒有那種美滋味，那三棵樹像三

個老朋友，隨時敞開胸懷，歡迎你投入它們的懷抱，度過無憂無慮的童年。

﹁五毛錢﹂的故事

五十塊的硬幣快出來了，它一出來，就位居「硬幣族」的老大，可真威風啊！我突然想起目前硬幣族的老么──五毛錢，想想，你有多久沒「用」到它了？

前不久，女兒用一塊錢買到兩顆糖，她疑惑地說：「是不是老闆一顆賣給我們，一顆送我們？」對這不合邏輯的推論，我首先懷疑的是她的智商問題，無奈地向她解釋：「一顆五毛錢，兩顆就一塊錢啦！」她仍大惑不解，我想找個五毛錢來解釋，才發現手邊沒有，也才驚覺她自小未使用過五毛錢，難怪……

「五毛錢」在今天已微不足道，但在十多年前，卻在我身上發生了一件小小趣事。那時我是高中生，學生票一格五毛錢。大姐在永和做生意，相當忙碌，一到假日，我就常去帶四個小外甥回外婆家來。老大、老二還在上幼稚園，老三走路尚蹣跚，老四手中抱。他們畢竟是都市小孩，上了車就一晃一晃自己找位子坐，我則抱著老四，將票拿給車掌小姐，她剪了一格就還我。待我坐定，她想想心有不甘，挖苦地說：「五毛錢坐五個人。」涉世未深的我，愣愣地算了算人頭，果真五個，但並不懂得請她再剪洞，只把那句話擱在腦子裡。

21

在大家各自忙著學業、事業的當兒，那句「五毛錢坐五個人」的話隱遁至記憶角落。直到去年，老二由大學畢業，老三五專畢業，同時考上預官，來家裡與我商量前途時，我才突然憶起五毛錢的趣事。老大已在社會上工作，當時抱在手中的老四，已長得比我高大，是個新鮮人了，我到何處再尋那些小小身影？如今的五毛錢，也不可能再將我們五個人由永和載到台北了。當初，他們必須由我帶領到外婆家來混吃混玩，如今，他們會自己跑來談人生理想、談未來的抉擇，歲月貶低了五毛錢的價值，卻培育幼苗成長。公車也長久不設車掌小姐，「五毛錢坐五個人」這句話，說著說著還挺溫馨的。我要珍藏幾枚五毛錢，再準備一種心情，來迎接五十塊硬幣。

枝仔冰

　　走過河堤，左看那緩緩的流水，右看沿岸的攤販，一個「五〇年代的枝仔冰」的店招吸引住我，時光彷彿倒流，流回那個吃枝仔冰的年代。

　　炎炎夏日，總見頭戴斗笠的小販，踩著老式腳踏車，後面載一冰筒，筒子裡裝著我們的最愛－－枝仔冰。我記得紅的是梅子冰，黃的是鳳梨冰，其他不記得了。掀開筒蓋，一陣冰霧瀰漫，看到冰霧，口水就在嘴裡流淌。剛開始是三枝五毛錢，枝仔冰樸實無華的外表，正如我們色調簡單的童年，小小的冰棒帶來大大的滿足。

　　捨不得大口大口吃，有時候是用舔的，側著頭，雙眼微閉，伸長舌頭，由下到上，慢慢舔，讓舌頭去享受那種又冰又麻的感覺；有時

候用吸吮的，把酸酸甜甜的味道吸光，枝仔冰的色澤變蒼白，味道轉淡，但淡有淡的滋味，小口小口咀嚼，沁涼入心。

　　近年來吃多了各種精緻爽口的冰棒，乍看這店招，趕緊買一枝來試試，是有點小時候的味道。女兒對這種枝仔冰可沒興趣，她選擇自己喜歡的珍珠奶茶。也許三十年後，她懷念珍珠奶茶的滋味，就像我懷念枝仔冰的滋味，生長在不同時代的人，各有其懷舊的調要彈。

新鞋上路，啪搭啪搭

　　大約五十多年前吧，鄉下孩子平常穿的都是純「皮」鞋（打赤腳），這種皮鞋磨久了，磨出一雙厚粗的腳丫，很適合他們山上田野到處跑。到了開始上小學時，終於可以買雙鞋，可以想見，那雙鞋對當時的孩子來說，有多寶貝！

　　有一個鄰居就常跟我們說，她小時候捨不得把鞋穿壞，總是拎著去上學，到學校後才穿上。放學時也是拎著回來，一回家就高高地收好。那時候的馬路大多是小石頭路，夏天，小石頭被烤得非常灼熱，小朋友就得一步一步地接受「烤」驗；冬天，連綿的雨把馬路弄得泥濘不堪，他們的小腳丫總是踩成一雙泥腳。小石頭尖尖刺刺，就好像我們現在走的健康步道一樣，夠受的吧！

　　再說買鞋吧，那時的小孩很少上街去，需要買鞋的時候，大人會拿一根晒乾的稻草，放在小孩腳邊量，然後帶著那截乾稻草上街去買。由於小孩子腳長得快，大人在量的時候，總會在小孩子腳丫子的尺寸外，多加個幾公分，這樣一雙鞋可以穿好幾年。不過剛買回來的

鞋當然大了好幾號，所以穿上新鞋，就像拖兩條船，非常不方便。有時候一邊走，還一邊發出奇怪的聲音，只要聽到「啪搭啪搭」響，就知道有新鞋上路啦。

大人們一雙皮鞋可以穿上二三十年，因為他們只在喜慶宴會的時候才穿。記得小時候，每次爸爸要我幫他的皮鞋上鞋油的時候，我就知道有打牙祭的好機會，運氣好，還可以搭火車到臺北的親戚家去。所以，我對爸爸那一百零一雙皮鞋很有好感，只要它重現江湖，就是打牙祭的好時機。

大哥相親的時候，還因為鞋子差點錯失姻緣。因為大哥平時很少穿鞋，為了相親買一雙新皮鞋。平常不怎麼穿鞋的人，剛穿上新皮鞋腳很容易痛。相親的路途遙遠，到女方家時，已經痛得走路一拐一拐。女方一大堆叔叔伯伯在一旁幫著看，眼尖的看出我大哥的腳有問題，以為他天生瘸腿，本來想拒絕這門婚事。後來我家的代表費盡唇舌解釋，才講定婚事。

在我小時候，已經比較進步了，有一雙白布鞋和一雙黑皮鞋可以替換。印象最深刻的是那時候的白布鞋很容易髒，要常常洗，洗過後得要用一種特殊的鞋粉，蘸著水刷一層，乾掉以後看起來僵僵的，好土！那時候馬路已經鋪上柏油，平整光滑，但是我們有時候也會拎著鞋子走，不是怕把鞋穿壞，而是為了好玩。柏油經太陽一晒，軟軟的，踩過去會黏一些在腳上，可以拉出一條細細的柏油絲，好有趣！走著走著，我們就唱起「點仔膠，黏到腳，叫阿爸，買豬腳。豬腳塊，燉爛爛，夭鬼囝仔流口水。」

消夜

　　某夜，我覺得自己睡夠了，就起來寫寫東西，難得女兒也醒來，揉揉惺忪的眼睛，跟著坐到書桌前了。不管我寫什麼，她總是我第一個讀者，那夜我正好以她為主角，寫一篇童話，她看得津津有味。不久她說：「媽咪啊，我肚子有點餓餓哪！」我按按自己的肚子，也有點餓，就叫她去泡牛奶。她泡了一大鋼杯的牛奶，我們配著餅乾吃。

　　那是她首次起來吃消夜，印象很深刻，逢人就說。我遂想起自己小時候吃消夜的情景，可不是這種溫馨的親子場面，相反的，還有被叱罵的危機。那時家裡根本沒有牛奶、餅乾、泡麵等玩意兒，要吃消夜，只有炸蕃薯，在吃之前還要歷盡辛苦呢！

　　那時多由二哥帶頭，等爸媽、大哥、大嫂他們睡著，大家就分工合作，有人躡手躡腳到床底下摸幾顆蕃薯，有人在大灶起火（尚無瓦斯設備），有人準備碗筷。一切就緒，把豬油放進熱熱的鍋，一片一片蕃薯也下鍋接受煎熬，二哥、五姊、我，還有姪兒姪女，一邊炸，一邊享受美食，可是儘管我們一切都很小心，聲音還是會傳到父親耳朵，總是先聽到父親的咳嗽聲，我們把燈一關，做鳥獸散，各躲一處。大家噤聲，聽父親開燈，然後丟一句：「這麼晚了還不睡！」等父親的腳步聲走遠，大家又聚攏來，繼續炸、繼續吃，一副西線無戰事的樣子，也沒有去探究平日兇巴巴的父親，為什麼總是放我們一馬？也沒想過如果邀請他吃，他會和我們共享嗎？

　　想想在物資那麼貧乏的年代，我們也自有一套治嘴饞的方法，雖然要吃那一頓消夜，得大費周章，還冒著被罵的危險，但那種同心協力做出來的消夜，香了我們的童年。長大後，體會到父親對我們的

寬容，更覺餘香猶存。現在可吃的東西又多又方便，我倒不常吃，只是因一個偶然的機會，與女兒共享，而回憶起我童年的消夜，時空不同，對象不同，但甜蜜與溫馨的感覺卻是一樣的。

繫住童年歡樂的野臺戲

讓時光倒退二十多年吧！話說某個夏夜，媽媽及鄰居一干婦女，忙完了她們的活，在男人們的默許下，浩浩盪盪走到小鎮去看戲了。我是跟慣的人，當然也準備妥當要走，沒想到父親一道「聖旨」下來，不准我們小孩子去！姊姊們很認分地趴在書桌上用功，只有我放聲大哭，又惹來父親一頓罵，我繼續哭，由大聲到小聲，小聲到啜泣，幾乎到媽媽她們看完戲回來才停止，那已是幾個鍾頭後了。而我小時候那種一哭就沒完沒了的個性，就被叫出「死雞仔腸子」這樣一個不雅但傳神的綽號。

兄姊們都想不通，以父親那種極權威的管教方式，大家都能忍氣吞聲，為什麼我卻百般不識相，明知不可為，卻要以哭或甚而冒著被打被罵的危機，做出不可理喻的抗議方式？他們不知道去看歌仔戲，對我是多麼重要的事！在小村還沒有電視，家裡也沒有半本故事書的年代，能夠稱為「聲色」娛樂的，就只有一年才幾次的歌仔戲表演了。歌仔戲團員臉上釉彩般濃濃的妝，身上神仙般飄飄的衣裳，太吸引人了，尤其是旦角頭上的行頭，硬是把整個人襯得水靈靈的。佳人才子的故事浪漫悽美，忠孝節義的故事慷慨激昂，一方木板搭起來的舞臺，直是千古的歷史長河般，演盡人世的悲歡離合。那是我小小心靈中無垠的精神糧食，為它流些眼淚或挨些打罵算什麼！

26

彼時交通不便，大人們也捨不得花錢搭車，去看戲只有走路，大約半個鐘頭的路程，沿途人煙稀少，一群婦孺嘻嘻哈哈，好不熱鬧！去的路上常是新月初上，我總是問媽媽：為什麼月亮老跟著我走？我故意前前後後跑，發現月亮還是跟著我，我遂以為月亮也喜歡看歌仔戲而引為知己。快到演戲的地方，就會陸陸續續看到各方人馬，由各條小路出現，都是來自小鎮郊區的村子。遠遠地看到燈火輝煌，又聽到樂工試著弦琴，心裡就揚起一片興奮。找位子是挺重要的，那時個頭小，萬一被擋，就毫無看頭了。家住戲臺附近的人，可以攜帶圓凳子，我們住得遠，全靠「站功」，運氣好，攀住個樹爬上去看，有得坐又不怕被擋。但那樣也不理想，因為除了看戲，還要看看小吃擔子，有時候想向媽媽要錢買零食就不方便了，所以大多採取遊牧式的，那兒空曠、視野好，就去那兒。有時候看著看著，會看到後臺去，看團員上妝、著衣，好有趣。

以前的團員功夫大多紮實，不管是唱腔或身段，演戲的態度很認真，道具與布景比起現在，當然是樸拙得多，但卻真實而自然。武打場面常會熄了主要燈光，只亮幾盞彩燈，音樂轉為高亢，刀光劍影，好人壞人一場大決鬥，牽引著觀眾的情緒。有時也會來段特技，最常見的是用繩子把人吊起來，一剎那的時間，把人吊起又放下，很簡單，卻百看不厭。一場戲下來，叫好叫座，演得精彩，就有人賞，後臺會把金額、賞主姓名用紅紙條寫好，貼在布景上，貼時放鞭炮慶祝，那種熱鬧氣氛，臺上臺下都感染得到。

戲散了，回家的路上，大人們還興致勃勃談著戲，我卻覺得路好像變遠了，因為我好累，索性閉著眼睛，一腳高一腳低，拉住媽媽的手，讓媽媽拖著走。

電視進入生活，楊麗花歌仔戲成為生活的一部分，但我們也並未能忘情野臺戲，所以年節喜慶，我們仍舊走老遠的路去捧場。真正讓

我和野臺戲脫節的是課業問題，國中二年級開始感受到聯考的壓力，我自然地和野臺戲告別。至於長一輩的婦女們，也隨著電視的普遍與方便，漸漸和野臺戲絕緣。等我突破重重窄門，再佇足野臺戲場時，已是大學時代，偶爾經過台北街巷，看到寥寥落落的老人和小孩在看。我才驚見歌仔戲團員的服裝有些改變，胸口變低，以前密實的白布，可能用透明的紗布代替，有些丑角是穿著時裝在演。再聽他們的唱腔，也不盡是素所熟悉的歌仔調，流行歌曲被大量採用，而且唱得荒腔走板，把流行歌曲的韻味也唱丟了。說白更是「黃腔滿天飛」，劇情不講究精緻，三言兩語交代，身段也不見了，只見演員不斷出場，每次出場就換不同的服裝，倒像是服裝表演。後來又看了一些，大多不出此種模式，我有很嚴重的失落感。

野臺戲的「淪落」，因素當然很多，如社會轉型，生活型態也跟轉變，娛樂項目多樣化，人們有更多選擇，尤其是電視，家家戶戶都有，節目也日益求新，滿足人們視聽的需求。就拿電視裡的歌仔戲來說，布景不再受限於一個舞臺，可以很真實地呈現，燈光、音響也都經過特殊設計，令人賞心悅目，而且坐在家裡看，不必像野臺戲一樣，忍受風吹日晒之苦，還須要站著。電視塑造出歌仔戲明星，野臺戲則在各鄉鎮巡迴，不容易留給人深刻的印象。失去大部分觀眾的野臺戲，生存下去是一個大問題，有的團解散了，有的團員改行了，很少有新血輪加入，以致後來看到的野臺戲團員，大多年紀較大，扮相不那麼吸引人，聲音也多沙啞，因此僅成為酬神的一種方式，而缺乏觀眾的回應。更有甚者，歌舞花車流行起來，那些穿著暴露的年輕歌舞女郎，成了喜慶婚喪的新寵，有時候同一個場合，同時出現歌舞花車和歌仔戲「大車拚」，擴音器互相干擾，毫無品質可言，而觀眾呢？不過是抱著看熱鬧的心理，這樣的民間藝術，生存的空間愈來愈小，現狀都難維持，遑論要發揚光大了。在種種條件都不利的情況

下，要野臺戲有所傳承發揚，恐怕太苛求了。也因此眾多歌仔戲團都沒落了，現在幾乎只有明華園一枝獨秀。

再談談電視裡的歌仔戲吧！隨著聲光技術的進步，電視裡的歌仔戲也不斷在求新、求變，這原是可喜的現象，但他們在注重包裝之餘，卻忽略了歌仔戲中一個很重要的質素——唱。拜錄音設備之賜，演員可以事先錄好要唱的段落，演時只要對嘴即可。然而我們慣常看到的情況是演員對唱詞的生疏，以至於對不上嘴，因此臉上的表情呆滯，無法將劇中人物的表情表現出來。戲之感人，就在於演員感情的詮釋，演員自己都把握不住情感，觀眾怎麼會感動呢？於是我們看到的是華麗的布景、服飾，動不動就弄一些聲光等特殊效果，至於演員本身的表現，總覺得隔了一層。

想起以前的野臺戲，設備是那麼簡陋，可是歌仔戲團員把戲演活了，觀眾也把戲看活了。我們小時候，披著被單，就會來上那麼一段，歌仔戲是活生生地在我們心裡，那濃郁的鄉土味，豐富了我們童年的夢，啟發了我們無限的幻想。媽媽談起她們小時候看野臺戲，都是南征北討的，那一個村子有廟會，那一個村子就有她們的蹤跡，跋山涉水，不辭辛勞。野臺戲彷彿是一個個流動的桃花源，她們那一群單純的農村少女，就逐此桃花源而讓青春飛揚。現在年邁的母親依舊愛看歌仔戲，已經耳不聰目不明的她，對著電視螢幕，不知她是在看戲，還是對往日時光的緬懷？

⟞⟞⟝⟝ 鄉愁 ⟞⟞⟝⟝

　　年少讀詩，讀到詩人詠嘆的鄉愁，覺得那是一種「美麗的哀愁」。有鄉愁，表示浪跡天涯，對於老是幻想要去流浪的我，潛藏一份浪漫與悲情。現實生活中流浪不成，只好到字裡行間，跟著詩人騷客在異鄉苦吟，也自封是「把名字寫在雲端的女孩」。

　　等到終於有機會浪跡天涯時，早已過了年少多情的階段，到異鄉是為了拓展生命的視野，挑戰自己對不同環境的適應能力，「鄉愁」二字，不在行囊，也不在心上。

　　那一年，去的是南非，一塊風土人情迥異台灣的大地。知道自己一年後又會回鄉，心理上對台灣的人事物都沒有不捨之意，反而全心全意要去認識南非。的確，意識清醒時，我都樂於享受新世界的一切，只是晚上一入夢，一定夢回鄉關，且一定是童年生活的老家。夢中的人物也都是老家的親人，有些早就入土的長輩也都來夢中相會，終於體會「夜夜夢迴鄉關」的滋味。

　　我百思不解，或許生命中有太多難以解讀的黑盒子，或許在某個黑盒子裡，滿載我鄉愁的密碼，白天，它退居隱秘之處，晚上，它就釋放出來。

　　如果那些夢算是鄉愁的一種釋放，它們只讓我覺「怪有趣」，倒沒有一絲惆悵。後來，鄉愁卻以不同形式，撩撥我的心弦。在南非，我們所住的城市雨不多，天空總是一片高曠的藍。有一天，卻陰沈沈，好像可以掐出水來，空氣中有股濕味。心中陡然升起一陣陣難以形容的惆悵，原來那天空酷似故鄉慣有的天空，尤其是冬天，我們淡水小鎮總是籠罩在雲氣中。我喜歡漫步在河堤，看天空隨時要掐出水

的樣子，並大口大口吸入濕味的空氣。第一次感覺到悲情而淒美的鄉愁了，原來它像飽漲的帆，在愁海中孤獨而茫然地前行。

後來，一張酷似故鄉人的面孔，一段故鄉的音樂，一本故鄉來的書，一種故鄉來的食物……，都可以觸動心弦。

現在住在泰國，預定三年後回去，行囊中，我一樣不夾帶鄉愁。我知道鄉愁這個小精靈，會在不經意時、不經意處與我相會。年少時浪跡天涯的夢我實現了，那些不著邊際的愁緒，不再只是詩詞裡的意境，它們真真實實在我生命中。想想，鄉愁無疑是一種幸福的印記，有鄉愁表示有一個甜蜜的故鄉，她永遠展開雙臂，等待離鄉的遊子重回她的懷抱。而遊子不管走多遠，都會像風箏一樣，心繫故土。

元宵憶舊

今年的元宵節在南非過，皎潔的月亮高掛天宇，好像一隻大燈籠，可惜此處無提燈的風俗，且一入夜就人煙稀少，我們不敢外出，就以回憶來過節。

中國年的氣氛從臘月開始，忙著打掃、製臘肉、蒸糕點等等，一直要到元宵提燈、猜燈謎，才算完滿結束。元宵節可是說是新年的壓軸大戲，大人小孩莫不充滿期待。

記得物資不甚充裕的童年時代，我們都自製燈籠，到山上砍些竹節，修整一番後，用破布沾油，做成火把。一到元宵節晚上，小孩子人手一支，結伴出遊。臺灣的元宵節正好是冬季，尤其北臺灣多陰寒濕冷，印象中的元宵夜，月亮大多害羞地躲在雲中，但這並不妨礙我

們的遊興，反而因為月黑風高，增添一些詭異的氣氛，我們想像自己是藝高膽大的探險隊員，專挑些偏僻的地方去探險。若有人提議去墳場，那就夠刺激啦，一列縱隊走在墳場邊的小路，心裡打著哆嗦，嘴上可不敢說，還要唱些歌來壯膽，但絕不能唱那一句「同胞們，起來吧」，免得鬼同胞起來共度佳節。最後總會有個頑皮鬼，故意大吼一聲「鬼來啦」，然後撒腿就跑。這一群探險隊馬上變成潰散的敗軍，亂成一團。有人火把滅了，有人跌倒了，於是哭聲、風聲、跑步聲，把一個元宵節弄得精彩萬分。

紙紮的燈籠也曾溫暖過許多小朋友的童年，但紙燈籠裡燃著小蠟燭，容易燒掉。後來塑膠燈籠大量出現，造型多樣化，動物的、人物的、各種交通工具等，一近元宵節，大街小巷的店舖就掛滿各色燈籠。這種燈籠用電燈泡，安全、耐用，有的還設計成一閃一閃的，但就是少那麼些味道。

除了小燈籠，我們也有大花燈可以看，比較有規模的廟宇，有大型、活動的花燈，花燈的內容很多是傳統忠孝節義的故事，可說是寓教於樂。自從元宵節被明訂為觀光節，這項傳統的活動就更盛大了，中正紀念堂每年都有特製的燈籠展出，有時還配合當年的生肖，用以吸引人潮。果然，在展現期間，人潮總是洶湧，不知是人看燈，還是燈看人！

猜燈謎也是一項有趣的活動，有一次到一座廟宇前的野臺戲棚湊熱鬧，但見萬頭鑽動，題目一出來，呼聲四起，為了引起主持人的注意，有人高舉雨傘，有人揮動衣服，更有人敲鑼打鼓。燈謎也年年翻新，著實讓大家來一次腦力激盪。

元宵節又稱小過年，所以一般人還是儘量回家團圓吃元宵。元宵裡面包著各種餡兒，口味多樣化，又以手工製的最搶手，大家認為手

工製的比較 Q，所以寧可大排長龍等著買。看做元宵的人手腳麻利地動來動去，也別有一番趣味。

我們家沒有吃元宵的習慣，但我們在元宵節一定要祭天地、拜祖先，然後把擺在供桌上的橘子吃掉。年前爸爸會特別去選購又大又新鮮的橘子，在除夕那一天擺在供桌上。以三個為底，上面再疊兩個為一單位，共要有五疊。這些橘子按規定要等元宵節才拆，可是若有快要爛的，中途可以換，我們常去偵查，若有比較差的就換下來吃掉。那些橘子特別甜而多汁，所以我們勤於偵查。元宵節把橘子拆下，也表示這一個年過完，小孩子該收心在功課上了。

今年沒吃到元宵、沒提到燈籠，更沒有橘子堆可拆，還好有這些回憶，豐富了這個異鄉的元宵節。

那「透心涼」的……

乍來南非，正是熱情的夏日，走在街頭，熱浪襲人，這時渴盼有一種透心涼的冰品解熱，可惜一眼望去，街道清清爽爽，連個冰攤子也沒有。若把場景換到臺灣的街道，那可是冰品的戰國時代，三步一小攤，五步一大攤，各色冰品發出誘人的「冰波」，干擾著你的腦波，非得停下買點解渴。

說起臺灣的冰品，實在是琳瑯滿目，刨冰是最具代表性的，一走進刨冰店，映入眼簾的是一、二十種的配料，鹹、酸、甜具備，你可任選四種左右，加上刨冰，一大盤讓你吃個夠。記得以前喜歡到士林吃蜜豆冰，冰被刨成小冰粒，咬起來鏗鏹有聲，非常有勁。現在另有

一種雪花冰，它的冰塊是混雜牛奶製成，刨出來的冰細如雪，加上配料，非常漂亮，店家又為它們取些詩情畫意的名字，讓你在味覺之外，又多一重享受。

奶茶盛行之後，各種奶茶就應運而生，很多攤子都以「波霸奶茶」為號召，椰香的、芋香的等等，任君選購，喝在嘴裡，香在心裡。如果你喜歡綿綿的感覺，來一碗豆花也不錯，純豆花、杏仁豆花、可可豆花等，各種口味的豆花，又可配上不同的料，儘夠你品嚐。我家巷口有一家豆花專賣店，生意好得不得了。

中國人也儘會為冰找怪名，看到「青蛙下蛋」，你不會有幾分好奇嗎？那一大顆一大顆的「蛋」，還真像隨時會蹦出蝌蚪一樣。其實它和珍珠奶茶的「珍珠」一樣，吃起來都「QQQ」。

還有那一大桶一大桶的酸梅冰、楊桃冰、檸檬冰，酸酸甜甜，買一杯邊走邊喝，也清涼無比。想來點滑嫩的，仙草、愛玉任君選購。

除了這些湯湯水水的冰，另有冰棒也很受歡迎，冰棒的口味也很多，記得那時我還在上班，辦公室同仁常派代表去買冰棒，有人愛綠豆，有人愛紅豆，有人專挑花生，有人聲明要「花生仁」的。南非的冰棒種類和臺灣的不一樣，感覺色素比較多，像臺灣早期三隻五毛錢的「枝仔冰」。

臺灣的冰攤，把大街小巷點綴得多采多姿，但原本就不夠寬的街巷，也因那些攤販而更顯擁塞，人與人之間摩肩擦踵，車子更在人群中穿梭。燥熱的天氣，燥熱的心情，彷彿就更需要冰品來冷卻，腦筋動得快的商人，就在冰品上創新花樣，這又讓臺灣的冰品更發達。

在臺灣時，我對冰品興致不大，沒想到異鄉為客，倒懷念起各種冰品，一一點將，讓那透心涼的滋味，緩緩沁入心中。

懷想木棉道

　　木棉花是羅斯福路的瑰寶，尤其在三月。兩度任職於國語日報社，時間都不長，卻剛巧都開始於春花爛漫的三月。

　　木棉樹的葉子早早把舞台空出來，只見向空橫斜的枝椏，似乎要展示什麼。不久，枝頭一朵朵木棉花含苞待放，好像一待時機成熟，就要燃放最美的青春。果然再不久後，那碩大的花體，金亮的橙紅色，就恣意的綻開，整條羅斯福路，因為她們而擎出迤邐的璀璨。

　　花把鳥都喚來了，在樹下候車，聽聞樹上吱吱喳喳，牠們雀躍的輕啄，陶醉在春的搖籃裡。這一幅景象，緩和了匆忙的車潮，也讓料峭春寒中鵠立的人們，有了一絲絲的暖意。

　　韶光易逝，再不久，地上有落花的影子，有的在紅磚道上散發它最後的青春，有的在輪下扁縮成一攤橘色，有的留在枝頭等待結果。當翠綠的新葉悄悄登上枝椏，這一年的花期也宣告消歇。

　　此時，從辦公室望出去，常見紛飛的棉絮，構出一幅亞熱帶的雪花圖。棉絮負載著種籽，要為族群繁衍後代，但是那輕飄飄的棉絮，哪裡消受得了車潮的風馳電掣！它們需要的是芬芳的土地，可是棲身都市的木棉，注定與土地睽違的命運，種籽零落在紅磚道及水泥地上，即使不被軋扁，也將因沒有落腳之地而枯乾。

　　想必那盛開的木棉花，永遠懷著一份遺憾。她們不知何年何月，棉絮能載種籽們尋到一片土地，完成種籽的天命。

　　懷想木棉道，懷想木棉道上，曾經同甘共苦的故人們，遙問故人：木棉著花未？

老竹椅

在一個閒閒的午後，我踱進一家古董店，看上一把老竹椅。一坐上去，搖搖晃晃的，好像隨時會解體一樣，可是老竹椅很古樸，我打心眼愛上它。我跟老闆認識，就對他說：「讓我搖一個下午，如果它沒有散開，我就買定了。」

老闆笑笑地說：「沒問題！」邊說邊準備泡上好的茶招待我。

於是我們開始天南地北的聊，我當然不忘記用有點重量的臀部，在老竹椅上左搖右擺。茶水不斷地加，茶葉不斷地換，老竹椅不斷發出咿咿呀呀的聲音。幾個鐘頭過去，老竹椅竟然「健在」，我就把它買回家了。

親朋好友看到老竹椅，都以為我頭殼壞去，花錢買一張老朽的椅子，我要他們大力地坐，坐壞不必賠，結果老竹椅成為客人爭相搶坐的寶座，眼明「臀」快的人才有福氣坐它。它更成為貓咪們戲耍的好道具，常常一隻坐在上面，尾巴下垂，另一隻就會去偷襲，一場混戰於焉展開。

幾年下來，老竹椅沒有更老，把手的色澤因長年摩娑而光亮，我讓它靠在窗邊，坐在它身上讀書、聽音樂、看外面的世界。當我們要暫時到泰國住的時候，什麼家具都沒帶，就只讓老竹椅同行，陪我渡過異鄉的晨昏。現在，老竹椅又靜靜守在窗邊，喜愛享受陽光的貓，總是慵懶地窩著。有著歷史色澤的

老竹椅，與陽光、貓共同組成一幅詩意的畫面，時光在這幅畫面上，似乎也停格。

　　很慶幸當年與它結緣，從此它成為我們家的一份子。你看它的樣子，像不像隨時歡迎有人來坐坐？

他鄉遇故知

　　「他鄉遇故知」被列為人生四大喜事之一，沒有身歷其境的人，不知那種喜的滋味。我這裡所謂「故知」並非指「人」，而是指「馬櫻丹」。客居曼谷不久，某日，走在巷中，見一小花圃中有棵馬櫻丹迎風搖曳，就如他鄉遇故知一樣，倍覺親切，因為她已牢牢植在記憶深處，一輩子也忘不了。

　　我的老家屋前就有一叢，隨時可以「聞」到她的存在。她的香味就像飯香、菜香，我從來沒有在香臭之間懷疑過。在任何地方看到馬櫻丹，都急著湊上鼻子，狠狠的聞她，真是聞她千遍也不厭倦。

　　從小，我們都知道要摘下馬櫻丹的花，用她那像漏斗一樣的花蕊，一個套著一個，套出花戒指、花環、花項鍊。辦家家酒的時候，尤其少不了她，因為新娘子沒有她的點綴，就不像新娘子了。

　　話說第一次聽到有人說馬櫻丹很臭，那個人還用手在鼻子前搧一搧。我一口咬定他的嗅覺有問題，和他辯得臉紅脖子粗。我們向別人求證，所得到的答案竟然一樣，他們「理所當然」地認為馬櫻丹的味道很臭。我以為我們說的是不同的植物，就找書來看看，只見書上說「馬櫻丹全株含有刺激性的臭味……」，一旁的圖片就是我所熟悉的馬櫻丹，我才知道在一般人心目中，馬櫻丹被歸為氣味「臭」的植物。

　　就好像有人說我的好朋友是無賴一樣，我有跟這些人打一頓架的衝動。馬櫻丹的味道，我再熟悉不過了，我一直認為她香得特別。那種香是我在睡前想到，都要含笑入夢的香。

　　書上又說馬櫻丹「葉上長滿粗毛，枝條上出現許多刺鉤」，加上那股臭味，一般人只喜歡在遠處欣賞，而不肯接近她。記得小時候一起玩的伙伴，沒有人嫌棄過馬櫻丹的味道，長滿粗毛的葉片，還常充當我們家家酒裡面的錢，是很重要的角色，至於她的粗鉤，那就看你如何閃躲嘍。

　　就算馬櫻丹的味道是「臭香」味好了，這種特殊的臭香，已沁入我的生命，我自自然然地接受她的一切，像慈母愛著癲痫頭的兒子，愛心不打折。

　　由於馬櫻丹的花朵顏色多采多姿，才能讓人們忘了她「臭而多刺」那些缺點。馬櫻丹的花蕊簇生在一起，遠看如一顆繡球。花期一過，會結為一粒綠色的果實，一小粒一小粒叢生在枝頭。等到小果實由綠轉為深藍色，摘下來放進嘴裡吃，有點香有點甜，保有馬櫻丹的特殊風味，令人齒頰留香，難以忘懷。

　　夢想著將來能擁有一個小院落，種一排馬櫻丹，讓花籬閃亮在陽光下，也讓那特有的「臭香」味，散布在空氣中吧！

小品

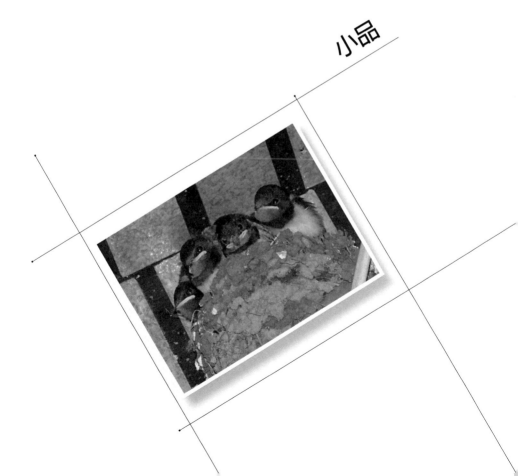

童心

　　去年夏天，兩手手臂突然出現許多白色斑點，大大小小錯落著，與被太陽曬黑的膚色成了強烈對比，穿著短袖甚不雅觀，往往又欲蓋彌彰。迅速求醫，醫生也不表樂觀，有人說是汗斑，有人說是白斑，前者有藥可醫，後者則發生原因不明，尚無藥可根除。對這些頑強又醜陋的斑點，感到煩惱不已，四處問人求秘方，終不得改善，且日益氾濫。

　　某日，正拿著藥膏擦，嘴裡直嘀咕，手搓著搓著，怨怼的情緒籠罩著我。甫上幼稚園的女兒未解我的牢騷，反而像發現新大陸似的說：「它們好像彩色泡泡，真漂亮！」那童稚的音調，發自內心的讚嘆，竟一下子撥開我臉上、胸中的雲翳，看著看著，還真讓我聯想起吹彩色泡泡的樂趣。當我們徐徐吹著肥皂水，彷彿就有千萬個泡泡出現，映著陽光，成為彩色泡泡四散飛去，像我們一生中不斷編織的夢，是那些夢想讓我們的人生更添繽紛、亮眼。用欣賞的眼光來看，降臨在我手上的這些不速之客，可愛多了，陰霾褪去，陽光又充滿我心。

　　是否我們失去童心後，世界也變得冷酷無趣？事物可詛咒或讚美，有時並非絕對的，主觀的心可左右它。記得有一陣子被地震嚇著了，常常在半夜被自己的恐懼感震醒，有事沒事就在思索臨「震」逃脫的方法，心裡頗不安泰。在一次級數不小的地震過後，我抑遏不住地向一位朋友渲染心中的恐懼，我以為全天下的人都跟我一樣被震丟了魂魄，希望能在同病相憐中找到無奈的安慰。沒想到這位朋友雙手做鳥翔狀，悠悠說道：「像詩一樣擺動。」那一刻，她無異天使，讓我又得到救贖，我想她之所以保有一張童稚般可愛的臉，大概就是她未失赤子之心吧！而我的赤子之心呢？杞人憂天式的煩惱常霸住心

靈，以致矇蔽了許多美麗的事物。對那些不可逆料的事，防備工作比恐懼的心更重要。試想想：地震可以說成「像詩一樣擺動，」那麼颱風也可以視為「風伯和雨娘在跳韻律舞」，如此一來，每當地震或颱風來臨，我就不會再感覺自己身在波濤洶湧中的孤島，無助而沮喪了。更進一步，我可以把童心化為詩情，面對生活中的種種考驗，勇敢而愉悅地去迎接。

如果你的童心也失落了，去把它找回來吧！那是我們生命中的瑰寶。

～～ 掃心地 ～～

掃地，掃地，掃心地，那紛然落入心田的塵埃，恐怕不比有形的落葉少吧！但，何曾擎起智慧的帚，將它們掃出心田，還自己本來清淨的面目？

在外奔波一日，甫進家門，總急於抖落滿身煙塵，沐浴、更衣，要把所有煙塵摒絕於外。而生死海中流轉生生世世，累劫以來的貪嗔驕慢等習氣，卻視為珍寶，堅守不放。就像那從水泥縫中鑽出的雜草，掃帚已無用武之地。你雙手勒緊，加把勁，往往也才抓住它最脆弱的一部份，它真正頑強的根，還牢牢守著泥縫不放，彷彿那是大地的一部份。你專心對付它，不惜剜泥刨地，才能斬草除根。相同的，對於那與生俱來的習氣，我們捨得剜刨嗎？

掃地、掃地，掃別人的心地容易，掃自己的心地難。人與人之間多的是干戈亂舞，揮得心內、心外塵埃竄動，一片紛紛嚷嚷的眾生相。

香氣小品

書香

記憶中，有兩種氣味最令我難忘，第一種就是書香。

小時候，我並不是一個愛讀書的孩子，成天只想在山林野地裡戲耍。可是發新書的日子，我總是非常期待，每當新書發下來，一定迅速湊在鼻間貪婪地嗅著。所謂書香，在我小小腦袋中，就是可以實實在在聞到的香氣，而不是書中所透顯的智慧。

新書一拿回家，我又迫不及待地拿出月曆紙，要為新書穿上衣服。感覺上，月曆紙也散發出特有的香味。那時候還沒有塑膠書套，彩色月曆紙也得來不易，先小心翼翼地裁好，包好書，再深深地聞一聞，那種香比飯菜香還令人入迷。遺憾的是現在手邊擁有許多書，卻再難聞到那種書香。所幸到了可以去汲取書中智慧的年紀，只好嗅嗅另一種「書香」。

在海外，華文書得來不易，為了教學，到處張羅各種相關的書。拼拼湊湊，歷代的文章都到眼前，一幅古老中國的文學版圖自然呈現，彷彿字裡行間也泛著書香，溫一壺茶淺酌低唱，齒頰留的香已然不知茶香還是書香了。

陽光香

另一種難忘的氣味是陽光的香。

割下來的草，經太陽照射後散發的香味，瀰漫在空氣中，沁人心脾；尤其是黃昏時漫步在草徑上，輕風徐來，整個人都沐浴在草香

中，感覺跟大自然很親近。曬過的草，蓬鬆的散落著，自有一份樸拙的美感。若能赤足踩過，腳底板被輕輕柔柔地搔著，更是人生一大快事。側耳聆聽那窸窣的聲音，如草兒的低語，步步音符自足底流瀉……

棉被在陽光下曝曬，在收被子的時候，就忍不住把臉埋在被中，眼睛不看路，一腳高一腳低地摸索進房間，然後連人帶被一起摔到床上，再和著棉被打幾個滾才依依不捨離開。陽光親炙過的被子，蓋在身上特別酥暖，嗅著陽光的氣味入夢，夢裡也盡是陽光呢！

嚴格說起來，曼谷沒有冬天，被子輕輕薄薄的，曬過後只覺乾爽，嗅不到醒鼻的陽光香。北台灣的冬天又濕又冷，天空總是灰濛濛，難得哪一天陽光光臨，家家戶戶忙晒被，圖得晚上有個陽光美夢。我們在故鄉的家，有面南向的鐵窗，閒閒的、有暖陽的冬日，我喜歡擁一床厚被臥在窗台上，晒人，也晒被。南窗高臥，有貓同眠，此樂只可意會，不可言喻。

棚下讀書別有味

以前愛看閒書，教課之餘，腋下夾本書，就好像從現實世界出走，逸入很「精神」的世界。真理大學牛津學堂前，有一排楓樹，樹下有木椅，涼風徐來，樹下就是我和書心神交契之處。

離開教職，我重做學生，就讀淡大中研所，一頭鑽進學術領域，閒書很難再擠入我的生活，連帶的，閒情也褪去不少。常是朝陽送我進圖書館，倦讀出來，我送夕陽歸去。那種樹下展讀的野趣難得再享有。

44

有一天，午飯後信步逛逛校園，也是那種涼風徐來的天氣，隱伏許久的浪漫情懷如驚蟄般蠢動，我的腳自動走到涼椅前，「就坐一下吧」，我告訴自己。頭上有花棚，清蔭處處，眼前是一片綠草坪，可以養眼，再遠，天際茫茫，我好像又尋到桃花源，當下決定，中午時間，就讓自己徜徉在這清蔭下。

後來，我又把老搭檔──書，也夾帶入境，開始了棚下讀書的樂趣。平常看書有點囫圇吞棗，知識性的書，更恨不能燒成灰和水吞。到了棚下，速度緩了，常會停下來「思考」，對了，就是「思考」，現代人把時間分割得很精細，塞滿了學習、娛樂，就是忘了留給「思考」一片天空。每次在垢病教育，都說小孩不肯多思考，從來不問我們給他們多少思考的時間與空間！而我們大人呢，又有多少人給自己思考的空間？

在一切講究迅捷的時代，我們的手、腦、腳不斷在競賽，和別人也和自己比快，結果時間被壓縮，生命也被壓縮，成了密度很夠卻缺乏彈性的「新人類」。「休息，是為了走更遠的路」已經變成口頭禪，何妨讓我們常常陷入「沉思」一下，時時觀照自己的生命。

當有一片棚架或幾棵大樹時，我們不要老想著要烤肉、郊遊，帶本書去看，或者什麼也不做，在清蔭下「冥想」，你的生命將會更豐富。

❦ 燈下與「它」說夢痕 ❦

傷春悲秋的情緒，有時會觸動心田深處的弦，此情不宜向人間訴，我就將那一腔情懷化為文字，到燈下與「它」說夢痕，它，就是我的札記本。

遠自青青澀澀的年代開始，札記本就分享著我的喜怒哀樂。每一個新鮮的嘗試，像繁花般落進本子，一抹一抹的色彩，將青春綴得亮麗。猶記初嚐愛情的蜜汁，本子上跳躍著音符，那生命中至情至性的輝光，直叫人魂縈夢縈。

當然，日子不盡是美的，成長中所遭遇的挫折，親人乍然離去的傷痛，都讓淚水在札記本裡流成溝渠。這世間，有誰比「它」更能承擔我的悲喜？

莽莽半生走過，驀然回首，童年記憶紛紜地聚攏心頭，心裡盤算著要將它們收進寶庫，於是，有一本專記「童年往事」；和女兒胡湊瞎編的故事，寫進「童話專集」；有時靈光一閃，捕捉到隻字片語，我把它們叫做詩，免不了找本「詩意」本子安頓；生活上瑣瑣碎碎的事，我就像裹小腳一樣，把它們纏繞在另一本；偶爾做做怪夢，難得腦子不合邏輯，不記下太可惜，於是，有了一本專記夢的；笑話是人生的調味料，不管是聽來的或自己編出來的，可笑的或不可笑的，通通收進我們的笑話大全……如此這般，一本一本札記羅列成人生組曲。

一盞燈，一本札記，就是個大大的宇宙，筆是傳情達意的仙子，曳著我的思緒，盡情去奔馳，不管是什麼心情，都有它自己運行的軌道。札記本是我最貼心的朋友，一生一世的朋友，我愛在燈下與「它」說夢痕。

❦ 書殿 ❦

　　曾幾何時，服飾店已不再輕易吸引我進去，現在，最讓我樂於流連的地方，要算是書店了。書店走向現代化，有空調系統、電腦設備等，書的分類更是井然有序。琳瑯滿目的書，構成一個富麗堂皇的殿堂，我認為「書店」已不足概括它的形象，我私下把它比擬為「書殿」。

　　記得小時候，難得到書店買本參考書，一進去，店員的眼光就在你身上打轉，那些書店大多窄小，也不容你多駐足，匆匆買了書就逃。現在有規模的書局都很體貼顧客，甚至會闢出一塊空間，鋪上地毯，並且放著輕柔的音樂，讓你輕鬆地選書、閱讀，自然地沉浸於書香世界。捧著一本書，就有一份自在，雖然周遭許多人在看書，但你會以為自己獨駕一葉扁舟，悠游地在書海中。

　　我現在到書店，大多買專業的書，但買好書後，我會挑本書到一隅品嚐。我尤其喜歡兒童書籍，它們常有別出心裁的巧構，讓我暫時忘記年齡，徜徉在天真爛漫之中。小時候哪來這麼多精彩的童書可看？當我玩著特別設計的立體圖或活動冊頁時，快樂之情不亞於兒童，這算是我的另一個童年。

　　電動遊樂場聲光俱全，有時好奇跑進去看一看、玩一玩，發現自己實在難以忍受那種噪音，還有手忙腳亂的模樣。看書可以控制速度，玩電動卻身不由己，想休息一下都不行，除非你找死。還是「書殿」舒服，它永遠為你敞開，讓你有皇帝般的享受。

記事珠

在《開元天寶遺事》這本筆記小說裡，看到一則「記事珠」的記載，敘述這種寶物，可以讓人記起遺忘的事。

我第一個想到的是：擁有一個記事珠多好，這樣就不會東忘西忘，找來了一大堆資料，過目即忘；一陣子不見的朋友，就把人家大名給忘了……現代人事務繁忙，健忘已成流行病。若有一顆記事珠，無疑是請個不支薪的秘書，或擁有一部超萬能電腦，助益良多。

我的幻想開始了：如果世上真有記事珠，它會是什麼樣子？多大？多重？什麼顏色？攜帶方便嗎？如何使用？是不是像阿拉丁神燈一樣，用手摩擦，就會有一個大巨人出現，告訴你想知道的事？或像水晶球一樣，你可以透過它，看到以前的事？或……

想不到古人小小一則記載，讓我想像不盡。但接下來，又有疑問啦：因為我們經歷的事太多，記事珠如何知道我們要那一件？萬一每次要想一件事，它都從「盤古開天」開始浮現腦海，多累！而且有許多不如意的事，或不喜歡的人，老是被它提醒，不是很痛苦嗎？何況記事珠這麼寶貝，一定你爭我奪，不引發世界大戰才怪！

這樣想來，即使世上真有記事珠，我也不想實際擁有，我要讓它存在想像裡，永遠保有一個廣袤的空間，可以令神思遨遊。

連續劇

　　連續劇和章回小說一樣，總在緊要關頭告一段落，欲知後事如何，請待下回分曉。小時候，迷死了連續劇，每一集結束的高潮，讓我恨不得二十四小時瞬間即過，好滿足我知道結果的慾望。每次，被電視台設計出來的「善意圈套」吊足胃口，隔天，總是提早守候在電視機前，生怕錯過精采的高潮。雖然每次都有上當的感覺，還是心甘情願上當。

　　長大後，生活面漸多，不再有時間看連續劇。偶爾到親朋家，陪著大夥看，結束時候照例有點懸疑，但我竟沒有想知道結果的慾望，那種漠然的感覺，有時候讓自己「若有所思」，我給自己的理由是：劇情太爛，而且，我長大了。

　　是的，我長大了，長大後發現人生就是一部大連續劇，每個人同時扮演許多角色，軋不同的戲，某些戲裡你是主角，某些戲裡是配角，某些戲裡只是觀眾。周遭人演的戲，就已高潮迭起，懸疑性十足，夠挑起你「分曉結局」的慾望。

　　看多了，發現現實人生的戲比編出來的戲更戲劇化，編出來的戲，角色是固定的，劇情又常隨觀眾的口味而改，可看性不高。現實人生的戲，變數多，主角、配角可能互動，劇情的衍化不在設定範圍內，喜劇裡有傷痛，悲劇裡有笑聲，戲的繁複性，讓每個人都過足戲癮。整個人生過程，你在不同的戲裡體驗悲歡離合。而這場大連續劇，不是你出生後才開始，也不因你死亡而落幕，它是生生不息的，永遠有新的演員、新的劇情。希望每個人都演好自己，在下台時寫下圓滿的句點。

～◇～ 換個角度 ～◇～

　　有一天晚上，好夢方酣，突然被一隻蚊子吵醒，我開亮燈，蚊子已不見了，我熄了燈準備再睡，正要入眠，嗡嗡的聲音又在耳邊響起，我一開燈，又不見了。幾度交手，我跟這隻有點智商的蚊子，結了深仇，不除掉牠誓不睡覺。結果把自己搞得很累，後來我一想，自己堂堂五尺之軀，就讓牠咬一口罷了，如此一想，我竟睡得別香甜，也沒被蚊子咬。我因此發現，凡事換個角度想，常有意想不到的效果。

　　去看「春風化雨」這部片子，看到那位老師要學生站到講桌上，覺得他也太過分了，等到鏡頭由桌上學生的視角往下俯瞰時，才發現那的確是常被我們忽略的角度。有一則寓言是這樣子的：下雨了，主人撐起傘，衣服對傘說：「一樣是布做的，你得淋雨，我卻不用！」傘回答說：「我以服務犧牲為榮。」衣服的角度顯然比傘的角度窄多了，衣服沒有想到，如果沒有傘，它在雨中會有什麼後果！

　　我們常想不開，很可能是我們限制了自己的視角，讓我們看不到事物的全面，所以多角度去思考問題，有助於我們處世的態度。

　　現在是個人人有話要說的時代，但說話的人往往只站在自己的利益點上，沒有考慮到整個大團體的利益，因此各說各話，眾聲喧嘩，缺乏共識，問題也無法解決。也許「春風化雨」裡那位老師可以啟發我們，凡事「換個角度」想！

灰燼的聯想

　　小時候，家裡用大灶炊煮東西，燒的是山上砍回來的木材。木材燒過後，會留下灰燼，那時物資缺乏，灰燼也被廢物利用一番。灰燼的主要功用有二：一是用來撒在雞鴨的大便上，以方便清掃，另一個功用，是用來刷洗燻黑的鍋盆等金屬製品。第二個功用一直讓我很疑惑，心想用髒髒的灰燼，怎麼可能把鍋子洗乾淨？

　　後來大家改用瓦斯爐，我也就不再去想這種問題，直到有一次，瓷杯裡積了茶漬洗不掉，感覺很不雅觀，於是我試著把燒過的香灰抹在茶杯上，再用手去搓，發現效果甚佳。我不再對這不起眼的東西有所疑惑了，它反而教會我：不能「以貌取物」。它沒有洗潔精那樣精美的包裝及濃艷的香味，它很醜、很髒，可是它不放棄自己最後的剩餘價值，只要你願意，它可以接受你的「折磨」，最後隨著水流被沖回大地，更重要的是它無污染。

　　我們每日在用外表華麗、味道芳香的東西，卻不知那些東西正是生態環境中無形的殺手。灰燼它來自自然，也回歸自然，再自然不過，我們卻它鮮少想到要善用它，灰燼若有知，也該感到悲哀吧！

　　由灰燼我聯想到「垃圾魚」，養魚的人應該都知道的，垃圾魚專門在吃魚缸裡的髒東西，但它們長得很醜陋，當那些色彩絢麗的魚們正悠遊時，垃圾魚總是附在魚缸上吸掉髒物，我想垃圾魚若無這項「秉賦」，有誰會把牠們放在魚缸中，與美麗的魚群共存呢？所謂天生我才必有用，在宇宙間紛陳的萬物，都有它存在的潛光，只是我們都容易用外表去衡量一切，其實美與醜、有用與無用之間，存在著微妙的辨證關係，足以令我們去深思，然後去發現萬物本有的光輝。

創意的心靈

　　曾經，我是如此為青春畫下容顏的……

　　在圖書館前的草坪上，讓歌聲隨著陽光飛揚。

　　在冷冽的冰宮裡，穿著厚重冰刀橫衝直撞，硬是在膝蓋上留一塊烏青的印記。白天，才把琅琅笑聲迴旋在黃帝殿的稜線上；夜晚，還可以讓雙腳隨音樂滑行，跳它兩個鐘頭的舞。

　　芒花翻飛的秋野，編織地老天荒的蜜誓。

　　夏日的啤酒泡沫中，詠下「千杯酒裡論英雄」的豪氣。……

　　一向把青春與年齡畫上等號，所以當年輕不再時，心境驟老，懷著一腔落照心情，每每踩在向晚的沙灘上，細數那如浪花般的嘆息。憧憬的是那些敢於向死神招手的文學家或藝術家，能在青春的顛峰畫上美麗的休止符！恨未生為大和國武士，以切腹做為生命的最後告白。

　　以那樣哀哀淒淒的一顆心靈，幽度浮生。當時間的魔手欲將我推至三十崗巒時，感覺自己面臨瓶頸，深覺若無法破頸而出，就將窒息瓶中。在一張又一張的紙上，畫著形狀迥異的瓶子，將當時的心情全攤在紙上，然後自問：沒有青春的歲月，要如何去鏤刻生命？

　　於是，我織感性的悲切入詩，常在夜闌人靜、一燈熒熒時，詠嘆生命底餘韻，那不成調的詩句，竟抒展了我心中無數的糾結，生命漸顯澄靜之美。由於詩意的孕育，竟萌發生活上的創意，一株岩縫裡的小草，也許就是一個挺拔的意象，足以令我琢磨再三。

　　接著，敞開的心靈容受來自四面八方的驚奇，原來生活中有那麼多可以挖掘的意趣，只要擁有創意的心，這個世界就可以是大寶庫，尤其能夠從平凡的事物裡領會到不平凡，那種愉悅感非常昂揚。

就在那種創意的驚奇中，我的觸角也開始伸向知性領域，我毅然重拾書本，要向我年少時唾棄的學術研究生涯叩關。在我汲汲於吸吮智慧瓊漿時，三十歲的門檻悄悄跨過而渾然不覺。落照心情被拋得好遠好遠，我甚至覺得青春之翅才正要展開呢！

又是三度寒暑擦身過，此種心中有創意的生活，讓我很珍惜生命中的每一分每一秒，有人說：「我們正在寫歷史」，每一個人寫著自己的小檔案，也參與人類那本大歷史的撰寫，思及此，能不有神聖的心情嗎？

若要問我青春何在？我將答以：青春在每一顆源源不斷的創意心靈之中。

康乃馨

康乃馨是在母親節對母親表達心意的花，所以我一直以為它們只開在那個季節，直到我母親栽種康乃馨開始……

兩年多前，八十多歲的母親毅然決定獨居，子孫們當然反對，但我想一輩子很少表示意見的母親，做出此種革命性的舉動，一定有原因，於是我獨排眾議，幫她打點「獨立」事宜。

她老早矚意我曾住過的小公寓，那在鎮中心卻又偏處窄巷裡的小屋，我喚它「豆腐居」，那就是母親心目中的桃花源了。一些簡單的衣物，幾樣鍋碗瓢盆，幾缸自釀醬菜，還有幾小株康乃馨，就是她全部的家當。

不注重節慶的母親，根本不知道康乃馨是母親節的代表花卉，她可能是覺得那種花很漂亮，就從大哥家分幾株來種。我看她隨意種在我們廢棄不用的盆裡，瘦瘦乾乾，也不以為意。沒想到那面向東的窗台，提供充足的陽光，不久後枝繁葉茂，甚至蔓生出盆外，毫無章法地向四面八方生長。更神奇的是花苞累累，長年不斷地開，而且開得飽滿美麗，聞之，有淡淡的花香。

我才體會做為母親節的代表花種，康乃馨充分展現母性的光輝，一年四季不分寒暑，像母愛一樣，沒有打烊的時刻。那種愛，愛得理所當然，不求回報，而且取之不盡，綿綿長長。

我們也弄了幾株回來種，康乃馨很快就適應，且開始蔓延枝葉、綻開花顏，女兒趕緊用相機拍下，製作成電腦桌布，每天一打開電腦，飽滿的花顏就在眼前，一如母親的愛，永遠盛開在眼前。

牛皮草

　　每次在清除盆栽裡的野草，我心裡總不免掙扎，憑什麼我們界定它們是野草，憑什麼我們剝奪它們的生存權？

　　有的盆栽的植物移植了，我們乾脆讓它變成「野草盆栽」，任各種野草恣意生長，它們各自想辦法佔有地盤，爭取陽光、水分，這種百草崢嶸的盆栽，有的結小毬果，有的開小小的花，自有它們的美。

　　不過，一般盆栽還是不容它們生長，因為它們生命力太旺盛了，似乎很有策略地攻城掠地，沒多久就反客為主。

　　還好，一般野草易長易拔，不必太擔心。我最怕一種叫「牛皮草」的，它們「草如其名」，民族性頑強無比，一旦讓它們「根深柢固」，就難以拔除。往往我抓著它們，使盡吃奶力量，還是無法拔起。若我死抓著它們不放，以時間跟它們「拔河」，後果會連盆栽植物也一起拔起來。它們像亂世梟雄，既然無法求勝，就跟你來個玉石俱焚！

　　有時使力過當，還當場跌個四腳朝天，在你開口「哇」的一聲驚叫中，夾帶噴起的泥土正好飛進口中。這好像在暗示你，你要扮演上帝的角色，來吧，先讓你吃一頓狼狽大餐。

　　我家的牛皮草更聰明，喜歡落腳在多刺植物旁邊，我才拔斷它們幾根莖（根依舊在土裡），手已被刺傷流血，還有許多如毛小刺附贈，很難除盡，非常棘手。牛皮草真是野草中的異類，跟它們交手之後，我變得謙虛，告訴自己，千萬別看扁這野草中的梟雄。

～ぐく 澆花覺 くぐ～

澆花時，我觀照到自己「修行」的境界。

心澄意靜時，我讓水管流量很小，一盆一盆慢慢地澆，心口合一念著大悲咒。那時，會覺得植物與我很相應，它們似乎也一小口一小口享受甘霖。葉片上漾著的光點和微微蒸騰的土香，我深覺植物與我合一，法喜充滿小小花圃。

但是生活中難免有起伏，雜念煩心時，口中雖念著大悲咒，心卻是隔絕的。水似乎也感受到我的躁動，在與植物接觸時，少了那份溫柔。

有時候無關心緒，只為了趕著看電視，要在短短的幾分鐘內把花澆完，水管的水量大，噴得枝葉東倒西歪，盆中泥土四濺。凡念起，心口空空，澆花只是虛應故事。

所謂道在行住坐臥之間，但若無心，行住坐臥僅是行住坐臥。期許自己，把澆花當成和花草交心的機會，結個好法緣。

* *

～ぐく 吐司皮我的愛 くぐ～

早餐弄了吐司要夾沙拉吃，女兒堅持她的吐司要去皮，我把切下來的吐司皮排在砧板上，塵封的往事浮現開來。

國中時候胃口奇大，放學時肚子餓了，到小柑仔店買麵包吃。那時的麵包種類很少，我獨衷吐司，那時候也不流行切片，我們一買就

是一整塊，一小塊一小塊撕下來，邊走邊吃。最希望買到邊邊，有
五面是金黃色的皮，先把中間白色的部分吃掉，剩下的部分像個方
方正正的小盒子，我會慢慢啃掉那又香又有嚼勁的小盒子，感覺自
己好幸福。

　　大學時賃居在外，附近一家麵包店把切下來的吐司皮分裝後便宜
賣。那時麵包種類繁多，吐司淡而無味，已引不起我的胃口，但我很
喜歡去買吐司皮，回味那種香酥的嚼勁，回味那種單純的幸福感。

　　現在我把切下來的吐司皮冰起來，喝下午茶的時候拿出來烤一
烤，別有一番香酥脆的滋味呢！

女兒五十歲，有禮！

　　我家有個習俗，就是女兒五十歲生日的時候，母親要打個金飾送
給女兒做為慶祝。母親有六個女兒，大姊五十歲那年，母親七十歲，
她送出第一件金飾。接著十多年下來，她都謹記女兒們的生日，只要
五十歲生日一到，就會收到她的禮物，連從小送人的姊姊都有。今年
五姊五十歲，母親除了送一只金戒指外，還順應潮流，加送一個冰淇
淋蛋糕。

　　我還有三年才拿得到贈禮，我假裝猴急地跟母親開玩笑說：「妳
不如多買一份，把我的先送了吧，不然到時候還要你加送豬腳麵線
呢！」母親笑笑沒有說什麼。記得兩年多前，母親生活在大家庭裡，
感覺不自在，老說自己不久於人世，還吵著要我們帶她去買壽衣。兄

姊們都覺得不吉祥，不肯帶她去，我知道她生性節儉買不下去，就帶
她去看看，果然在問了價錢後，不再提買壽衣的事。

　　後來她極力爭取成為獨立生活的老人，身體反而硬朗，現在她聽
了我的玩笑話，只一逕微笑，不願意提早買給我，她心裡一定想著：
「放心，我至少會活到送妳五十歲生日禮物的那一天。」

　　我們姊妹都不是喜好穿金戴銀的族類，卻很高興從母親手中接
到這個禮物，因為到五十歲還有媽媽來疼，實在是「福氣啦」。到時
候，我要邀集眾姊姊，戴上母親送的金飾，一起帶著八十八歲的母
親，去拍幾張美美的照片。

你幸運嗎？

　　你幸運嗎？你的幸運指標是什麼？

　　記得學生時代，我的幸運指標是幸運草，就是長有四片葉子的酢
漿草。一般酢漿草的葉子才三片，四片的很少見，因此被視為幸運。
那時候綠野很多，酢漿草一長就是一大片，遠看像是地毯，非常賞心
悅目。但我們對這到處可見的平凡野草並不稀罕，總是埋首尋寶，要
找尋心目中的幸運草，找到了就謹慎地捧回家，壓在書本裡，等它乾
燥後，再小心翼翼地收藏。當然，找到的機會少之又少。

　　迷信的我，會在重要的考試時，隨身攜帶，當成秘密的幸運符。
後來，雖然不必再考試了，但是每次看到一大片酢漿草，還是興奮地
尋寶。可惜綠地愈來愈少，別說幸運草，就是平凡的酢漿草，也難得
一見。

　　我一向不喜歡「拈花惹草」，陽台種的盆栽，常因飢渴而死。去年，家裡有盆植物，又因疏於照顧而陣亡，我也懶得再種。不久，花盆裡竟然長滿酢漿草，我有那種與老朋友久別重逢的喜悅。它們一副生機盎然的模樣，我們決定留著，任它們自由生長。結果它們長得比其他盆栽都好，還開出紫色小花。

　　某天，外子像發現新大陸一樣，呼我去看，原來這一小畦泥土上，竟然找到三株幸運草，以前眾裡尋它千回也不著的寶貝，會自己

長在盆栽裡！奇怪的是，我只覺得神奇，卻再也不把它們視為幸運指標，因為早在酢漿草貿然生長時，幸運指標已然進駐心坎，是它們讓我珍視每一種生命，活愈久，愈發現平凡的可貴，三片葉子和四片葉子，為我帶來的感動都一樣。家中有這樣的盆栽，隨時都感覺春天的氣息縈繞著，在我眼中，片片皆幸運，套句廣告詞，就是「福氣啦」！

❧ 我的世界變小了 ❧

　　我生長於鄉下，從小一直擁有寬廣的天地，家附近只要是腳程所能到的地方，都可以是我的遊樂場。出去玩時，不必跟家人說要去哪裡，也不必給一個回家的時間，一切都那麼隨興，那麼自然。那種不必為安全擔心的日子，多麼自在啊！

記得上國中以後，我最喜歡抱幾本書，一個人走入山林。也許是一大片菅芒花，我如一葉扁舟，把自己浮在菅芒花海中，看高空瀟灑的雲絮，聽菅芒花浪的低語。與大自然合一的感覺，豐沛我的青春年少，至今回味，猶有餘韻。

山林中也許會有路人經過，我不必神經緊張地揣測他會不會對我有非份之想。有的人會駐足問幾句話，問我是誰家的孩子？我說出父親的名字，如果他不識，我再說出大伯的名字（大伯的人際關係比較廣），如果他也不識，沒有關係，陌生人也可以閒扯幾句。如果識得父親或伯父，彼此都會覺得很親切，談笑而別。

當我自己有了女兒，多希望她能有我童年的自在，可是社會風氣變了，我得告訴她許多可能的狀況，假設陌生人是壞人，甚至是熟人都得防著。放學時，如果她彎去採些路邊的野花，延誤個十分鐘，我就得在陽臺上引頸盼望，設想種種可能發生的情況。

很想讓她自己在外面闖一闖，像我童年一樣，一個人與大自然對話，可是何處才安全？人煙稀少的山林水湄不適合，車水馬龍的鬧區也潛伏許多危險，真是步步危機。

一向喜歡當獨行俠的我，秋高氣爽的日子，總聽到山林在呼喚，可是我無法再投入它的懷抱。我的世界變小了，神經變細了。要上自家的頂樓，我拿著棒球棍，女兒拿著高爾夫球棍，一上去先觀測附近狀況，一副如臨大敵的樣子。平常在家，也得把門反扣，想起小時候，白天從來不關家門的情況，能不感慨世風日下嗎？

有誰能把寬廣的世界還給我，能把那份自在還給我？

莫讓白髮上心頭

才正是春夏之際，驚見樹上有些黃葉子，參差在翁鬱的綠之中，有些突兀，像極了年少者頭上冒出的白髮，人們嫌惡的「少年白」。

有不少朋友被少年白所苦，有的怪遺傳因子，有的怪壓力太大……一根兩根，一撮兩撮，不加商量就非法入境，而且落地生根，拔不勝拔。

曾經，女兒在玩我頗為自豪的一頭秀髮時，眼尖地發現一兩根白髮，對那「眼中釘」，我總要她狠狠地幫我斬草除根。女兒大了，不再玩我的頭髮，而我的人生觀也在歲月中淬鍊，白髮黑髮已不是重點，該來的總會來，以平常心來迎接吧！

頭上的白髮不去管它，倒是注意不要讓白髮從心上長出來，外貌的青春永駐是神話，但精神上的青春永駐絕非神話。一顆永遠勃發的心，一顆常保喜悅的心，一顆隨時關愛別人的心，不都是青春的另一番面貌？奉勸大家，且讓青春長留，莫讓白髮上心頭。

＊　＊　＊　＊　＊　＊　＊　＊　＊　＊　＊　＊　＊　＊　＊　＊　＊　＊　＊

把浪漫種起來

家裡有種薄荷，那嗆人的香味，總讓我在澆水時，忍不住湊上去聞個夠；有時也摘下幾片葉子泡進茶中，增添清涼的一味。

某日，和好友到山坳裡的餐廳吃飯，老闆特別招待我們喝花茶，但見晶瑩的玻璃茶壺裡盛著色澤淡雅的花茶，心已浪漫了一半，待花茶緩緩進入口中，那股清甘味補足了另一半浪漫。

老闆是很懂植物的人,租下一大片地,有心打造一個歐式庭園。經過一兩年的墾殖、栽種,已稍具規模,園子裡花花草草種類繁多,春天一來,百花爭妍。用餐的地方居高臨下,美景盡收眼底。美食、美景加美茶,快樂到不行。

我們很好奇這花茶怎麼比一般花茶多了些鮮味?老闆說這是用薄荷、甜菊、洋甘菊和迷迭香的新鮮葉子泡出來的,他栽成一盆一盆,喜歡可以買回去自己泡。我家中已有薄荷和迷迭香,於是買了另外兩種,準備隨時把浪漫泡來喝。

果然,浪漫被我帶回家種起來,悉心照顧之餘,它們除了回報一身清綠以養眼,還隨時供摘取,成為下午茶的要角。前日,幾位朋友來家裡,我當場剪些葉子泡一壺,未飲先陶醉呢!她們都很訝異才幾片草葉,就可以泡出這麼清香的花茶,這種花茶有安神作用,讓喝一般茶葉會睡不著的人,安心地享用下午茶。我決定多分栽幾盆,有興趣的人可以把浪漫帶回家種起來。

燕歸來

不知不覺,廊下的燕巢又有燕歸來,且有幾張小嘴巴等著父母餵食。前年吧,在我們小鎮最熱鬧的街上閒逛,忽然發現一家服飾店門口擠一堆人,其中有不少人拿著相機在搶拍。我以為是哪個明星來剪綵,趨前鑽進人群,才知大家正在觀賞燕子。

我們現在住的這條商店街有騎樓,所以騎樓的天花板,成為燕子築巢的好地方。去年我們刻意隨身帶著相機,隨時佇足拍照,仔細

觀察燕巢，才知道燕子也各有其性，有的巢築得非常牢靠，像個保壘；有的卻潦潦草草，勉強算個窩。有的在燈座上築，有的在插座上築。

拍了不少照片要當寫詩的題材，誰知詩未成，燕子去了又來，告訴我們一年容易又春天。起先是燕子成雙成對進住巢中，不久後，老有一隻在巢裡窩著，一隻在旁邊守著。再不久，由下面往上看，可以看到幾張小嘴嗷嗷待哺。再不久，小燕子可以站在巢的邊緣，用好奇的眼神向世界探索。再過一陣子，父母開始訓練小燕飛翔；之後，就是牠們離去的背影，為蒼茫的天空畫點淡淡的惆悵。

賴床有理

在四季如夏的曼谷，難得也有涼到想賴床的時候，把身體一側，拉著被子要來枕住面頰時，才覺得被子不夠厚，畢竟，這不是一個適合賴床的城市。薄薄的單人被，常讓我覺得不夠頭不夠尾，遑論擔當賴床這種重責大任！遂思想起冬日的故鄉，那是讓人有十足理由可以賴床的小鎮，而我們的陋室裡，可有上好的賴床被⋯⋯

想想，一逕陰鬱的天空，彷彿大地也不願醒來；外頭低於攝氏十度的氣溫，還因綿綿的雨讓氣溫更顯得冰冷無情；而柔軟厚暖的被窩，一如慈母的懷抱，誰願相離？讓意識遊走在半醒半睡之間，隨一室音樂悠悠蕩蕩，或任憑遙遠的汽車輾雨而過的聲音傳來，天塌下來就讓我在被窩裡天荒地老吧！

只是天可憐見，我這小人物在隆冬的這點小小願望也難得如願，因為工作的關係。後來為了考試而辭掉教學工作，正是寒冬時節，學

校鐘聲再也管不到我了，心喜賴床正是時候。可是「一日之計在於晨」，何況我眼前還有個遠大目標，即使不必像準備大專聯考一樣「三更燈火五更雞」，也不能頹廢到眾人皆醒我獨睡呀！每早第一件事就是天人交戰，在被窩裡輾轉反側，比鬧相思病的人還要「寤寐難安」。

交戰數日後，我開竅了。一大早鬧鐘響起，我就用一指神功把鈴聲按掉，順便打開收音機，聽英語教學節目。反正是聽，坐著聽、躺著聽效果應該差不多。於是我常在片頭曲中，再蒙睡神寵召，在片尾曲時醒來，然後告訴自己，這可能就是睡眠學習法。聽完了還想賴床，剛好是新聞時段，找個「讀書不忘愛國」的理由，我繼續躺著（坐著聽並不表示更愛國）。新聞完了還想賴，非要找更堂而皇之的理由不可！靈機一動，我把該背的資料抄下來，貼在目力所及的牆壁上，邊賴床邊背資料，一舉兩得，從此賴床有理，結束了我天人交戰的痛苦。

現在，難得有賴床天，也無遠大目標要實現，我就讓思緒五湖四海去遊走。首先對古人的造字發出會心一笑，「有心想賴」就變

成「懶」，這「懶」字自小與我有緣，幾乎成為家人對我的總體印象。偏我有個極端勤勞的老爸，因此連帶讓我想起他那些跟懶有關的訓詞。頭一句就是「懶惰牛，屎尿多」，因為懶，做起事來慢如牛，這不打緊，還老想找機會休息，而拉屎拉尿是人生大事，因此這成為懶人的絕妙藉口。再來就是「懶惰蟲，挑重擔」，因為懶，想早點完工，就挑重擔，但力有不及，往往掛一漏萬，草草率

率。最有意思的一句是「吃飯捧碗公，做事閃西風」，這表示懶人也有「勤快」的時候，君不見懶人吃飯時不辭勞苦，捧著大碗公埋頭苦幹；有活要幹時，得先一步閃，像閃強勁的西風。

　　父親常一大早出門，幹了一大堆活了，回家看我們還賴在床上，就說「路上有金塊，也被別人撿走了」，我們不敢當面反駁，心裡卻嘀咕：「你每天那麼早，也沒撿過金塊啊！」是啊，勤勞的父親很難體會「千金難買一朝眠」的樂趣，更確切的說，是眾多子女的教養費，讓他沒有機會嘗嘗「日上三竿，太陽晒屁股」的滋味。這麼說來，能賴床也是一種幸福哩！

藍色貓偶

　　朋友帶我去跳有氧舞蹈，跳到一個段落，老師要我們去拿啞鈴，那粉紫色的啞鈴，小不盈握，拿起來很輕，我覺得老師太小看我們了。有幾個同學沒有拿，我猜她們一定是不屑拿。

　　沒想到跟著老師蹦蹦跳跳，漸漸感受到啞鈴的重量，尤其老師要我們分段舉，分別在三十度、四十五度、六十度的地方停一下時，已經感覺那小小啞鈴有不能承受的重。勉強跳完，我說出對啞鈴的感覺，老鳥說：「上次拿著啞鈴跳，回家後手酸了好幾天。」原來她們不是看「輕」那啞鈴，只有我這種菜鳥，才會「鳥眼看鈴輕」！

　　之後，我在百貨公司的運動器材部，一直尋覓那種啞鈴的蹤跡，結果不是太重就是色彩灰灰黑黑，讓我失去拿它們運動的胃口。有一天在家中運動，剛好面對家中的陳列櫃，眼光停在兩隻藍色的、瘦長

的木頭貓偶身上，靈機一動，雙手握住它們舉上舉下，竟然把它們變成一對可愛的貓啞鈴。想起以前，家中那些活生生的貓，也曾被我當舉重器耍，現在無法養貓，我們買了各式各樣的貓偶，這一對來充當啞鈴剛好，可以回味那些養貓的日子。

除了當啞鈴，它們也扮演「護法」的角色，因為以前我曾有過兩隻貓，牠們感情很好，喜歡在我伏案時，一左一右的守護在案頭。當我案牘勞形時，會偷半刻閒工夫，摸摸牠們。對貓偶，我也可以摸摸它們，或舉舉它們，既舒解疲勞，又可增添樂趣。它們永遠都那麼挺拔，且一副微笑的樣子，聊慰貓思。

轉轉腦，加點創意，周遭許多東西的角色可以多樣化，生活不就樂趣無窮嗎？（寫此篇時，住曼谷，無法養貓）

卷三

浮生

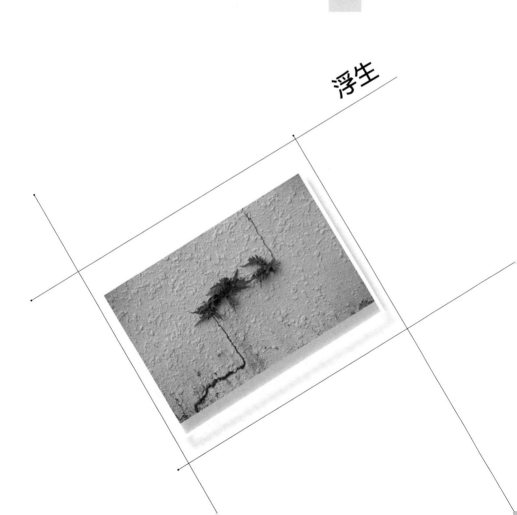

含羞草

　　十多年前，台北到淡水的老火車停駛，鐵軌被拆下來，徒留枕木與小石子送走晨昏。為了做一次緬懷的巡禮，我們一家三口特別搭客運車到紅樹林一帶，再由那裡沿著鐵路舊軌往回走。長年受火車來回奔波的薰染，小石子和枕木有著特殊的色澤，像早期泛黃的照片，有股說不出的滄桑。女兒那時才六歲，很高興能走在「火車的路」上，我們為了減輕自己沈重的懷舊心情，就帶著她到鐵軌旁的農舍繞繞。忽然在田埂上看到含羞草，動手玩一玩，女兒覺得很神奇，待著不走了，我們也因為不常見而依依不捨。女兒說：「我們把它帶回家種吧！」外子就隨手摘了一些種子，包好帶回來。

　　回來後我對鐵路深情未減，鬱鬱地躺在床上，只彷彿聽到他們父女倆在陽台忙進忙出，我對幾粒種子就想養出含羞草來不抱希望，所以也沒過問。他們盼了好一陣子，種子始終未見發芽，這個含羞草的夢就漸褪了，像小時候吃完水果，總要把種子埋到泥土裡，卻從來沒有發過芽一樣。

　　舊鐵道圍起來了，捷運工程正進行著，日子陀螺般轉過，某些感覺麻木了。那時交通進入黑暗期，我們也盼起捷運的竣工，至於那一條古老的鐵道，真的像一張泛黃的照片，被鎖在記憶的深處，不輕易去翻動它。

　　隔了三年的春天，我在澆花時，不經意看到榕樹盆栽裡寄居一株小野草，心裡惋惜它找錯地方落腳，正想拔下它，卻覺得有一份熟悉感。我用手碰碰它，它連莖帶葉非常卑屈地彎下腰，我大吼「含羞草」，原來春天的悸動可以是這樣的，在你毫無心理的準備下，它翻

然降臨。我們把含羞草的訊息託素書傳到金門，那時外子遠在那裡服務，讓一份喜悅的心情，兩地分享。女兒更像獻寶一樣，每有同學來，就把含羞草的來歷重播一次。

我覺得不可思議的是，由埋下種子到發芽，中間有近三年的時間，這段時間內它在泥土裡做什麼，想什麼？也許它睡了一個長長的覺，聽到某隻鳥兒來喚它，它才甦醒；也許它不想在異土生根，它想重回母親的懷抱，能日日夜夜聽著火車「隆隆」的節奏……總之它蟄伏，不顧春雷一次、兩次的呼喚，直到它知道回故土的夢已碎，才在第三次春雷的呼喚下探出頭來。

不久後，女兒又發現一盆很小很小的盆栽，也長出另一株含羞草，就彷彿他們在三年前種下的是奇蹟，如今一個一個「蹦」出來，讓我們一點一滴尋回「感動」的心靈。經過這些年，我們搬遷數地，如今新穎的捷運，在原有的火車道上，有節奏地飛駛，那些奇蹟之草，也早已走入記憶，但記憶中的它們，永遠帶著淡淡卻美麗的哀愁，和著泛黃的古老歲月，悠悠地從我心湖划過，微波呀盪著北淡線老火車的倒影。

跟著感覺走

有一陣子突然瘋起照相，在那之前我沒好好「摸」過相機，對照相原理更是一竅不通，就憑一股「瘋勁」迷上攝影。一般聰明的人只要買個傻瓜，就可以一機走遍天下，處處留下倩影。我自忖人不夠聰明，所以就買架「聰明」點的相機，鏡頭有點長度，可以伸縮自如，

要用手調的那種。記得拿到相機的當兒，我向朋友們宣告：三年後台灣會有個攝影家誕生！

戰戰兢兢裝上第一卷底片，單槍匹馬就去找個風光明媚處開始我的攝影生涯。那是個氣氛絕佳的黃昏，湖畔有許多像攝影高手的人在獵取鏡頭，我也有模有樣地東找找、西看看，學人家取角度，要瀟灑地「卡嚓」一下，只是怎麼按就是按不下，對這陌生的傢伙，我很生氣它讓我出糗（雖然也許沒人注意到我的窘狀），想找人問又怕人家笑我土。裝模作樣修理一番，天色毫不留情地黯了，我硬起頭皮請教一位手持相機的人，他摸一摸說：「開關沒開！」我不敢把嘴巴張得太大，但我實在沒想到相機有開關，平常看別人照相，嘴裡說個「歐斯麥」（O'SMILE）卡嚓一聲就照下去了，多輕鬆！後來我才知那是預防我們不小心按到快門，浪費底片。

我個子高，手長長的，一向喜歡兩手空空晃盪晃盪地走，最怕肩上、手上有負擔。但發了當攝影家的宏願後，以為自己將來會背著它們走天涯，所以開始訓練自己的手上功夫，那真是不輕的玩藝兒，等我測好光，調好焦距，手已經痠了，如果我的攝影對象是「人物」，也早都僵化了。

經過一段狂熱的操作期，手勁有兩下子，但我不耐煩去研究理論的東西，完全憑著剎那的「感覺」。有時候一卷接著一卷，一切跟著「感覺」走，拍得很過癮，只是一卷當中，能有幾張構圖好、色調佳的就偷笑了。那時候尋幽探勝，唯恐錯過一草一木；對古蹟更是青睞有佳，彷彿它明天就會從地球上消失；一有廟會，也忍受轟隆鞭炮聲、鑼鼓喧天及擁擠的人群，一張又一張地拍，親朋好友的小孩子們，也都成了我擺佈的對象。不知不覺兩、三年下來，竟累積一大箱照片，沒有好好整理，它們被堆疊在一起，像古代冷宮裡的怨妃，乏人問津！

71

　　後來我「良心」覺醒，決定要著手整理。於是一整個暑假，我幾乎與照片為伍。先篩選出較有意義的，分門別類，買了許多粉彩紙，將照片裁裁剪剪貼上後，旁邊加幾句俏皮或「詩意」的句子，再送去護貝。據朋友形容「照片照得不怎麼樣，文句也寫得不怎麼樣，可是配在一塊兒，還滿像回事的！」大概那每一張都代表一些人生的樣態，與人、與物的聚散，或社會一些特殊現象。別人一張張翻過，可能只看到表層的東西，我自己在「觀覽」時，卻可以看到背後那一段段故事。有些歡笑、景物就凝佇在那一刻，而那些歡笑景物，都是我生命中牽牽扯扯的線，捨或不捨，都得放，都得揮手。最後我不知道是生命跟著相機流轉，還是相機跟者生命滄桑？

　　最記得爬上堤岸等渡輪緩緩凌波而來，拍它在水面織起的漣漪，拍那些與我不相識的人下船、上船，想著他們為何而來，為何而去？等完渡輪等夕陽，那被我視為在天宇間獨步的旅者，永恆的旅者，也只有它，才能告訴我什麼叫做「短暫」，我的鏡頭留下它千百個風貌，也留不下一絲絲青春。送走夕陽，獨立蒼茫，我想只有瀟灑地聳聳肩，可以對抗些許無奈，畢竟鏡頭要面對的，還是歡笑居多。

　　經過一次大整理，把有紀念性的加工處理，把沒有意義的撕成碎片，保持原狀的還是很多。三年已過，我該宣稱：那位攝影家永遠不會誕生了。狂熱似乎褪去不少，手握著相機時，總會多一分思考。不過我真的懷念那段快門律動的日子。今年夏天，遠渡到了雲南，騎著單車顛簸在大理城郊的石路上，我又讓相機活絡起來，一曲青春之歌在它和我的心弦上躍動，那股生命的狂熱又回來了，真好，蠢蠢的我，智慧的它，再度攜手合作。我還是不願意去理解太多攝影理論，因為我和它有默契：跟著感覺走。

打游擊的夜貓子

　　我不是正牌夜貓子，因為我愛美，相信睡眠是美容的最佳良方，尤其確信美容專家所說的：晚上十點到十二點是「美容睡眠時間」。我的理想是：十點以前能「今日事今日畢」，然後洗個輕鬆愉快的澡，在音樂與星光的祝福下，沉酣到睡眠國度。但，人算哪如天算，我就常被老天暗算，不得不成為打游擊的夜貓子，嘗嘗「眾人皆睡我獨醒」的滋味。

　　靈感是欺善怕惡的動物，大白天紛紛擾擾，它偶爾靈光一現，旋即被太陽蒸發掉，你想要爬格子比堆磚頭還辛苦。晚上它偏愛捉弄瞌睡蟲，老是讓瞌睡蟲迷路，找不到主人，它就霸住主人的大腦，開始做起健身操，主人只好在燈光下被它牽著鼻子走。你的大腦一旦與它通了電，那準沒完沒了，原本催眠的蟲鳴改為進行曲，星星、月亮伸出魔手抓著你的每一個腦細胞加入天體運動，你能抗拒嗎？不，你已經是它的傀儡，哪有傀儡具有自主權？於是你跟著它在文字的宇宙裡冒險，有時你氣喘吁吁爬上高山，有時你優哉游哉漫步草原，更有時你闖入詭秘綺麗的海底世界，你身不由己地跟著它或悲或喜，或惱或樂。你成了穿戴文字盔甲的夜貓子，毫不疲倦地與夜同行，直到靈感大爺累了，你頹然欲眠，那時，白天已在向你招手，工作在向你招手。如果格子裡是文中神品，當夜貓子算沒有白搭，白日裡依然鬥志昂揚；如果只是一堆文字垃圾，那瞌睡蟲就會來個絕地大反攻，包準你一天要砸壞許多好事。

　　平日朋友們有各自的生活路線，哪一天某人腦子脫了線，邀大夥聚聚，你就得準備當個「吃喝吹蓋」的夜貓子。公式往往是這樣的：

先找個經濟實惠的飯館，祭祭哥兒們的五臟廟。下一步找個氣氛較好的咖啡屋聊聊，點過飲料之後，每個人擺個最舒坦的姿勢準備長期應戰，洋煙、土煙就悄悄爬上桌，各取所需，隨意吞吐。話題從總統大選、立法院舞台戲、股票狂起狂落、兩岸你來我往⋯⋯到老王家那隻貓大肚子、老張的太太牛肉麵煮得正點等等，偶爾也罵罵台灣不法商人購買外國稀有動物那一類的。國際通訊網路發達以後，大家的共同話題越來越多了，而在言論思想自由化之後，大家的觀點也就越南轅北轍，幾小時的論戰怎能將全人類的問題關心個夠？不巧咖啡屋已放起「今宵多珍重」的音樂，大家論戰方酣，於是某人拿出耶穌基督的精神說：「到我家去吧，有上等好茶。」陣地一旦轉移到大家可以「賓至如歸」的地方，就更可以暢所欲言。或坐、或臥，就著上等茶的上等興奮劑，一隻一隻夜貓子眼睛發出兩道炯炯的光，繼續熱烈的話局。夜的耳朵也在傾聽，雖然它知道所有問題都沒有定論，它還是忠實地聽著，直到它也倦了，這群夜貓子才省悟光陰不饒人，互相拍拍肩膀說：有空多聚聚。然後各自上緊發條，再回到各自的線上，待又有某人脫了線，才是下次集體當夜貓子的時節。

　　有時候，不是靈感來作怪，也不是朋友脫了線，自己就硬是睡不著，它有個蠻文明的字號：神經衰弱。這神經衰弱的原因可多著，舉凡興奮過度（中獎、升遷等）、悲傷過度（失戀、親人病死等）、或心裡擱著些不大不小的事⋯⋯聽說數羊不錯，但到底是數黑羊或白羊，山羊或綿羊？心裡決定不來，煩惱多一層，更睡不著。我的對策是打開床頭音響，首先映入耳膜的是主持人軟黏黏的聲音，節目叫「今夜星辰」。到十二點，我會期待「感性時間」的片頭音樂，連那段「寶麗絲褲襪」的廣告也耳熟能詳。接著「半夜琴聲」，我心裡也有架不眠的的琴，彈得毫無章法。接下來是「星辰夜語」，我聽不到星星的呢喃，只聽到自己不斷在與夜對話，在「應該睡」與「睡

不著」之間做拉鋸戰。凌晨三點五分,「雙星歡樂宮」,主持人只剩「單星」,可是他依然用歡樂的聲音向「百萬人口夜間族」問候,我總是不服氣地說:「我不屬於這百萬人口裡面,我只是來打游擊,你甭想要我夜夜守著你聽!」我不高興他用那麼快樂的聲音,來對待我這睡不著的靈魂。可是能怪別人嗎?如果沒有他們費心地主持節目,我獨自與無邊的夜戰鬥才可怕!有時候夜半醒來,一扭開收音機就知道大概幾點了,每位主持人特有的嗓子,每個節目特有的風格,我已感到熟悉又親切。當我成為無助的夜貓子時,他們像我的朋友一樣,陪著我走過長夜。

為了寫這篇文章,今夜我心甘情願地當夜貓子,但在此凌晨一時三十分,有一群魔鬼型的夜貓子,騎著他們沒有消音器的摩托車,在門前大馬路狂飆。他們勢必把許多人從夢境裡轟出來,那些人成為心不甘情不願的夜貓子,心中該有不少詛咒吧!原來夜貓子族群中也有自私自利的敗類,我真希望老天有「彈子功」,只要魔鬼夜貓子一飆車,彈子功立顯神威,捧得他們人仰馬翻!還有一種麻將夜貓子也挺令人受不了,嘩啦啦的洗牌聲有穿牆能力,那些牌友們打完牌要回去,也是一陣喧嘩,待他們發動車子揚長而去,你已睡意全無。

本質上我是很鄉土的,喜歡早睡早起,過鄉下人單純而規律的生活,但由於以上諸種原因,我做夜貓子的機會與日俱增,只有換個角度來想:當夜貓子可以窺見太陽的另一面,那神秘幽微的一面;當夜貓子可以完全地面對自己的心靈,對生命常有較深刻的觀照。至於因睡眠不足而長幾顆痘痘,那表示我還年輕,人生還充滿戰鬥(痘)性!

❧ 痴人說夢 ❧

常做些又臭又長又荒誕不經的夢，醒來後總是記得一些片段，有時順手把夢境記下，每次翻閱，都覺得好笑。朋友，請你分享我的夢，如果你善於解夢，它們正可以做為你的試驗品。

之一

爬上一座高高的田，水裡有一條蛇，好大好長的錦蛇，牠從容不迫地在我身上繞一圈，觸感非常真實的一圈，由我的左手邊繞到背後，再由右手邊繞出來。當時我似乎不怎麼恐懼，鎮定地等牠爬過田，才偷偷地移動腳步，還邊回頭看牠有沒有注意到我「逃跑」了。

之二

參加馬拉松賽跑，有兩個對手，其中一個是運動高手。我們規定繞小圈子跑，剛開始時好像是乾草林，後來變成水泥地，兩位對手同時倒了，場子裡只剩我一人。我有時把圈子擴大，有時縮小，有時換另一種圈子跑，心裡還盤算跑幾圈了，但總是算不清，大約覺得差不多了，就仆倒在地，趴下去才發現眼前有一團羊屎，我就移到另一處繼續趴著。

之三

我扮演一齣戲的主角，已經排演過了，但演出當天竟然忘掉那回事，和兩位好友在街上逛才突然想起來，那時已六點多，戲卻是七點

76

就要開演，糟糕的是，我忘了在何處演。我離開好友去找計程車，只是一直攔不到，也不見公車。最後，看到一輛小小的計程車停在一間屋外，我見屋內有一人正在打盹，原來他就是司機。我告訴他我趕去演戲，請他載我一程，他爽快地答應了。但他的車很奇特，裡面空空的，等到要開才將配備（座椅、音響……）放入，最後，終於等他安裝上方向盤。因為車子太小，我是用鑽進去的，那是墨綠色漂亮的小車。可是沒開多久，車壞了，修半天也修不好，而我，沒去演戲，也不知誰幫我演了。

之四

我獨自騎輛腳踏車到一個廣場，有一個穿黑色披風的鬼也騎車在兜圈子，我故意跟在他後面，我知道他是鬼，他沒有腳可以踩輪子，車子卻會跑，而且還跑得很快。風吹著他的黑披風，披風如旗子飄揚。不知為什麼，我老是看到他的側面，高高的鼻子，是蠻帥的鬼，我竟不怕他，還與他賽車，只是，我一直旁若無人地騎著車，似乎停不下來。

*　　*　　*

其他光怪陸離的夢還很多，像我的人泡在滾燙的油鍋裡，幫忙炸油條；電梯不是垂直上下，而是橫著快速滑動；我會飛，飛翔姿勢還挺美的。夢常不合邏輯地進行著，而且在夢中特別勇敢，天不怕地不怕，常常是醒來後，才愈想愈可怕。

～◇◇◇◇ 放「足」鄉野樂陶然 ◇◇◇◇～

「散步去吧!」像一句打開快樂之門的符咒,我們一家三口,各丟下手邊的工作,以最快的速度換上一身輕裝,然後讓腿兒攜著雀躍的心靈,準備徜徉在原野的懷抱之中。

我們是沒車(轎車、摩托車)階級,在現代社會中,該屬於少數族群吧!平常出遠門靠公共交通工具,腳踏車用來上街買菜或兜風,其餘時間,大多靠這兩條腿。我常自嘲擁有一雙大腳丫子,重心穩、耐力足,可以擔當行萬里路的責任。剛好我們一家三口,都喜歡走路,所以常常放「足」鄉野,享受閒適的時光。

我們喜歡穿過女兒就讀的小小學校,再走上田間小徑,然後沿著高爾夫球場旁的小路走。經過幾戶鄉下人家,逗逗人家晒穀場邊打盹的狗,看看路旁的野花野草,猜猜枝頭高歌的是什麼鳥,也許摘幾片竹葉吹吹不成曲調的音樂,寄居垃圾箱附近的貓們,也是我們熟知的對象。看到有婦女蹲在圳邊洗衣服,我就可以來一段「想當年……」,想當年我也是溪邊的浣紗女,只可惜生不逢時,沒有吳越相爭的局面,好讓我麻雀變鳳凰,像西施一樣青史留名,我雖無西施之姿,但東施效顰也許沾得上邊。

天很高很高,地沒有盡頭,我們的心靈彷彿脫了韁,遊走於大化之中,以為自己是仙道人物,女兒自取道號「清湘子」,手中的蘆葦搖身變成拂塵,我們開始以自認為典雅的神仙語言交談,一派騰雲駕霧的逍遙狀。尤其秋來,滿山遍野的芒花,在風的鼓動下,頗有雲霧繚繞的景況。

有一次,我們突發奇想,想找一條通往「外婆家」(女兒的外婆)的路,試了一些錯誤的岔路,終於走到外婆家,意外的造訪,帶

來意外的驚喜，外婆家的人還以為我們是從天而降。對於習慣「出有車」的人來說，跋涉一條八十分鐘的蜿蜒小路到外婆家，是有點頭殼壞掉，誰曉得我們在路上卻玩得很快樂。走岔的路，有的通往花木扶疏的人家，有的是老舊的古屋，各自訴說著人事興廢。

曠野無人，只會唱軍歌的老爸，憑著合唱團的訓練，土法鍊鋼式地教女兒發音，女兒也虛心受教，有模有樣地唱將起來。想到小時候一開口唱歌，父親就嘲弄我們：「是不是牙齒痛？」以至於現在仍是五音不全，當卡拉OK燒遍社會各階層的時節，我卻只能望麥克風而興嘆，連在浴室唱歌，都覺得毛巾、香皂有奪門而逃的衝動。不奢望女兒能練就黃鶯出谷的佳音，但田園間的吟唱，肯定可以陶冶她歌頌的情懷。

有時候我們鑽進童話世界，編織一個又一個的故事，總是不知誰開的頭，三個人就把情節鋪展開來，你一句，我一句，故事往往有多重性的發展，也許故事中又衍生另一個故事，天馬行空地遊走，童稚的喜悅像小溪流般，一路呢喃著。當我們把那些情節化為文字，分享給小朋友時，他們該可以嗅出濃濃草香中奔馳的心靈。

今年的元宵節，我們就選定這一條小路提花燈，邀來小外甥們，幾盞花燈在靜謐的田野裡，散發一路的暖意。他們回外婆家與表兄弟姊妹們會合，度過一個難忘的元宵節。

腿生來就是要走路的，現在卻常在油門與剎車板之間擺盪，不然就被禁錮在辦公桌下，他們的世界變得好小好小。若能常常放「足」鄉野，與自然同行，腿應該會高興的。

心靈的假期可以很隨興，借用蘇東坡的話，行於當行，止於當止，如行雲流水。我們從散步中鍛鍊體魄，在散步時陶養胸襟，彌足珍貴的是在散步時，我們的心靈更接近。

❧ 節日一雙雙 ❧

　　隨著日曆的消瘦，十二月翩然降臨，偶來相訪的寒流，增添幾許歲末年終的況味，不知不覺中，心緒也彷彿跋涉至一個新舊交接的驛站，以除舊迎新的姿態面對。不過，這種姿態總是攤不下十分，好像還有個更大的驛站要過，到那時「歲末年終」的氣氛也才十足顯現，仔細一想，原來我們擁有兩個過年。

　　小時候，爸媽總將元旦過年說成「日本新年」，以農事為主的他們，對這個新年並無特殊感情，也沒有特別的慶祝活動。他們心目中的過年，是農曆的年，每到臘月，就忙於除舊佈新，忙於採辦年貨，忙於蒸炊各式各樣的糕點，他們忙，卻忙得興高采烈。小時候，我們也把農曆年當成過新年，對於元旦假期則當成一般假日看待。

　　隨著以工商業為主導的社會型態，經濟奇蹟使我們躍上國際舞臺，元旦假期也跟著國際化的腳步，在實質上與我們產生相關性，在心中，它的「年關」份量增加了。對於包容性強的中國人而言，這個節日也納入生命體系之中，於是我們多了一份歡樂。元旦過年份量的加重，未減輕我們對舊曆年的情意，身為中國人真是有福，一個年度有兩個新年可以過，既保有自己的歷史傳統，也能與世界同時脈動。

　　就我個人而言，元旦新年是偏向理性的，一年的學業或工作成果，會在此時做個總檢討，檢討之後蓄勢待發，期待來年更有斬獲。農曆過年則較偏於感性，總在春聯、糕點的熱絡中，燃起對歷史文化的悠悠之情。圍爐的樂趣，在於那種凝聚的親情，讓你沈浸在濃郁的溫馨裡。

　　除了過年，還有一種節日也是成雙的，那就是情人節，陽曆二月十四日是「泊來情人節」，鮮花與巧克力妝點出一個熱情奔放的節

日，尤其是年輕一代的孩子，喜歡在這一天表達自己的心意。農曆七月七日則是「土產情人節」，牛郎與織女的故事流傳千古，淒美而含蓄。時值仲夏，有情人可在花前星下，共看牛郎織女星閃爍於天宇，聆聽他們那訴不盡的千古愛情。

很巧的，過這兩個節日，也常用不同的方式。泊來情人節，我們喜歡到商店裡看各種包裝精美的小禮品，聽店家播放浪漫熱情的音樂，感染男孩女孩臉上洋溢著的青春戀情，也許買些巧克力糖甜甜嘴巴、暖暖心窩。土產情人節，則多在戶外仰望天空，尋找牛郎織女星，想著小時候七夕拜拜用的紫色花朵、白粉塊、紅粉塊，還有媽媽準備的那一盆水，她希望我們洗出花容月貌。這一天，常在草香蟲鳴的鄉野氣息中度過。

一般節日，常讓人感覺像夜空中一閃即逝的流星，美麗而短暫。年假長一點，勉強算是流星雨吧，那麼元旦假期是一陣小流星雨，農曆春節就是一陣大流星雨了。一年當中，我們擁有一雙過年和一雙情人節，夠浪漫的吧！

❧⁓ 人間糗事多 ⁓❧

一向循規蹈矩的我，竟然在小學二年級就有一次蹺課紀錄，而且蹺得臉不紅，氣不喘，直到長大後，驀然回首，才發現那原該是一件很糗的事……

話說某日正是隆冬天氣，一大早，我穿了一件又一件的衣服，最後還套著一件大外衣，跟著哥哥姊姊一起上學校去。到了教室才發現

沒有背書包，那時候的書包是布料做的，因為衣服穿太多忘了背而沒感覺。當時村子裡沒有電話，學校離家又遠，不可能回家拿。怪的是我心中也不覺得恐慌，沒有向任何同學提起，就到五姊（五年級）的教室，五姊知道了也沒表示要怎麼辦，我索性賴在五姊的教室門口不走。那一整天，我就待在那裡，她們上課時，我在外面玩，下課時，就和她的同學打成一片，她們班都是女生，我和那些大姊姊玩得很好，她們知道我忘了帶書包所以混在那裡，沒有人幫我出主意，好像我在那裡是很自然的事。五姊的老師看到我也沒有過問，而我自己的老師也沒有來打聽，雖然同在一個校園，我卻很成功地逃了一天課。可笑的是家人發現我忘了帶書包，就請堂哥幫我帶去教室，結果書包到了人沒到，我的老師竟沒追究。書包是怎麼回家的我也不知道，反正事後也沒人問起，隔天我如常上學。這蹺課事件就這樣莫名其妙地發生與結束。

也許現代的家長很難想像會有這種事情發生，可是當時民風純樸，沒有綁架事件；路上也沒什麼車子，出事的可能性極低，所以學生沒到，老師並不會太緊張。等我後來當老師時，只要學生不到，馬上要打電話跟家長聯繫，怕有意外。現在想起那次蹺課，覺得自己小時候實在是又純又蠢，蠢到不知道該向老師報告，也蠢到不以為自己是「逃課」，二十多年過去了，才覺得糗！

當了老師後，我面對的不是又純又蠢的小學生，而是一班頑皮的國中生，所以我常施展「手下功夫」，以致有「冷面殺手」的封號。有一次一位學生遲進教室，我以為他鬼混去了，馬上伸手捏他耳朵，才要使力，另一位同學說是別的老師找去談事情，我也勇於認錯，順勢用手摸摸他臉頰說：「對不起，下次扣回來。」後來他該被修理時，倒不忘記向我要回那一下。另一次，一位男生犯錯被叫到前面，我向全班宣告完他的罪狀後，要他兩手伸出來準備受刑，我拿著藤條

比劃了一下，正要打時，發現外面有一位家長在探頭。我心裡想：
「不會那麼巧，是他的媽媽吧！」不幸就是那麼巧，一問之下正是該
生的母親，我只好向她解釋她兒子被打的理由，她也很客氣地說：
「錯了該打！」可是當著人家的面要打她孩子，我心裡真糗啊！事
後我才知道，那位學生就住在我家附近！以後路頭路尾還常碰到那
位家長。

　　再有一次，早自習時我在教室，看學生都埋首做功課，我就忙
著看報。後來發現有人吃東西，有人聊天，我大發雷霆，罵得非常激
動。但見他們臉上表情很奇怪，一副想笑又不敢笑的樣子，我更生氣
了，以為他們錯了還嬉皮笑臉，就罵得更兇。罵夠了，剛好鐘聲也
響，我頭一甩就走出教室。有幾位女生追上來跟我說：「老師，妳的
臉很黑！」我一聽才知報紙的油墨惹的禍，難怪他們被罵的時候，表
情怪怪的。回辦公室照照鏡子，發現自己成了女包青天了。又是糗事
一椿。

　　等我再回頭當學生，進了研究所，有一次開班會，特別邀來所
長一起開。所長肚子餓，正享用便當。我們則忙著列出討論項目，清
點人數等。在這一片混亂中，我想到班上的一位男生未到，就大叫：
「老龔怎麼還沒來？」只見所長由便當的美味中，驚愕地抬起頭看著
我，我這才會過意，原來我把「老顧」叫成「老龔」，而「老龔」是
所裡老師對所長的暱稱，我這區區學生，竟公然呼他「老龔」，也未
免太膽大了！何況由於他頗具威嚴，所裡的同學普遍有「懼龔症」。
這「龔」與「顧」算是一音之轉吧，還好他大人不計小人過，低頭繼
續吃便當。而我就在事後把老顧罵一頓，怪他陷我於不敬。

　　在家裡，偶爾也會出糗。有一次吃午飯，快吃完了才想起一盤海
帶在微波爐裡，我趕快取出，忙夾起來吃，一吃，發現味道怪怪的，
原來我忘了按下去煮，海帶還是生的。又有一次，我忙著煮飯，要女

兒看著洗衣機，她對洗衣機還不熟，問我說：「水滿了怎麼辦？」我順口回答：「水滿了就把衣服煮一煮。」女兒笑著說：「衣服怎麼煮啊？」我才知自己又出糗了。

有些糗事是女兒引起的。曾經帶她去看電影，外國女星有許多是波霸型的，那部片子裡有一位酒館老闆娘正是那種典型，她穿著低胸衣服，一出場，女兒就驚呼：「美國人的ㄋㄟㄋㄟ好大喲！」原本安靜的電影院，爆出一陣笑聲，還好黑黑暗暗，沒人看到我的窘狀。外子服務軍旅，常一身綠色軍裝，女兒小時辨識不清，有次迎面走來數位阿兵哥，她發出讚嘆地說：「好多爸爸喲！」糗不糗呀！

我閒來寫寫廣播稿，有一次去電臺看他們錄音。入口處兩位年輕警員問我們的身分，女兒理直氣壯地說：「她就是康康，你們不認識啊！」（那時藝人康康還沒出道）那兩位警員尷尬地笑笑，我只好對女兒說：「妳以為康康是誰呀！」一方面自嘲，一方面幫那兩位警員解危。進出電臺的多是知名主持人，女兒以為我寫了幾篇廣播稿，上上下下的人都該認識我啦！

無糗不成書，人間也就是因為這些糗事而更增趣味，忍不住說一聲：「大家一起糗吧！」

大年初二，回娘家

「背起了小娃娃，回呀嘛回娘家……」小時候常聽這首歌，覺得那場面很溫馨。以前的人認為女兒嫁出去就是別人家的，沒事不能老往娘家跑，所以一般婦女難得回娘家。如果婆婆是厲害的人，當媳

婦的對回娘家這檔事，更是難以啟齒。記得鄰家有位媳婦，每次回娘家，除了要婆婆通過，還要大姑首肯，偏偏那位大姑的婚姻被蹉跎掉，由於心裡不平衡，老在家中作威作福，很少讓那個弟媳回娘家，硬生生阻斷人家的思親之情。現代情況改變很多，許多年輕人自組小家庭，回娘家不再需要婆婆同意。有的甚至將房子買在娘家附近，連小孩子都讓娘家看顧，那麼回娘家更是家常便飯。也許是太方便了，這首回娘家的歌，才會在歲月中被人遺忘吧！

　　所幸大年初二回娘家，仍被一般人重視著，仍是一個溫馨的習俗。只是大年初二回娘家，不是年年做得到。想想我結婚近二十年，在大年初二回娘家的次數並不多，因為剛結婚時，婆家的神位還在離島澎湖，在婆家大團圓，就不方便回娘家。後來神位遷移到台灣，有時又因先生留守軍中，我帶著孩子去陪他，而在大年初二回娘家的日子缺席；再說我們還有幾年是在國外過年，對我媽來說，真是「遍發紅包少一人」。再想想我們姊妹六人，能在大年初二回娘家相聚的機會更少了，有的姊姊忙於做生意，有的姊姊必須待在婆家，接待她先生的姊妹回娘家團圓。（許多公公婆婆忘了媳婦也是別人家的女兒）

　　在這些年裡，有一年的大年初二，讓我印象最深刻。那年的初二，我決定要完成一篇稿子再回娘家，因我知道一回了娘家，混吃混玩，一顆心野得很，寫一半的稿子擱著，到時候接下去文氣會不同。於是我在吃過午飯後，打通電話回家報備，我都還沒開口，姪女就嚷嚷說：「祖母一大早就巴巴望著，大門不知道走幾回了，一個女兒都還沒回來！」我一時語塞。

　　可以想見媽一大早張著雙熱眼盼著，要給外孫們的紅包也早已包好，到大門眺了幾回，六個女兒竟沒一個回娘家，這情景令她倍感淒涼吧！幾個姊妹中，老大不管什麼日子回娘家，總是在晚上才到，似乎三十年來一向如此。老二最閒，住得不遠，常是第一個報到，但去

85

年她女兒出嫁，今年女兒第一次回娘家，她可能不會回來。老三自小
送人，住得也較遠，初二回娘家的次數原本就不多。老四住得近，公
婆雖已不在，但她的大姑、小叔卻都回來，一時走不開。老五婆家雖
然不遠，剛嫁過去那幾年，只有當媳婦的份，沒有初二回娘家這種權
利。近幾年好一點，但照例要招呼完那些回娘家的大姑、小姑後，把
狼藉的杯盤收拾完，才得以回自己的娘家，享受當女兒的滋味。

　　等我帶著女兒回到娘家已四點多，竟然還拔得頭籌，大嫂正好
也回她娘家去，家裡是有點冷清。我一到家，原本躺在沙發上打盹的
媽，含著笑意坐起來，陪媽打盹的姪女也來勁了，寒暄一番，馬上擺
桌玩起撲克牌，氣氛一下子熱鬧起來。媽不會玩牌，但看著兒孫大聲
吆喝，似乎也感染那氣氛，猛拿零嘴殷勤勸吃。

　　接著，大嫂自娘家回來，再晚一點，五姊、四姊、大姊陸續回
來。大姊連女兒女婿、外孫女也帶回來。大嫂的弟弟、妹妹也來，氣
氛如浪高起，這個年特別熱鬧滾滾。牌桌換玩擲骰子，大人小孩打成
一片，每個人輪流作莊，一次以一塊錢為輸贏，一大群人團團圍住，
清脆的骰子聲，和著贏者的歡呼聲，輸者的捶胸頓足聲，旁觀者的幫
襯聲，真是聲聲滾燙。擲骰子完全靠手氣，才六歲大的姪孫女手氣偏
好，把這些姑婆、姑姑、叔叔們的錢都贏走了。如此四代同堂歡鬧，
媽可樂透了。

　　當晚，大嫂的好手藝，變出一道一道可口的菜，吃得賓主盡歡。
吃吃聊聊之後，大家都打道回府，我因為外子正在軍中值班，被姪兒
們留宿。姊妹中只有我會打麻將，姪兒姪女老是三缺一，對我有如
大旱之望雲霓。我們牌藝都不精，一年玩不超過三次，每次要玩，都
先為順時鐘、反時鐘爭論一番，從來沒搞清楚過，我們也不玩錢，純
粹娛樂而已。平日最忌諱賭博的媽媽，這時心甘情願，成了送點心的
「老丫環」。

　　初三一早，外子值完班來會合，我們就和大哥他們全家老小，浩浩蕩蕩去九份玩，回程順道探望三姊，讓媽看看這個自小即不常見到的女兒。三姊他們夫妻開了家全年無休的小店，想回娘家也難。我們突然湧進去，還真給他們一個意外之喜，這幅骨肉團圓的場面最是難得。

　　在娘家住到初四，是休假的最後一天，吃完早飯，我們一家三口整好行裝要回家。媽一句「要不要去舅媽家」，又留住了我的腳步！好啊，我爽快地回應，也該輪到媽媽回娘家了。舅媽家很近，十分鐘路程，招兵買馬之後，一串兒孫跟著媽媽回娘家。

　　三舅是媽媽四個弟弟中僅存的一位，舅媽是童養媳，與媽媽情同姊妹，我們跟舅媽一直都很熟。老遠看到舅舅自菜園歸來，手上拿著鮮嫩的青菜，舅舅、舅媽看到我們，一臉笑意，沏上好茶招待。那一日的陽光很好，舅媽要我打電話邀眾姊妹來，結果四姊跟姊夫也來了。中午吃著剛由菜園裡採回的青菜，一掃過年的油膩，令我胃口大開。舅舅帶我們到菜園裡採青菜，借來鄰家的雨靴，我們一行人到田裡去。許久未徜徉田野，走在田埂上別有滋味，心曠神怡之餘，又可親手採摘青菜。拔蘿蔔最有趣了，蘿蔔長在泥中，只能靠它露出來的一點訊息，判斷它是不是夠大，像我這種沒有經驗的菜鳥，常被葉子所騙，把未長好的拔起來，只好偷偷種回去。拔出來的蘿蔔有些造型很特殊，彷彿大自然也是個頑皮的藝術家，讓我們共賞他的傑作。而滿園飛舞的蝴蝶，迎著陽光迎著新春，把大家的心也舞動了，對新的一年充滿希望。可惜，我的娘家和媽媽的娘家，都在都市計劃區內，那一大片土地已被徵收，大家都將遷走，根落何處還不知道，各家星散後，陪媽媽回娘家的機會恐怕不多。

啊！永遠不能忘記，在某個暖暖的新春，跟著媽媽回娘家。過去這三年，我都在曼谷過年，今年大年初二，我決定要在回娘家這件大事上拔得頭籌。試問諸位「海外遊女」，妳的娘家在哪裡，妳可聽到阿娘的呼喚？

❧ 六月，沉舟記 ❧

荖濃溪，素昧平生的一條水，竟然在某個六月，迢迢召喚我們，用它豪雨過後，又混濁又湍急的語調召喚我們。

舵手小莫，短小、豪爽，甘草型人物，檳榔是他的民生必需品，我們這群平日菸酒不沾的人士，在他精神的感召下，暫時與菸酒交朋友，檳榔嘛，少不得「ㄅㄚ ㄎ ㄅㄚ ㄎ」地嚼。下水前吃飽、喝足，暖身運動唯恐做不全，舉腿彎腰的。緊張興奮之餘，煙不離手，大有荊軻渡水的悲壯。當天不日不雨，水卻飽滿，正是泛舟好時節。湊合十艘橡皮艇後，終於上路了。我們的艇有十七人，除了熟識的七人外，餘均陌生，是一隊雜牌軍。人手一槳，躊躇滿志地出發，「正槳才對，反槳才對……」大家七嘴八舌，岐意四出，十足的烏合之眾。一時之間，你碰我的槳，我撞你的腳，好不熱鬧，舟也在亂軍指揮之下隨波逐流。

剛開始波浪尚小，有人大嚷「不夠刺激」，於是馬上分出保守派與急進派，拍擊水裡的槳，遂有快有慢、有正有反，孫悟空再世，恐也難馴服這群猴輩。快到第一個急流時，船首有位老兄拿水瓢舀水與鄰舟的友人互相潑灑。向來溫文儒雅的外子，在耳後喊一聲：「他媽

88

的，都快翻船了，還玩水！」話未畢，舟子來個一百八十度大翻轉，我已在暗無天日的舟下，這舟可翻得絲毫不猶豫啊！

翻覆的瞬間，我整個人被打入水裡，掙扎著浮出舟與水面中間的空隙，意識到自己正跟死神握手，整個世界都是黑暗的，整個世界也彷彿只剩下我在掙扎，同伴們有在哀嚎呼救嗎，為什麼我聽不到？解說員提示過的自救法支離破碎地浮過腦際，那時哪會專注去聽，大家都認為厄運不會降臨自己身上。

求生的本能讓我在慌亂中，一面與死神虛與委蛇，一面思忖如何逃過它的俘虜。被覆蓋在舟下載浮載沉，黑暗中我只想到光明，於是使盡吃奶力氣撥了幾次，終於把舟撥開，但隨即想到他們說要拉住小舟外圍的粗繩，以免遇到漩渦，神仙難救，待我一伸手，舟已遠去。

出發前一大堆熱熱鬧鬧的人與舟，頃刻間從天地間消失了，茫茫急水中，我只有孤軍奮鬥，救生衣發揮它最大功用。我尚能保持鎮定，放鬆全身，盡量浮出水面呼吸，天色是一逕的灰白，天啊，誰來救我？浮沉之際，又一次感受到死亡的威脅，波浪是無情的，我變得那麼渺小，像一隻小甲蟲，被翻來覆去，當仰頭向天，就貪婪地吸口氣，又被浪搏倒時，就身不由己地喝水，荖濃溪的水，竟注我滿腹苦澀。

不知過了多久，遠遠駛來救生艇，我耐心地等他們來救。死神，再見！我是第二個被救，接著又救起五人，我還能幫忙拉人。驚魂未定，想起老公，不知他此時身在何處？救生員為了趕去救別人，將我們翻覆的舟翻轉回來，叫我們跳回去。老天，我沒聽錯吧！他們一個一個跳過去，我也只好跳，剩三男四女，一支槳，及七零八落的魂魄，要繼續未卜的航程。想起剛翻船時暗無天日，掙脫出來又只見木槳與拖鞋齊流，實在沒勇氣再接受考驗。

　　此時相識的只剩老公的朋友阿米，及另一位朋友妻楊太太。楊太太是標準旱鴨子，能沉著被救已屬不易，阿米也是瘦小個子，說笑話最在行，任何語言由他舌尖吐出，都像小丑的化身，讓你打心眼裡笑，可是他的話抵得住驚濤駭浪嗎？其餘四人，臉色更是灰白。阿米不失軍人本色，他一反平日的嘻笑怒罵，指揮若定，不過他的作用在安定人心，對於舟的航向無能為力，因為我們只有一支槳。

　　這時才懂得什麼叫做「人在江湖，身不由己」，被水趕來趕去，最後將我們趕到一處陡壁附近，水面平靜得很，但我們都嗅到一股危險的氣味，死神再一次埋伏在那裡。陡壁上一個深洞，更增添恐怖的氣氛。阿米宣布，用外頭的那一隻腳代替槳，大家輕輕地划、划，彷彿怕嚇醒水底的魔怪。我們大概都暫時停止呼吸了吧！終於，我們離開了那塊死亡之地。但接下來也不好過，在毫無抗拒下，被殘忍的急流、險灘折難，東撞西撞，身心受盡煎熬。又不知流浪多久，救生艇完成任務，才將我們推到淺灘上休息，也許心情太「沉重」了，石堆崩塌，我自己又「翻」了一次。

　　等到其他人來會合，劫後餘生，抱住老公苦笑一場（欲哭無淚），各敘經歷。旋即又要上舟。啊！痛苦！但誰也不敢表現「恐懼、退縮」，所以，牙根咬緊，再上路！少了幾組害群之馬，剩完整的兩組人，默契被嚇出來，活像一隊訓練有素的龍舟手，合作無間，小莫更是全力指揮。險湍仍一個接一個，往前望去，濁浪怒吼，張牙舞爪，瓢子早已流失，舟內積水不少，槳也不多，所以仍舊被浪捲來捲去，還好大家都有個信念：不准再翻了。放低重心，面向高高捲起的浪頭，一關一關克服。路好遙遠，盡頭在哪裡？死神仍亦步亦趨，但誰都不肯屈服，千辛萬苦之後，終點到了。

　　一上岸，就有人奉上煙及檳榔，配上個人渲染的奇遇，那滋味真是太棒了，邊走邊嚼，一口鮮紅的汁液痛快地「啪」到地面，你要問

我形象？我告訴你，這是一種劫後餘生的揮霍，如果你曾與死神打過照面！

擔驚受怕了，我們把自己推上「泛舟英雄榜」，每當有人談起泛舟，我們總會眉飛色舞。因為有人碰到乾水期，某些路段是扛舟而行；有人因水波太平靜，只有自己跳下水或製造假翻舟事件，只有我們是貨真價實地與滔滔巨浪搏鬥過，荖濃溪一定還留有我們未收回的驚魂呢！

時序又轉向六月，荖濃溪又頻頻召喚，這回該你去了。

記住：穿牢救生衣，船翻覆時不要緊張，拉緊旁邊那條粗繩，頭要露出水面呼吸空氣……

⤛❧ 書香夢 ❧⤜

那一年，我硬是將捧了七年半的鐵飯碗給割捨掉。當我把構想提出來時，周遭親朋好友們的反應是反對多於鼓勵，因為別人打破頭都想進來，我卻要放棄。

打從考上師大的第一天起，我自己也認定一輩子教書，可是就在三十歲那年，主觀、客觀情勢都有些因素，讓我對那鐵飯碗，有了重新的考量。就客觀情勢言，教師靠嘴巴宣說，而我的喉嚨長年處於發炎狀態，教書必備的資本打了極大折扣；就主觀情勢言，教了幾年書，生活有了固定型態，但喜求新求變的個性，似乎不甘於那種穩定性，有某種聲音呼喚我跳出那種固定型態。感覺自己前半生的經歷彷彿都是宿命的安排，那些安排中沒有我個人的意志在，千想萬想就是

不甘心。從某個角度來說，鐵飯碗是一種保障，但從另一個角度來看，它其實更像一副枷鎖，鎖住我的各種可能。基於這個理念，我毅然決然跳出，決定去追尋我的夢想。

其實自己並無非常明確的規劃，但等待在前面的未知讓我的精神亢奮，思想活躍，我知道未來的路不盡平坦，我的腳已準備接受顛仆。第一個夢，我向研究所挑戰，教書之後，覺得自己太不足了，因此在投身進滾滾紅塵之前，我選擇自我充實，丟了七八年的課本，拾回來再讀。

第一個夢竟然實現了，我在學術的領域裡悠遊得很愉悅。在讀研究所的同時，有人勸我嘴巴無法宣說，提筆寫寫東西總可以吧，說得有理，我就試試吧，這一試，試出癮頭來了，文字天地似有神奇魔力，我一進去後就流連忘返。現在常煞有介事地坐在電腦前，開始和心靈對話，讓我的想像力天馬行空地遨翔。而這也引出我第二個夢想，就是要在文化出版界編好書、寫好書。研究所畢業時，同學紛紛找學校謀教職，我卻全心全意投入文字世界，編書寫東西，生活充實愉快。記得要割捨鐵飯碗時，寫下一些句子：

> 我已裝好行囊
> 要攀智慧高峰
> 那高峰
> 望不盡重巒疊翠
> 訪不遍瓊樓玉宇
> 談不完千古風流人物
> 飲不醉陳年書香滋味
>
> 路途，或許很遠很遠
> 但我願
> 風霜迎我

雨雪鑄我

一路的好星好月撫我⋯⋯

一路行來，這條心靈之旅的確非常豐沛。路，永遠沒有盡頭，而我真的無怨無悔！

❧ 耶誕夜，全家「飆舞」去 ❧

淡水線捷運尚未通車，捷運站卻已發揮多種功能。耶誕節前，舞臺搭起來，燈光也布置好，這個露天的表演場有模有樣，為一場盛筵而等待著。

縣府要在此舉辦晚會的海報，鼓動著鎮民的心。聽說晚會完可以飆舞，喜歡跳舞的人，熱情地盼著。小鎮生活一向樸實、簡單，這種大型活動不多見，因此這次的活動，別具意義。

耶誕夜，鎮民扶老攜幼，一片人海。真不相信有這麼多人，與我同住一個小鎮，還好有廣大的空間可以吐納陸續湧至的人潮。

大家先觀賞晚會節目，並參加摸彩。九點多，節目結束後，由淡大的同學開始舞蹈表演，然後就是大家飆舞的時間。此時，舞臺是大家的，臺上的人鼓勵大家上舞臺表演。剛開始大家都不踴躍，有些人就在舞臺下「抖」起來，好像小石頭投進平靜的湖，泛起一點漣漪。慢慢的，投入的小石子多了，這裡一圈，那裡一圈，漣漪互相交集、擴散。水的律動，使湖活了起來。

隨著熱門音樂的感染，開始有人飆上舞臺了，我和女兒把外套一脫，往先生身上一放，就跟著上臺。一上臺才發現，男女老少都有，

從四五歲到四五十歲都有。有親子檔、夫妻情侶檔、同學檔，還有獨行俠，大家隨性而舞。舞不停，笑不停。臺下舞動的人也多了，處處歡聲雷動。各人的舞姿或許不同，但那顆奔放的心是一致的。

老天很幫忙，給一個不冷不熱的好夜晚，天上有星光月光，地上有五彩燈光，上下輝映。淡水河畔寧靜的夜，這一夜卻綴滿歡笑，對岸的觀音應也笑看一張張狂歡的臉。一家人平常各忙各的，有機會全家一起飆舞，把親子的感情飆得熱騰騰呢！

包粽記

粽子飄香的季節，天候邁向炎夏，也邁向「考季」，莘莘學子在暑氣中準備考試，家長也不得閒，舉凡對考生有利的事，都不會錯過。包粽子原本是單純的民俗活動，只因「包粽」與「包中」諧音，有考生的家長莫不包些粽子以取得好彩頭。傳統民俗賦予時代新義，更顯得粽香處處。我算是跟上時代腳步，也有兩次「包粽」的經驗。

話說若干年前，我的外甥兼乾兒子要考高中，他的父母忙於工作，無暇為他包粽子。那時我已在國外遊歷年餘，剛回台灣，就碰到這大好機會，於是自告奮勇，要為乾兒子「包粽」！自恃小時候曾跟在母親身邊包粽子的經驗，就上菜市場採買了。

踏入雜貨店，我裝出一副經驗老到的模樣，抓些糯米瞧瞧，夥計迎上來，問我要多少斤？傻眼了，我對斤兩毫無概念，只好跟他說要包多少粽子，他笑笑，秤了一包給我。準備付錢時，他又問「粽葉不需要嗎？」哦，粽葉，我趕緊混進一堆歐巴桑中間，學人家挑挑撿

撿，又要付錢時，他問：「粽線需要嗎？」哦，粽線！看我那副恍然大悟的樣子，他已經塞兩串進袋中了。原來材料的採買，就很有名堂了。

　　再經歷一番「東市買米，西市買餡」之後，走出與人「摩肩接踵」的傳統市場，回到家力氣已去掉一半。接著把記憶拉回二十多年前，想想母親和大嫂她們如何把材料弄熟，再塞進粽葉？糯米要先泡過，泡多久？記憶中粽葉也要泡、要整理。餡要先混在一起炒過，幾分熟？小時候參予的，只是「包」的過程，並不包括前面這些瑣碎事，怎麼辦？俗話說：「有樣看樣，沒樣自己想」（台語），硬起頭皮自己想吧！

　　小時候喜歡邊包邊吃餡，所以餡至少要九分熟（因為是素餡，九分熟頂頂安全）。葉呢？漂亮的、完整的，一葉一粽；殘缺、破裂的疊合互補。糯米的處理比較麻煩，沒有生米炒成熟飯的經驗，一下火太大，一下水太少，弄得我手忙腳亂。最後，總算可以動手「包粽子」了。

　　粽子要包得飽滿而稜角分明才入流，我的水準還停留在小時候，安慰自己愛心與誠心比較重要，只要有粽子的樣子就好，果然個個似粽卻各有姿態。才包好，迫不及待煮來吃。粽葉經煮飄出香味，沾沾自喜，試吃後發現米心還硬；再煮，再試，米心仍硬；三煮，三試，仍不透。後來詢問經驗人士，才知邊炒要邊加「熱水」（我加的是冷水），真是處處皆學問。只有暗中祈禱，不要影響考試成績！

　　乾兒子果然考上，不過他的老師早就預料他可以考上，我撈了個「沒有功勞也有苦勞」的美名。感嘆讀書萬卷，卻連個傳統手藝都沒學好，屈原「江裡」有知，也要苦笑了。

自從包粽子後，三年匆匆過，乾兒子要升大學了，我卻遠在他鄉，只有寫信請他自求多福。不過話說回來，如果我們不出國，女兒要考高中時，我不知有沒有勇氣再來一次？

時光匆匆又過數載，再次包粽的機會來了，是在我們回國後，女兒要考大學。由於她只在國內上一年高中，這次粽子一定要美美的，才比較有希望。還好我除了上次的經驗外，這次也升格當上大廚，有老公當二廚。材料的備辦不成問題，兩人到市場，很老練地採買完畢。

重頭戲在炒糯米，我們如臨大敵，先煮一大鍋熱水在一旁等著，我揮著鏟子翻攪糯米，老公太緊張了，不斷加水，以至於炒完後發現太軟。但無法回頭了，只好開始包，這時候「包中」的主角－－女兒，也把書本丟一邊，加入包粽的陣容。技藝不精的我突然升格為師父，要指導兩隻菜鳥，示範後就開始各展身手。三個人一邊包一邊互相取笑，形狀是五花八門，還忙著互相拍照，留下這歷史的一刻。

我真擔心「包爛爛，考爛爛」，還好仗著她臨時抱佛腳的功力，和特殊身分加分的結果，擠進一個雖不理想，但可以接受的科系，第二年申請轉系，進入心目中理想的科系。一眨眼，升大三了。今年，我問老公要不要再來包粽，不為考試，是為發思古之幽情，順便向偉大的愛國詩人屈原致敬，老公興趣缺缺，他說市場不是很多嗎，為什麼要把自己搞得那麼累？真是「傳統式微，匹夫有責」，我掙扎著，要不要做個傳統的捍衛者？

∽✺∽ 陪考那一天 ∽✺∽

在台灣走過升學路的人，都是身經百戰，一路過關斬將，通過無數大大小小的考試。尤其是全國聯合招生這種關鍵性的考試，往往「一試定終生」，於是家有聯考兒，到聯考那一天，「陪考」蔚為奇觀，有的更是全家總動員，準備一大堆吃的、喝的，把考場當成野餐勝地了。

今年在教改之下，號稱以「多元化入學方案」，取代行之多年的大專聯考，可是繁複的升學方案，把老師、學生、家長都搞糊塗了。我們去年九月回台，女兒申請進入高中，是戰況迫在眉睫的高三。我們一開始就被教科書打敗了，因為開放不同版本的教科書，同一科目，也許上學期用甲出版社的，下學期可能改用另一家出版社的。為了買高一高二的教科書，跑了很多書店，還買錯不少書。接著就開始了解各種考試方案，我因此而得到一個結論，所謂「多元化」，等於「多錢化」，意思就是要家長多多花錢。教科書比以前貴很多，考試種類也增多（每種都要報名費），不同的升學管道，有不同的報名方法、不同的時間與地點，還要準備不同的資料。最重要的是學生並沒有因為多元化入學而正常學習，下課後上補習班的狀況更為嚴重，因為是取消聯考的第一年，是人人有希望，卻個個沒把握，不補怎能安心？

言歸正傳，拜取消聯考之賜，二月份先來個學力測驗，有十四萬多的考生參加。女兒叫我不必陪考，我心想，以前我參加兩次大考，都是姊姊請假來陪考，後來我也曾經陪姪兒、外甥考過，女兒從未參加過國內的大考，怕她有所疏失，何況考場還在我的母校（師大），我當然要陪嘍！女兒賃居在外，我們約好考場見。結果這次陪考，女兒沒出什麼差錯，倒是我自己狀況良多，且讓我慢慢道來。

97

　　考試前夕，我在背包裡準備些吃的，然後早早上床。半夜兩點多醒來，精神還不錯，不過千不該萬不該，不該去把電視開。螢幕上正播放老片，我竟然接連看兩片，看完一伸懶腰，發現天亮了。不敢怠慢，弄完貓、狗大事，自己也準備妥當，就急著衝到捷運站，此時有些睡意了，想到車上補眠。一到車站，傻眼了，原來是上班上學的時間，即使是起站也沒位子坐，只好站著。誇張的是我站著也能打盹，抓著鋼管，好幾度整個人睡歪掉，惹來旁人怪異的眼光，這好像是我上高中時才有的現象。

　　以往考季是在夏天，接近考場就一片熱鬧景象，有賣吃的攤販，有發傳單的補習班，明亮的陽光為考場多出一份蒸騰。寒流來的這個考試日，路上都是瑟縮的人群，陪考的人也不少，但氣氛就是冷，沒有人席地坐著，邊搖扇子邊看報或聊天。見到女兒，免不了以過來人的身分，警告她一些注意事項。鐘響後，我們這些陪考的人被驅離考場。寒風冷雨，哪兒都不想去，還好學校特別把禮堂闢為家長休息區，只是那禮堂已列為古蹟級，不可在裡面吃東西。昏黃的燈光，管理員又隨時進來吼那些把雨傘帶進來的人，使裡面的氣氛更沉悶，不像夏日的考場，識與不識者，都可談在一塊兒。我找個位子，把背包放到一邊，這才發現袋子裡有水滲出，原來早上太匆忙，把隨身攜帶的熱水瓶注滿水後，忘了先把裡蓋旋上，就把外蓋蓋上，所以會漏水，這是我不曾有過的現象，看在我是考生的媽的份上，就容許我糊塗一次吧。

　　處理完水的事，馬上埋頭在報中，看報看得渾然忘我，抬錶一看，快十一點了，該去買午餐。為了怕考完後人潮太擠，我要買便當到校園來吃。走過陪考的家長群，發現大家都沒動靜，站在走廊上的家長，多面無表情的看著雨景。在外面路口也沒看到賣便當的攤販，心裡有些狐疑。又想大概考季在冬天，連攤販也懶得來吧。走在街

上，有些冷清，到一家素食餐廳，裡面燈還暗著，菜也才上幾道，怪，今天我碰到的人怎麼都慢半拍？回想我們當學生的時候，十一點來吃飯沒有問題，我於是找個職員來，以質問的口吻說：「這麼晚了，菜色怎麼這麼少？」她告訴我才十點，我抬錶一看，才知是我看錯時間。今天又不是我考試，我緊張什麼！

不想再走回冷謐的禮堂，我決定來個雨中巡禮，自離開母校後，還不曾有如此多的時間，好好在校園附近走一走。身上穿著厚重的衣服，手上擎著傘，腋下夾著報，另一手緊握熱水瓶，一副鄉下人進城的老土樣，開始在雨中漫步。有些店二十年來沒有變，同樣的店名，同樣的擺設。有些已不知幾易其主？我注意到路邊多出好幾個小公園，公園裡老樹很多，我都懷疑這些老樹以前就存在嗎，為何我印象不深？每個公園都有名字，還有「認養人」，真好，我也想認養一個小小的公園，可以剪剪枝條、掃掃落葉，沒事可在老樹下做做春秋大夢。有一群老人，聚在涼亭喝茶、聊天，我發現自己肚子也咕嚕叫，找個小亭子，我的野餐派上用場了。要不是一時糊塗看錯時間，我也不會享受到如此雅趣，古人云「難得糊塗」，饒富尋味。有個公園在傳統市場旁，叫「古風」，正讚嘆它名字取得好的時候，不遠處有一個賣菜的小攤販，賣菜老人正拉著二胡，那款自得其樂的樣子，與古風之名相得益彰。

一個鐘頭之內，我走了不少小巷子，在此讀四年書，還不曾如此逛過。最時新的大樓，與殘垣斷壁的老房子，同時並存在這方圓之內，時間的軌跡如此訴說著。我不也從清純的大學生，變成「準大學生」的媽，時間的軌跡一定也我身上發酵了。

拎著兩個便當回到校園，許多家長都等在考場外，臉色摻雜著緊張與殷切，有點像在機場等親友出關。提早交卷的考生，出來時都是灰頭土臉的樣子。女兒大概還在奮鬥吧，別人讀了兩年的東西，她要

在半年內趕上，實在辛苦。終於考完最長的一節（兩個鐘頭），我們邊吃飯邊聊天，看她的神色，好像題目不太刁鑽。

　　一點鐘，學生又進考場了，家長們又各尋等待的天地。接下來有兩節，一直要到五點，我準備在禮堂裡，以看書報及睡覺來長期抗戰。可是下午的天氣好像更冷，睡覺睡到凍醒，一分一秒都是煎熬（冰煎），我逃難似地直奔校外的咖啡屋，顧不得最近直升的體重，點了一塊高熱量的起士蛋糕，一杯熱騰騰的咖啡（睡意很濃，卻沒暖被窩，不如把自己弄清醒）。每年七月的考季，大家都怪說是名副其實的「烤季」，今年這個學力測驗放在凍季，也是失策。這一屆的考生比較倒楣，大部分的考生都還得接受七月分的熱考，多元化入學，對家長而言，是多花錢；對學生而言，是多一些大考試，在「多元化」的試場裡被宰而已。

　　陪考的那一天，時間過得好慢好慢，與平常的節奏很不一樣。我因貪看電視而睡眠不足，演出許多糊塗事，也意外尋到失落已久的閒情，在風裡雨裡，走過我年少的情懷。也許該期待七月份的陪考，陪烤，陪烤，陪著烤一烤，我這考生的媽，總會有苦中作樂的「撇步」。

面目全非我

　　寓居曼谷後，偶有機會參加鄉親所舉辦的餐會，發現場面挺浩大，往往一擺就是數十桌。更妙的是正當大家吃得熱鬧滾滾時，舞台上也不寂寞，餘興節目一個接一個。我注意到台上的演出者，不少是「有點年紀」的，看她們有模有樣，賣力十足的演出，我心中納悶

100

著：哪來這麼多過氣的歌星舞星？

　　沒想到不久後，我這個有「一點點」年紀的人，也要粉墨登場了。九八年婦女會開會時，有人提議表演歷代服飾的節目，大家互相搜尋，忙著找具古人相的人。我們高壯的，自告奮勇要反串男人。於是幕後籌畫展開，余聲清先生的家成為排練場兼補給站（排練辛苦，不免吃吃喝喝），服裝由中華會館提供。黃代表夫人則是一路陪著我們，由試穿、練習走台步到定妝等，不斷為大家加油打氣。

　　原以為上台去「瀟灑走一回」有何難？不必記歌詞，不必學舞步，把走了幾十年的腳步，由台下移到台上即可。開始演練後才知學問一籮筐，光是衣服的穿法就得研究一番，每個人的帽子、髮飾、鞋子也各有門道。披掛上陣後方知行路難，我們扮演的可不是王二麻子店小二，我們一個個稱王封后，出將入相，非要撐出幾分威儀不可。一次又一次，以國樂為背景，配合曉薇女士的旁白，大家互相批評指教，漸漸地走出個人的台步。

　　為了具有舞台效果，特別請化妝師來試妝。我們的臉成了調色盤，畫完後我攬鏡一照，只有「面目全非我」這句話差可比擬。臉上那些歲月斑點被粉白蓋過，鼻子變立體，唇形變漂亮，兩道疏淡眉毛被刷成兩隻黑毛蟲，平添幾分陽剛之氣。大家互看之餘，都不禁捧腹大笑。偶爾「面目全非」一下，嚇嚇自己也嚇嚇別人，「笑果」多多！

　　表演時，各個都架勢十足，該威風、該嬌媚，毫不含糊。我的官服又大又長，裡面要穿件墊肩外套，腳底要在靴中藏隻高跟鞋，才襯出個官樣。我的角色難度不高，兩手甩甩即可，不像王昭君要手抱琵琶，楊貴妃要揮舞長彩帶，還有明代書生硬要露一手扇子功，清朝貴妃則是一雙難以「立足」的鞋。因為叫好又叫座，這個節目後來又受邀在不同場合表演了幾次。

　　某次排練時，余夫人探問，有誰願參與「採茶舞」的演出？我迅速在記憶庫裡搜尋，小時候跟在姊姊後面依樣葫蘆，大學時在土風舞社正式學過，節奏輕快，動作不外乎採採茶、擦擦汗，「有何難？」的念頭閃過，我就成為「採茶女」了。孰料余夫人的大媳婦來個「舊瓶裝新酒」，這回面目全非的是舞步，偏我的健忘功力日臻上乘，腦筋呈真空狀態，老忘了「下一步」！只好下苦功，一次又一次，跟著大夥練。那時黃美雲老師也帶一組人在練另一首舞，有時我們人數不足，請黃老師充數，光看她拿斗笠的架勢，我就覺得自己好「矬」，趕緊東施效顰，不過她充沛的體力是我望塵莫及，很難把她跟一甲子歲月的人聯想在一起。原來我以為舞台上的那些過氣的歌星舞星，全是僑界的歌舞愛好者。之後，由於海燕女士的引介，我又見識不少熱力四射的業餘表演者，媽媽級、祖母級的都有。

　　海燕女士帶頭的媽媽團，每週有固定的歌舞練習，那陣子正好為海華文藝季表演在準備節目，她問我有沒有興趣參加。我想台步走過、茶葉採過，再來點新鮮舞也不錯，就欣然同意。甫踏入「演藝圈」，海燕女士讓我加入一首團體狄斯可及一首新疆舞（幫黃惠錦女士伴舞），一快一慢，截然不同的舞步，對我的記性是一大考驗。還好那些媽媽舞伴們和氣又熱心，我很快就融入，共度一段香汗淋漓的歡暢時光。

　　表演當天，後台往往比前台還熱鬧。近晚時分，化妝師和髮型師就定位，表演者陸續來做最後的排練。有的表演者實在太多才多藝，參與若干項節目，只見她們忙著上台下台，服裝、髮型變變變，看得我眼花撩亂。連我這小角色都在時空裡穿梭，先戴兩條長長的辮子，穿著新疆服漫步在草原的月色中；接著變換超炫的狄斯可裝，隨大夥青春熱舞。最後，由女變男，穿著宋代官服走台步。

　　「海華之夜」結束，我以為要和舞台告別了，沒想到曉薇女士網羅到幾個人，她儼然團主，教我們練舞，有機會也把我們推向舞台（我笑稱她是「包工程」的工頭）。我們這組人的特色是年輕化，竟然包括未婚的小姐。只可惜大家忙孩子、忙事業、學業，練舞的時間有限，演出的水平不一。多次演出後，難免舞曲重複，有時還有「凸槌」的狀況，像第一次表演燭光舞，在悠遠的樂聲中，每人雙手各捧著一盞燭光，曼妙起舞，我卻把旁邊舞者的燭光掃落地面，害她狼狽拾起，以「獨光舞」舞完全曲。有時眾人皆錯我獨對，有時眾人皆對我獨錯（錄影帶、照片都忠實記錄），有時樂師控制不良，舞曲自半路殺出……。

　　多次演出以後，我們自己也可以塗抹出「面目全非」的舞台妝，而一個晚上多支舞曲的安排，我們索性用旅行箱裝道具，換裝速度也變快。上一刻像是從「白雪公主」的故事走出來的小矮人，下一刻口咬玫瑰，身穿大花裙，跳起熱情奔放的西班牙式舞曲；再下一刻套上筒裙，跳著動作輕柔、優雅的傣族舞曲。俗云：人生就是一個大舞台。那我們就是在大舞台上的小舞台，演繹各種面目，自娛娛人。下次，當你在餐會上大啖美食時，別忘了把眼光調上舞台，雖然我們「有點年紀」，但我們的血汗可是貨真價實，偶爾，放下筷子，鼓勵鼓勵！

✦ 球球皆學問 ✦

俗話說：「不是冤家不聚頭。」活了大半輩子，我發現老是與我聚頭的冤家，竟是各種「球」類。球以不同的外型，在不同的時期，給我各種「磨考」，這不是冤家是什麼？

我的第一個球冤家，要算是躲避球。躲避球就是要閃躲追殺而來的球，憑我一個野丫頭，有樹爬樹，有水潛水，身手矯捷可媲美孫悟空，要閃個球有何難！但我很怕那種可以預期的痛，所以一到打躲避球的時候，我堅守「死不進內場」的原則，因為內場的人是肉靶子，專供外場的敵方夾擊。外場有主將、副將及小卒，依各人的打擊力而分派，我因臂力極弱，甘心站在角落當個「末末卒」。主、副將的臂力，還要有運用戰略的能力，才能把敵方「剃光頭」（即殺得一人不剩）。小卒若接到球，就近傳給主、副將，也有間接立功的機會。我這末末卒很閒，因為將們不會把球傳給我。若是遠從敵方打來，越過「楚河漢界」，球的威力也都弱很多，理應是我立大功的良機，但這種「投誠」而來的球，我卻盡其所能發揮「閃」的功夫，讓它成為「親者痛，仇者快」的界外球。

我就是這樣臉皮厚厚地混到畢業，高興自己不必再去打這種互相廝殺、殘忍對待的躲避球。等女兒到打躲避球的年級時，我正考慮要把「末末卒」的經驗傳授給她，沒想到她酷愛打躲避球，自誇她若在外場，可以把敵軍K得哇哇叫，若在內場，又是多會閃躲……即使被K到，她也不怕，我一則以喜，喜她沒有懼球症，一則以疑，疑惑她是我女兒嗎？

　　現在她在曼谷上學，躲避球的玩法與台灣不同，她說同時有數顆球在場中夾殺，這種「混仗」，我聽了都要驚悚，她卻玩得樂陶陶。

　　等我上了國中，開始玩籃球，不是用來K人，免去痛的恐懼，但規則不少，別人看我個頭不小，期許我是籃球健將，天曉得光是三步上籃，我就始終沒學會，一位矮胖的堂妹私下幫我惡補，只見她「一、二、三」上籃。全身動作協調、漂亮，我則不是兩步急投，就是四、五步才遲緩上籃。至於上場與人衝鋒陷陣，我是沒鬥力也沒膽力，有一學期因打籃球表現差，體育成績差一分，沒領到獎學金，感受到球冤家的威力。另外手球、排球一打就手痛，也納入球冤家一族，能躲就躲，能逃就逃。

　　大學時，看到女生打網球，穿著俏麗的短裙，扭腰擺臀，動作優美。我發憤要打網球，借來行頭才發現拍子不輕，球也打不遠。剛開始對牆打，球忽左忽右，更常高飛過牆，撿球的時間比打球的時間多。打的時候手忙腳亂，毫無優美可言，又聽說打多了兩隻手臂會不一樣粗，趕緊鳴鼓收金，結束網球夢。

　　大四體育課可以選修，我選了壘球，因與棒球相似，那時我國的棒球名揚四海。既沒有女子棒球隊，打打壘球，也可體驗「強棒一揮，奔上壘包」的英雄夢。老師先要我們把球丟遠，本以為她太小看我們這些棒球王國的子民，待與一大群同學丟球時，才發現「代誌大條」了。放眼望去，不管多瘦弱的同學，都能把球丟過及格線，偏我的球冤家不爭氣，老落在不遠處。同學們紛紛加入我的教練群，傾囊相授，惜朽木不可雕，補考再補考，依然沒過，遠自打躲避球的時代，即自知臂力遜，但不知遜到此種程度。後來進入打擊，老師在短距離內丟球，我們輪流揮棒。看同學的棒子一一與球kiss，我摩拳擦掌，準備扳回一城。誰知輪我上場，竟「棒棒揮空」，老是慢半拍，揮得老師變臉叫我退下，這壘球，不成冤家也難！

　　細數球家族，羽球和乒乓球該容易些吧！羽球球身輕靈，球拍輕巧，適合我這種力道不足的人。比較起來，羽球是比較善良，有時可和對手高來高去。不過高樓林立，場地不易尋，北台灣又多風多雨，羽毛球具不久就成了家中的「不動產」（置之不動的財產）。乒乓球，我喜愛的是球與拍子相遇時，發出那脆脆的音響。如果雙方力量控制得宜，乒乒乓乓像首樂曲，倒也浪漫。只是誰在球桌上跟你彈那浪漫調？發憤要練得技高一籌，老公球技高超，是現成教練，但他已發揮極大耐性，我還是扶不起的阿斗，他稍講重話，我的拍子就不想打球，只想打人。乒乓球的夢，也碎了。乒乓球具的命運較好，我偶會拿出來對空或對牆打，聽它那脆脆的音聲。若家中有貓，貓會騰空與我搶球，亦一樂也！

　　此生本已斷了與球結緣的動機，沒想到來泰國後，與保齡球及高爾夫球結緣。在台灣，保齡球已到了發燒的地步，連我那高齡老母都隨兒孫去開洋葷了，我卻不為所動，因我曾打過，一抱那球就覺得人有自虐狂，拿一塊圓石頭砸腳，使盡吃奶力丟出去，這次洗左邊溝，下次必洗右邊溝，別人卻怎麼歪打怎麼正著，球瓶東倒西歪的；而保齡球的計分方式很勢利，是標準的「錦上添花」，打全倒的能累次加分，像富人的錢，會生錢子錢孫，金玉滿堂。我若運氣好擊昏兩三瓶，分數如蝸牛在爬，有夠難看，球太重，計分現實，讓我對它敬而遠之。

　　不巧初來乍到，就有個組隊比賽的機會，糊裡糊塗報上名，事關團體榮譽，抓緊機會偷練。八磅球是我臂力的極限，好容易把球抓起，手指緊緊扣在小洞內，一出手，球還死賴在手上，只好用力甩，總算出去了，只是它的落點是隔壁球道。接著手指只敢淺淺抓在洞口，免得它耍賴不走。可這回它又像迫不及待要展翅高飛的孩子，我手才往後一抬，它已跑到休息區去，來個「背道而馳」！連連出糗，讓我體會到：要打好它，須從抓球學起。與難姊難妹們邊打邊研究分

106

析，先求不做「洗溝婦」。三局下來，洗溝次數少了，但手痠腳麻，最後還把拇指指甲拗斷了，打了一場三波四折的球。

　　後來學會放鬆心情，肢體跟著放鬆，連打五局也不累，偶爾打個「Ｘ」（一次全倒），還覺得自己是「欠栽培」，不禁砰然心動，以為自己總算可以扭轉與球結冤的命運。後來與老公去打，他發現我的姿勢根本不對，我也很虛心受教，擺出打保齡球該有的pose，美美地把球打出去。這一來不得了，講究姿勢，球打得更不好，眼看分數越來越抱歉，真恨不得把球砸到我那烏龍教練那雙蘿蔔腿上……靜心想想，球球都是學問，多練吧，為了砥礪自己，先買雙酷酷的專用鞋。

　　但是由於太忙，沒有常打，且每次分數都不穩定。至於姿勢，跟三步上籃一樣，從沒標準過。老公的講評是：「力氣不大，卻把一個球捧得老高，煞有介事地助跑，到打球線時突然停住，打球的動作與助跑動作不連貫（白白助跑）。還有，跑的時候身體自動歪向一邊。還有，球不是用丟的，是要用推的……」我說，總歸一句話：「球是我冤家！」

　　至於高爾夫球，以前只打過練習球，從握竿到揮竿，學問一籮筐，很難產生興趣。再說在電視螢幕上，老看政要富商在球場上走來走去，我們這些小老百姓，玩不起。我的牙醫開業數年後，也躋身高球族，把小白臉曬成小黑臉。診所的架上全是高球雜誌，助理小姐提醒我，別提到高爾夫三個字，免得他說個沒完沒了。記得他以前是政治評論家，好像地雷，一踩就沒完沒了，沒想到地雷換成高球，我得小心別踩到，免得他把我的小白牙當小白球。怪怪，泰國的高球非常平民化，平民化到我們的老公都著了「高球魔」，一談起來眉飛色舞，與平常的木訥寡言成對比，顯然那位牙醫師的「病情」還不嚴重。

　　老公們防堵老婆抱怨的妙招當中，有一招叫「拖鴨子下水法」，說盡花言巧語，一副「捨命陪妻」的樣子，陪老婆去挑選球具、球衣、球鞋等，希望能夫唱婦隨，高球場踏青去！女人一時情迷，思緒回到戀愛時期，一隻小花傘下，一對情人踩著青青河畔草，侃侃談著，女孩一身白色蕾絲洋裝，隨風輕飄……場景拉回現實，夫妻二人各有一個桿弟，各有發球區，一球出去天南地北，各尋自己小白球的蹤影而去。怕曬的女人，全身「包紮」得密密實實，活像採蚵女，隔兩天攬鏡一照，善於穿透的陽光，已在臉上灑下斑斑點點。

　　我正是這些迷情女之一。在練習場請教練上一堂課，再由老公惡補兩堂，確定打得到球了，夫唱婦隨踏青去。正是上場的第一球，老公指導說：「照你在練習場的方式打，前面不遠有水，但沒有關係，妳的距離沒問題。」經他一提醒，才知道樹叢那邊有水，水，水，水，水，像個魔咒，我的第一球一進水了。接著不是揮竿落空，就是球只滾動一點，練習場的塑膠毯跟青草地還是不一樣。桿子似乎變重，球洞似乎遠在天邊，身上的每一根神經都緊繃著。九個洞打完我就投降了，共揮了百來竿，套個阿Q式的想法：花同樣的錢，不多揮幾竿可是吃大虧呀！

　　擁有球竿至今已一年多，上球場次數一隻手的手指頭都扳不完。高球學問更大，因為球場的設計可說是處處「陷阱」，不是沙坑就是水池，越是有懼沙症、恐水症，就越容易往陷阱裡跳。輪到要上果嶺，力道要控制，此時卻常發揮爆發力，小白球飛越過果嶺，往另一邊飛奔，千呼萬喚喚不住。即使上了果嶺，也常因力道、方向或坡度問題，推過來又推過去，「三過球洞而不入」是家常便飯。當女人知難而退的當兒，男人去打球可就理直氣壯，因為他已經給妳機會，是你自己放棄。何況他們打球是為了交朋友、談生意。

細數我的「球冤家」，有罄竹難書之感，球球皆學問，自認半生雜學，十八般武藝在身，就是少了打球細胞，半生打球史，只合一部「出糗大全」！

～ 跳跳狄斯可 ～

　　<球球皆學問>是我打球醜聞大公開，竟然引起不少婦女同胞的回響，大概不少人與我同病相憐吧！不過在我那一片黑暗的紀錄中，竟有一顆明亮的星星，而我也竟然把它忘得一乾二淨，近日才突然想起。我想它不甘被埋沒，再此先補記一筆，許它一個歷史定位。它是一座「撞球冠軍盃」，沒搞錯吧？千真萬確，如假包換，只是得來「純屬僥倖」。

　　話說某次學校舉辦教職員自強活動，開拔到一個鄉野俱樂部，裡面設施一應俱全。主任為了加強大家的聯誼，舉辦各種球類競賽，其中有撞球，我抱著好玩的心理報名，馬上有兩位女同事跟進。沒課的時候，有幾位男同事喜歡敲兩竿，我們在附近吃點心經過，進去觀戰，我手癢，有時就有模有樣地學著敲兩竿。後來在他們吆喝下，也專程去玩玩，只是算角度、講力道這些名堂，我始終把握不好。可喜我的兩位對手沒抓過撞球竿。女生組先比賽，男選手全成了臨場教練，比賽也算刺激，因為分數很接近，起先都是鴨蛋，許久才由我打破紀錄。最後在那些教練口沫橫飛中，我們比出高下，我是三顆爛蘋果當中，比較不爛的一顆。

當我跑去跟主任報喜的時候，主任為難地說：「當初沒有想到女老師會參加撞球賽，所以只準備男子組的獎盃。」

我回應一句：「重男輕女，不公平！」掉頭就走。等各項比賽結束，由校長頒獎，我們三顆爛蘋果竟然各捧個獎盃下台一鞠躬。原來主任深知「惟女子與小人不可得罪」的鐵則，趕緊與男子組商量，把獎盃讓出，以後再補給他們。就這樣，我與球冤家結了一次善緣。

現在言歸正題，談談我最喜歡的運動——狄斯可。讓時光倒流回大一吧！頂著新鮮人的名銜，什麼都想去試一試，終於第一次參加舞會的時機降臨。行前集中惡補，慢舞是右二左一，華爾滋是彭恰恰，快舞自由發揮。一場舞會下來，我覺得抱個陌生人，心裡還要打節拍，實在不好玩，倒是自由發揮的快舞，讓我感覺到跳舞的快樂。那時的快舞是狄斯可當道，節奏輕快、板眼清楚。我們這些菜鳥就像鴨子划水般，左邊划兩下，右邊划兩下。不過事後有一個同學對我說：「妳的手擺得很奇怪。」我們就一起研究，發現我的毛病是「同手同腳」，於是一步一步慢慢揣摩，一有時間就放音樂來跳。

大二時參加土風舞社，學了些基本步法，認識世界各民族的舞蹈風格。不過社裡的幹部，把土風舞跳得登峰造極，舞步複雜，舞技專精，有時男的還要把女的「旋」起來。他們一定花不少時間練舞，才能舞得如此出神入化。我的野心不大，每週一次學多少算多少，一得空還是放著狄斯可自我陶醉。由於校風保守，同學們多不好此道，我也不常去參加舞會，狄斯可成為我閉門自娛的運動。

後來賃居一「斗室」，四人一間，兩張雙層牀一擺，中間走道僅容一人，裡面盡頭是一塑膠衣櫃，外頭靠門處放四張書桌，若四人同時在，就難以迴身。所幸其他三人都是上班族，晚上也不常回來，斗室中常只有我一人。書看累了，就開音樂跳舞，門後一小塊地方稍可張牙舞爪，牆上剛好有一面鏡子可觀賞自己的舞姿。狄斯可是能屈能

伸的舞，有大舞池，你可以滿場飛；碰到僅容「立足」之地，也可以就地舞出一身汗。

不過，三位室友都搬走了，搬進來一位讀夜大的女生，第一次聽她開口講話，我差點暈倒，看她長相，不像是嗲里嗲氣的人，怎麼……後來彼此漸漸了解，才知她來自家教甚嚴的家庭，是個乖乖女，那種嗲嗲的腔調是承襲自母親，聽久了也漸習慣。而她也告訴我，第一次看我跳舞，覺得我像怪獸。我依稀記得她剛搬進來，我在鏡前跳舞，她坐在床上，眼睛一動不動盯著我瞧，的確是有點像看到怪物。我一來是老鳥，二來狄斯可已成為我生活的一部份，就繼續我行我素。我鼓勵她學，她說她媽知道會把她打死，只願當觀眾。

不久，又搬進來另一女生，人長得秀氣，卻是個運動健將。我以為孺子可教，沒想到她連連搖手，視跳舞為洪水猛獸一樣，於是我有兩個基本觀眾。我們三人讀不同的學校，相逢在斗室，常常談談笑笑。俗話說「近朱者赤，近墨者黑」，她們是「近舞者動」，彷彿是自然滲透一般，不知不覺中我發現三人會搶那塊好地方跳狄斯可了。乖乖女把「被媽媽打死」的可能性置諸腦後；運動健將一跳就手腳協調。從此斗室更熱鬧，邊跳邊搶地盤，讓我們對節拍把握得更好。等我回鄉工作，她們還下戰書，登門來挑戰呢！

升大二時我由歷史系轉入中文系，忙著補修某些課，所以與班上同學共修的課不多，而且我不住學校宿舍，在班上就成了獨來獨往的份子。大四時班上有一次聚會，吃飽喝足之後，有人放起熱門音樂，我不自主地「聞樂起舞」。剛開始同學們也是拿怪怪的眼光瞅我，漸漸地有人被「舞菌」傳染，試著左踩踩右踏踏。熟料舞菌威力挺大，連幾個滿腦子想考研究所的夫子型人物，也扭動身體。最後圍成個大圈圈又跳又笑。從此我們班很勤於聚會，且每次聚會必舞成一片，這實在是我始料末及，我因此深信人人都有舞細胞，只是有的人一直讓

它睡著。我們班因狄斯可而舞出默契，十天的畢業旅行，參訪加遊山玩水，還不忘舉辦晚會，舞個夠，真是充實又盡興。

有一陣子我迷上照相，卡嚓卡嚓扼殺不少底片，相館老闆見我就笑。某天，他拿了二十幾張左右的優待券給我，一看，是來自新開的狄斯可舞廳。那時我的職業是教師，拿回辦公室招兵買馬，我的目標是未婚的男女同事，沒想到所有男同事都猛搖頭，他們寧可去打球。未婚女同事響應的也不多，倒是一群媽媽級的同事興致勃勃。我們相約在某一天，事先向先生，小孩告假，一下課大夥搭上客運車，浩浩蕩蕩進城去。車上的乘客幾乎就是我們，吱吱喳喳像要去遠足的小學生。狄斯可舞廳在今日百貨公司的頂樓，一進入電梯，看到的盡是戴墨鏡的小伙子，和我們像是兩個世界的人。我們那時還真「端莊」，也不知把自己打扮得年輕、花俏些。但是既來之，則安之，我們就混跡在年輕人當中，忘我地舞著。斷斷續續跳兩三個鐘頭，腿都忘了誰是主人哩！

在我懷孕時，並沒有中斷跳狄斯可，只是動作斯文些。女兒小時候，母女倆常各拿一條絲巾，隨樂起舞，逗得我母親笑呵呵，算是「小萊子娛親」。台灣的冬天，寒流來時又濕又冷，尤其我們住淡水的海邊，常是全省最低溫處。早上窩在被子裡到不得不起床的時刻，按下床頭音響，讓狄斯可音樂先震盪體內細胞，然後跟著節拍脫離被窩。有一天晚上，實在冷得不想做什麼，母女倆就在床上大跳狄斯可，突然一轉頭，發現我們家的兩隻貓呆立一旁，有著「見到怪物」的眼神。我們準備抓牠們來共襄盛舉時，牠們卻一溜煙跑掉了。

研一暑假，和幾位同學到大陸自助旅行。我們走在昆明街頭，發現路邊有一塊木板，上面寫著「跳舞，五元」，我和同學阿美好奇詢問，才知是舞廳，晚上可以去跳舞。由於研究所功課繁重，連跳狄斯可自娛的時間都沒有，和阿美同學一年，竟不知是同好。當晚，我們

　　兩人真的摸進舞廳，那舞廳設施簡單，有一個小樂團現場伴奏，還有人現場唱歌，供客人跳慢舞。

　　沒想到慢歌多是當時台灣的流行歌曲，我在台灣沒時間聽，卻在異地隨它們起舞。我們兩個都不喜歡慢舞，跳得要死不活，依樣葫蘆罷了！等到錄音機放出熱門音樂，我們兩人好像「起死回生」，全身的細胞都活絡起來。阿美個子不高，有點豐滿，前陣子才說要向我學游泳，我以為她是個運動白癡，沒想到跳起狄斯可，韻律感十足。我們兩人盡情地跳，彷彿要把一年來學究生活的疲勞「抖落」。忽然我們發現周遭的人都停下來，變成我們的觀眾。原來那時大陸跳狄斯可的風氣不盛，有人把快舞時間當休息聯誼時間，有人雖在舞池，卻跳不熱絡。看到我們兩人像「拚命三娘」一樣猛跳，覺得很好奇，索性把舞池讓給我們。

　　食髓知味後，我們每到一個城市，就特別注意「舞廳」。之前，我在台灣去過幾次舞廳，越到後來越不喜歡，因為音樂震耳欲聾，燈光炫得頭暈，硬體設施似乎比跳舞本身重要。難得有這些樸實的舞廳（比較像教室），讓我們找回跳舞的感覺。於是由昆明、大理、麗江跳到桂林。其中麗江是雲南北邊的城市，當晚營業時間結束，我們從舞廳出來，發現月明星稀，兩人舞興還濃，就在街頭邊走邊跳。後面有幾位大陸同胞，誇我們剛剛狄斯可跳得好，他們還特別稱我們為「小姑娘」，我和阿美笑斃了，我的孩子已上小學，在班上我是第一號大老，阿美是二號大老，平日同學都把我們歸為「老女人」一族。只能說麗江的夜色太魔幻，把老女人也變成小姑娘了。（當然輕快的舞姿，也能把人變年輕，不相信你試試看！）

　　有一年耶誕，捷運淡水站有晚會，晚會完是狄斯可全民大聯歡。淡水站正臨河口，占地廣闊，平日就像是鎮民的社區公園，那晚更是萬頭攢動，動用不少警察指揮周邊的交通。我們先在廣場上看節目，

等節目完，主辦單位開始播放舞曲，廣場上的人開始扭動身軀。許多人往舞臺上爬，我和女兒「輸人不輸陣」，把外套脫掉，往老公身上一丟（他不樂此道），也上台去。很快舞台上就像沙丁魚罐頭，有五、六十幾的歐吉桑，也有五、六歲的小朋友。男女老少，識與不識，均摩肩擦踵，飆舞飆到最高點。事後老公說他一直在觀察舞台，怕它塌掉。我們只覺得舞台也在跳狄斯可，壓根沒想到塌不塌的問題。

近兩三年，似乎較少與狄斯可這號老朋友把晤言歡，運動重心放在瑜珈、氣功這些項目上。下意識裡覺得邁入這種「視茫茫、髮蒼蒼」的年紀，大概要跟象徵年輕活力的狄斯可告別，專意在「修身養性」的運動上，大量的自然音樂、冥想音樂及宗教音樂進駐我家；我也在這些音樂的伴隨下，達到身心放鬆，靈性翱翔的境界。不過，此時女兒正當十六、十七年少時，對流行音樂很敏感，常告訴我這是後街少年的歌，那是小甜甜布蘭妮的曲，偶爾陪她看看MTV，旋律合我胃口的歌也起來活動筋骨，但不頂用心。某夜，女兒放著野人花園的歌，客廳正好只開一盞昏黃的壁燈，有舞廳的氣氛，平時我們就把沙發擺角落，空出一大塊地運動，我不自主地在空地上跳起狄斯可。有一種和老朋友久別重逢的歡欣，我想，狄斯可畢竟陪我走過長長青春路，已然成為生命的一部份。於是去買了舞曲CD來，重新把狄斯可列入我的運動表內。

狄斯可真真是可自由發揮的舞，筋骨矯健的，可以跳得像特技；自認沒有舞蹈細胞的，不妨站在原地讓膝蓋彎一彎，也可以彎出樣子。只要把握「一二三四」這種體操口訣，會越跳越有韻律感，到時候自然左右逢源、前後融通，想想，我們在娘胎裡，不就開始手舞足蹈了嗎？最重要的是，要放下身段，要放鬆，還要量力而為。記得女兒小學時，老師要他們學一段偶像明星的舞步，到時候上台表演。我們選了洛城少年的MTV回來，我自忖好歹也算個「舞林高腳」，就

陪她看著錄影帶跳。半首曲子不到，我的骨頭都快散了，女兒也跟不上，雙雙放棄。要學他們的舞，恐怕先要有點武學基礎，我們還是回頭跳不拘章法的狄斯可。

現代的年輕人，還流行在跳舞墊上，盯著螢幕的指示跳。每次去馬汶空（曼谷一個大賣場），就會看到兩個人在墊上踩，動作純熟卻機械化，臉上沒有表情，只想贏過對手。跳舞變成用腳在玩電動，跟著螢幕上的箭頭踩腳步，我覺得一點創意也沒有。舞蹈是一門藝術，肢體、心靈與音樂結合，硬要把它規格化，樂趣已失去多多。很懷念以前在狄斯可舞廳，每個人都像一粒自由分子，隨時隨地可以轉移陣地，有時看到別人有特別舞步，就舞到他背後學兩招；有時想看自己的舞姿，就去鏡前擠一片立足之地，邊舞邊觀賞自己的舞姿。大家都不認識，可是又很有默契地不斷排列組合。不知道會不會有「跳舞機舞廳」出現；試想，一列列電視，一列列跳舞墊子，加上一列列 Y 世代的年輕人，一張張沒有表情的臉，一致向左，一致向右…。我這個「中古」人類，還是彈古調歡喜自在些。

我愛狄斯可，如果不「棄嫌」，鬥陣來跳跳狄斯可吧！

三百六十五行之外

越來越清楚自己要的是哪一行，但在分秒必爭，人人向錢看的時代，要從事這種行業，得要有勇氣說出來，並加以實踐。我想，它算是三百六十五行的外一行吧！它的名字叫「無業遊民」。

　　我那勤勞的老爸地下有知，不知道要多生氣，這個他鍾意要光耀門楣的女兒，竟然如此不長進。我也一直搞不懂，他那樣一個孜孜不倦的人，怎麼沒有把那種細胞遺傳給我（別懷疑我母親這一頭的基因，他們也屬於勤勞族的）。

　　以前，我並沒有勇氣去從事這一行，等到我教了幾年書，發現自己著重啟發的教學方式，和聯考至上的教育環境格格不入；又發現我有端著鐵飯碗的老公、有間夠住的房子（而且已把房貸還清），溫飽無虞了，為何不追求適性的生活？

　　終於在某一天，我成了無業遊民，那種心情像小鳥一樣雀躍，感覺時間在我手中，像是棉花糖，咬起來很有彈性。不過別以為我成了無業遊民之後，會閒到在家裡抓跳蚤，因為親人說我沒有頭路之後，事業好像做得更大，成天找不到人。我曾經作一首無業詩自我解嘲，詩是這麼寫的：

　　　你說
　　　若開一間店鋪
　　　你就被貨品絆住
　　　若找一份工作
　　　你就被薪水綁住

　　　所以
　　　你選擇無業
　　　因為「無」
　　　生出許多「有」
　　　有時是守本分的家庭主婦
　　　有時是搖筆桿的悠閒作家
　　　有時化身為浪漫的藝術家
　　　有時幫著朋友在攤子上吆喝
　　　有時……

有時什麼也不是
呆呆看天
呆呆看海

　　我常說無業族的人像「救火隊員」，哪裡需要幫手，就會在哪裡現身。前陣子很流行把我們這一類人雅稱為「櫻櫻美代子」，這一類人是不學無術，不，應該說是「無術不學」才對。舉凡人家開什麼班，或有什麼會，需要人頭充場面時，總會有人找上門來「求才」，所以一個無業遊民，往往會在「人在江湖，身不由己」的環境下，學到很多半調子的才藝，或者有機會插足於各行各業。

　　記得有一次，朋友的朋友的公司要參加商展，他們請一位藝術家去布置會場，我剛好是那個藝術家的無業朋友，所以也被相招逗陣去插一手。我沒幫上什麼忙，但在那次的布置過程中，我才知道，小小一個展示攤位，原來是藝術家絞盡腦汁的結晶。又有一次，幫朋友擺攤子，身上披掛著商品，正在吆喝客人時，警察來取締，結果東西沒賣到半樣，卻學會了躲警察。有朋友拉我下海做直銷，所以我也曾是老鼠會會員；有朋友介紹我去聽產品說明會，會後接受問卷，有鐘點費可拿，這可算是職業聽眾吧！我還曾當過「伴遊小姐」，別誤會，我的伴遊金主是母親。

　　有的朋友在雜誌社從事編輯工作，偶爾會找我寫寫稿，印象比較深刻的是採訪一對老畫家夫妻，在短短的半天訪談當中，似乎陪他們走過大半生滄桑的歲月。有位朋友開一家有機食品店，每當進貨時，我就是搬菜的義工；我還曾在國外某佛教餐廳當義工，從帶位、點菜、端菜到陪客人聊天，我都會，那家餐廳的客人多是外國人，以我的破英文，這款工作是需要一點傻膽。

　　求知慾旺盛時，我再回學校去當學生；女兒想聽書上沒有的故事時，我成了寫故事的人；為了健身，我去拜師學氣功；為了培養藝術氣息，我拜師學畫（如今畫架蒙塵）。換房子後，家中經濟吃緊，我開起課業輔導班、兒童作文班，也到出版社當編輯。想要回饋社會時，我開「兒童讀經班」，或去當義務教師。

　　到曼谷後，想激起朋友的運動精神，我當起瑜珈老師，就以那三腳貓的功夫，還好非營利事業，否則必有人踢館。以我的破鑼嗓，為捧人場加入合唱團，竟然也能上台濫竽充數。憑著對跳舞的喜好，偶爾也上台為鄉親表演。最後又「重操舊業」，到朱拉隆功大學教中文，栽培異國桃李。

　　我們還擺過跳蚤市場，一圓小時候辦家家酒時，喜歡當老闆的癮。

　　現在我又回到我最喜歡的「本業」，這三百六十五行外一行，每天睡到自然醒，安排些不花腦筋的課程去上。同樣的，我又成個救火隊員，哪裡需要人手，我就會在哪裡出現。當然，最喜無事時，漫步在河堤上，呆呆看天，呆呆看水。

預習死亡

　　記得研究所二年級開學的第一天，一位教授吆喝我們一起吃午餐。經過漫長的暑假，大家的心都鬆鬆散散，席間師生漫談些暑假見聞。一向頗為幽默的教授，眉宇間卻輕鎖著什麼。終於他很沉痛地說：「我要習慣死亡！」當時，「習慣死亡」對我們這些學子來說，似乎是個突兀、陌生而遙遠的話題，窗外亮晃晃的陽光，和這個話題

形成強烈的對比。儘管我是同學中年齡最長的，有先生有孩子，還有數年的工作經驗，人生閱歷不少；儘管早些年也喜歡繞著人的生老病死去探討，但乍聽「習慣死亡」這句話，我也與其他同學一樣，因不解而沉默下來。教授接著解釋說，一個暑假下來，接到不少訃文，其中不乏年輕的生命。開學前不久，幾位助教在校園裡推一輛故障的車，由於坡度太陡，車子下滑，當場造成兩位助教死亡，其中一位就是教授朋友的女兒，正是青春年華呀！難怪教授說他要「預習死亡」，否則情何以堪！

記憶盒打開，發現我對死亡的恐懼，萌生得極早。小時候，父親嚴峻，母親慈愛，下意識裡，我很害怕失去母親，每當母親睡覺時，都要伸手去探探她的鼻息，直等到感覺生的氣息，才放下一顆心。當時親族中少有死亡者，也沒有傳媒告知什麼死亡事件，而母親才四十出頭，身體狀況正常，為什麼害怕死神找上她的陰影，那麼強烈地攪住我年幼的心？我想那是與生俱來對死亡的恐懼，認為死亡就是「永遠的失去」，母親是我感情上最依賴的人，是世界上最愛我的人，沒有人能奪去她對我的愛，除了死神。因此，我時時提防死神找上母親，以一種幼稚的方式。那時心中還有個悲情的決定，決定萬一母親死去，我也要自殺，絕不苟活！

如今，母親八十多歲，我反而不擔心她的死亡問題，因我已了解宇宙間最平常也最冷酷的道理：「有生就有死。」我為母親慶幸，她的生命軌轍是「漸入佳境」，目前身體還算硬朗，衣食無缺，兒孫繞膝。最重要的是她也洞澈生死，把身後事交代清楚了。

現代傳媒進步，達到天涯若比鄰的地步，世界各地發生的災難，幾乎可以同步傳送到我們眼前來，讓我們也不得不「習慣死亡」。女兒成長的年代跟我的很不一樣，這種 E 世代的孩子，有時候讓我

感覺對他們而言，網路、電動、流行樂曲等，好像比爸媽重要。我根本不敢奢望她來探我的鼻息，看死神是否找上她老媽。各種光怪陸離的死訊自四面八方傳來，我以為她不但「習慣死亡」，而且「麻木不仁」了。有一次，我要與朋友搭機南下高雄，行前一夜我在收拾行李，她竟然要求我別去。我奇怪地看看她，淡淡地說：「跟人家約好的，怎麼可以爽約。」她再三要求，我有點不耐煩了，她竟然抱著我痛哭，看似發自心底地痛哭，我才驚覺她在害怕什麼。經我一問，她抽抽搐搐地說：「我怕飛機摔下來，我怕妳死掉。」我既驚訝又欣慰，平常有時候會說他們是「沒心沒肝，沒血沒目屎的一代」，看來她還是有血有淚的乖女兒。我只好開玩笑地對她說：「妳放心，老天爺知道妳還很欠人家教，欠人家罵，祂一定會把我留下來教妳、罵妳。」聽了這話，她才止住哭。

幾年前，由印尼飛桃園的一架班機，在大園鄉墜落，造成重大傷亡。由於時值寒假，許多乘客是全家出遊，死者有不少是中小學生。看著傷亡的畫面，我們覺得那一年的冬天特別冷，雖與亡者不識，心中也很傷慟、惋惜。開學一個多月後，我們覺得女兒的理化科不好，考慮著要幫她請家教。從小沒補過習的她，為這件事很掙扎，因為請家教的費用很高。大園空難的陰影猶存，她喏喏說道：「萬一我不久後就要死掉，你們花的家教費不是很可惜嗎？」

我想是該給她上一課生死學了，我說：「絕大多數的人都不知道自己什麼時候會死，但不能抱著『反正遲早都會死，就什麼都不做，光在那裡等死』這種態度。只要妳活著一分鐘，只要妳肯努力去做，花在妳身上的錢都是值得的。」我還舉了印度詩哲泰戈爾的詩，讓她對生死有更正面、積極的看法，泰戈爾的詩大意是說：「讓生時如夏花之絢麗，死時如秋葉之靜美。」

　　以佛家的觀點來看，死亡並非結束，而是另一個起點，所以不該把死亡的課題視為禁忌，應該正視它。台灣的九二一大地震，霎時間，兩千多條生命「消逝」，震驚了大家。這種毫無預警的死別，格外令人升起「無常」之感。我想「習慣死亡」已不足以讓我們去面對這些無常，我們要進一步「預習死亡」。乍看這四個字，覺得很荒謬，不是嗎？死亡要如何預習？多年前，我隨一位老師習練氣功，老師要我們完全放鬆，進入氣功的狀態，練至完全放鬆時，會有「失控」的狀態出現，而那種「失控」的狀態，就是死亡的一種預習。可惜我們一般人，很難拋掉這個自我，所以很難達到失控的境界。偶而練得比較忘我，軀體好像空掉了，有一種空靈的感覺。佛典告訴我們，這個血肉和合的軀體，只是短暫的幻影，可惜人們執虛為實，所以在死亡的臨界點，當軀體漸漸毀壞時，人們會因「失去」而感到巨大的痛苦；但若洞悉軀體為幻的本質，在失去這個有限肉體時，心性反而可以獲得無限的自由。

　　由於死亡的難以預期，且途徑千百種，唯有「好死」不易得，因此我覺得「預習死亡」非常重要。所謂「預習」並非去「死死看」，而是透過認知，了解死亡的真義，正視自身或他人的死亡，而做出妥善的因應。

　　現代人很注重「生涯規劃」，把人生中每個階段所要達成的目標，做了不少籌謀，唯獨缺了「死涯規劃」，以為那種身後事，讓活人去操心吧！結果常在老、病時，突然對死亡害怕起來，驚恐萬分地等死神來叩門。有人拿孔子的「未知生，焉知死」來搪塞，以為人活得好好的，為什麼非要把死掛在嘴邊？孔子講這句話是觀機逗教，希望問者先知道如何生。其實，生與死應分立天秤的兩旁，兩者同等重要，我們「既要知生，也要知死」，知死可以讓我們更珍惜生命。

　　就像女兒的假設命題：「若我不久後會死，那麼花在我身上的錢不是白費了嗎？」我明明了了告訴她，只要她真真實實活著，花在她身上的錢都是值得的。她擔心我飛機失事，就像我小時候擔心母親鼻息沒了一樣，都是起於對死亡的無知、恐懼。再由於大人對死亡這個課題的忌諱，不願在小孩面前多談，反而讓小孩子對死亡產生更深的恐懼。古哲老子、莊子對生死有很另類的看法，他們認為活著有如「倒懸」，本質上是苦的，死亡足以解倒懸之苦，值得「鼓盆而歌」。大多數人生時難免遇到災厄挫折，而有倒懸之苦的感慨，但面對死亡能鼓盆而歌的有幾人？古人還講個笑話說，有人問：「到底是陽間好，還是陰間好？」就有個人答：「當然陰間好。」那人再問：「為什麼？」後者回答：「從來只聽到陽間的人嚷著要去死，可沒聽到陰間的人嚷著要活，可見得陰間比陽間好。」這個博君一粲的笑話，是否在歪理中透顯人在無解的生死方程式中，找到自我解嘲之路？

　　魏晉南北朝是歷史上最為動盪不安的時代，世事無常令許多人避居山林，在佛、道的世界裡尋求安身立命之處。因此，那一時期的史書中，隱逸傳成為大觀，據書中記載，許多隱逸者能「預知死期」，因此從容就死，死得瀟瀟而有尊嚴。史書不同於筆記小說，史家的筆是要貼近歷史的真相，不似小說家可以漫天瞎扯，一度我也以為隱逸傳像小說家言，不可思議也不可信。但閱讀過宗教書籍後，知道透過靈性的修為，人可以預知死期，只是紅塵熙熙攘攘，人們多汲汲營營，能修到如此境界者如鳳毛麟角。魏晉南北朝有其特殊的歷史背景，讓許多人捨棄世間的鑽營，一心在靈修上下工夫，於是多人能達預知死期的境地。我想那境界非一蹴可躋，還是先「預習死亡」吧！如何預習？我個人的看法如下：

　　生命不在長短，而在其內涵。人人都想長壽，甚至千方百計追求長生不老，拜文明之賜，科學家已提出「活一千歲」的可能性，並積極從科技上著手研發。試想，人們的平均壽命達一千歲了，可是為了生存，鑽營、競爭更烈，不惜勾心鬥角，互相殘殺，如此的長壽有何意義？在科學家還沒能讓我們活一千歲之前，讓我們好好規劃這數十寒暑吧！所謂「做一天和尚，敲一天鐘」，做一天人，就扮演好自己的角色。以「螺絲釘」自居，立下「自我發揮，服務社會」的宗旨，宗教家那「無我」的精神很值得學習，因為「無我」，就不會斤斤計較個人的名聞利養，不會在乎生命短長，生時扛著服務眾生的擔子，死時把擔子交給別人。換句話說，也就是「活在當下，隨時可以走得無憾」。許多人在醫生宣布他得了癌症時，第一個反應是：「為什麼是我？」然後開始怨天尤人，貪生怕死的就吃盡各種偏方，問遍各地神明；自暴自棄者就封閉自己，在孤絕、痛苦中走完人生最後一段路程，不但自己身心受煎熬，一旁的親友也看到最壞的示範，身心同樣受煎熬。

　　如果病者對死亡有曠達的認識，首先會以平常心來坦然面對，一方面要以正規的醫療管道醫治，期能早日康復；一方面要有「萬一醫不好，我要如何安排未完成的責任？」這種心理準備。人難免有難捨的責任、情感等，但在死亡腳步靠近時，越是難捨越要捨，否則在生死之間拉扯，可能有生死兩相不安的後遺症。生死是大事，在那重要關頭，不必隱藏心中的害怕或遺憾，適度地尋求心靈的依靠，來自宗教力量或親友均可。死亡是走向一段未知的旅程，在這之前，為身心找些諮詢資料或情感上的慰藉，是很正面的作法。宗教是一種生命哲學，可以提升與淨化人的身心靈；而來自親友的祝福，可以讓這段旅程有個溫馨的開始。現代的臨終安寧病房，即是基於這些信念而設立，其中最重要的關鍵，在於臨終者是否預備好接受死亡，如此安寧

病房的硬體、軟體設施，才能產生作用，「含笑九泉」這句成語也就落實了。

當然，死亡並不都是經過老、病的過程，讓人有時間去調適，現今意外死亡的比率偏高，造成多少哀痛逾恆的死別。電影、小說中常描述，猝死的人往往不相信，甚至不知道自己已經死亡，魂魄還縈繞親友身旁；而那些親友，也常因不能接受死者遽然而逝的事實，深深地埋在悲痛的世界裡。曾經有過一位同事，她與我不同部門，偶爾在茶水間或走廊相遇，我都禮貌性地點頭、微笑，但她視若無睹，且臉上線條一逕僵硬，顯得非常不快樂。後來我發現她隨時隨地都是那副「人家欠她幾百萬」的嘴臉。我很好奇，怎麼有人能這樣子過活！詢問其他同事，才知她的兒子意外過世，她因為太傷心，再也擺不出笑容，而且工作效率減低，人際關係惡化，最後演變成精神官能症，不久後離職了。我記得她每天都穿著端莊，臉上也一定上妝，原該是個幹練的職業婦女，卻因無法走出乍然死別的陰影，把自己後半生也毀了。

小時候，我們附近有一戶人家，真可稱是「一門好色之徒」，一般人叫那父親，已習慣在他名字上加「豬哥」二字，偏他老婆猛生兒子，各個有乃父之風，除了一個么兒。么兒勤勉不好色，母親疼愛有加，不幸卻溺死在河中。親友前往弔唁，只聽那母親嚎叫「該死的不死，不該死的卻死了」，令親友啼笑皆非。誰該死誰不該死，實在沒有道理可循。有一次，我正在閱讀一本探討生死的書，覺得「臨終」真是太重要了，趕緊交代女兒說：「萬一我比你先死，妳可千萬別在我身旁哭哭啼啼，趕快找人幫我助念，或放我喜歡聽的那些宗教音樂……」話還沒說完，女兒搶著說：「媽媽，妳說『萬一』，那表示我比你先死的可能性比較高嘍？」我才發覺自己的語病，不過我隨即給她機會教育，說：「我飲食有節度，每天運動養生，妳老爹都說我

要長命百歲了。你卻好吃懶動，唉，難說嘞！」古人有句詩說：「孤墳多是少年人」，年輕人不注重養生，外出不注意安全，一樣會召死神眷顧。

我所謂「預習死亡」這個觀念，不是要人隨時有「四面輓歌」的恐懼，轉而對人生抱著灰暗、消極的態度。我希望大家知道正因為死亡之不可預期，我們要有「生時提起，死時放下」的心態，讓活著的每一天發光發熱，一旦死亡來臨時，馬上放下，不管你是死者本身，或是死者的親友，「放下」是很重要的。像前述我的同事，她放不下兒子的死，對她兒子及其他家人，都是無止盡的傷痛。若她兒子地下有知，也一定痛苦萬分。幾年前，我研究所的一位學弟意外死去，他是家中獨子，其父母傷痛的程度可知，但他們很快自喪子的悲痛中走出，愛屋及烏，以兒子的名義成立基金會，提供獎學金給跟他們兒子一樣用功的青年學子。這種化小愛為大愛的例子越來越多，透過死亡，讓人們對生命有更深的體悟，透過死亡，人們學習更多的生命課題。潛存於人們內心的慈愛之光，常常因死亡這一契機而發顯。生命哲學的終篇----死亡學，長久被人刻意忽視，淪為玄學的範疇，似乎只是哲學家、宗教家該去探究的。想想挺荒謬，這條人人必走的大道，一直被放在「黑盒子」中，專家才有義務去解讀，其他人就渾渾噩噩活著，慌慌亂亂死去。然後，也許開始另一段「渾噩」之旅……

我並不想長篇大論去剖析死亡，只是希望人們「居生思死」，不妨去思考思考。可以想見，死亡的過程是殘酷、痛苦的，試想，有時在睡夢中，意識清楚，肢體卻動彈不得，是不是有難以言喻的痛苦？跪坐久了，腳麻木不仁，或腦血管疾病引發中風，變成手腳不聽使喚，都是令人難過的經驗。據先哲描述，死亡是由肉體的功能一項一項崩解，如烏龜活生生地剝殼一般，神識在這當中，只是一名受苦的旁觀者，有口卻不能言，最後在軀體都崩壞後數小時內，才慢慢離

開。因此死得「好看」的人極少，受那麼大的折磨，多是「猙獰」以終。泰戈爾說的「死如秋葉之靜美」，是一種浪漫的境界，只是在這境界之前，別忘了青翠的葉子，在枯黃衰敗的過程中，也是一段長長的煎熬。如何把這段煎熬轉化為性靈的提升，就靠平日多修為了。有沒有規劃過你要如何跨越生死之旅？我想要的是一間雅潔的小屋，有鮮花環繞，有親友微笑的祝福聲，有我喜愛的音樂……讓我既唯美又溫馨地向世間的一切告別，讓我以微笑「定格」，跨越生死線。然後，一把火燒成灰，然後，撒骨灰於大洋，五湖四海遨遊去……

卷四

動物緣

寵物經

　　狗年養狗是熱門話題，許多人也付諸行動，萬萬沒想到我也搭上這種時尚。從小家中不乏貓啊狗的，但牠們只是農家生活的附屬品，隨牠們自生自滅，好像與「寵」無關。自組家庭，離開農家生活後，沒想過要養什麼寵物。一向疏懶的我，上班、管家之不暇，哪得閒工夫玩那檔事。可是隨著女兒成長，諸多寵物都曾經是家中的一員，可惜由於種種因素，牠們都只是短暫的過客。我們養過狗、貓、小鳥、烏龜、黃金鼠、松鼠、蝸牛、魚等海陸空成員，不管是買的、要的或撿的，都是女兒用那雙童稚的眼睛殷殷企盼來的，但也都沒有好結果，大概是愛得不夠，也缺乏經驗。

　　真正把寵物養定大概是大前年吧，一開始養的是貓，由於有一位愛貓的朋友當顧問，女兒也大一些，會幫著照管，所以就養定了。寵物帶回來，先幫牠取個好名，為牠準備營養價值高的貓食，為牠買美觀實用的便盆，每天嘴巴呼喚最多的是牠的名字，塵封已久的相機為牠重新開張，這雙喜舞文弄墨的手為牠在電腦前猛跳踢踏舞，牠成了文章的主角。別人遛狗我遛貓，黃昏時放牠在車籃裡，迎著斜陽兜風；晚上捧著牠見識五光十色的夜市。

　　養寵物挺費事，要幫牠剪指甲、掏耳朵、驅蟲，最要命的是牠上呼吸道有感染現象，平日溫馴有加的牠，一到吃藥時間就「倔」氣十足，而且病一直不好，每天幫牠擦鼻涕。親戚好友看我如此對待一隻貓，都覺得不可思議，一般人最常有的反應是：貓也會感冒哦？！貓感冒了也要看醫生？

　　貓不會亂叫，也不會隨地大小便，常把自己梳理得很乾淨，個性溫馴，人見人愛，養著養著也就習慣了。逗著牠玩彩帶，看著牠把弄彈珠或筆，看著牠梳理毛的專注樣，看牠睡覺時的各種姿態，我像痴心的媽媽，欣賞著小兒女的一舉一動，愛心滲進去，很難再瀝出來。愛屋及烏，看到路邊的野貓，也都有動機要帶回來養，可惜野貓怕人，無法遂願。

　　某天，我們又看到一隻野貓，試著伸手摸摸牠，牠用那雙琥珀色的眼睛回看，把我們的心魂都攝住了，隨後，牠不斷地舔我的手，我們決定帶牠回來，於是家有雙貓。原本的家貓自小被豢養，個性溫馴，來了這隻野貓，家中的氣氛熱鬧許多，兩隻貓會來去追逐，有些瓶瓶罐罐應聲而倒。野貓習慣在垃圾筒找東西吃，因此家中的垃圾筒隨時有被翻倒之虞。這隻野貓還有一絕，就是喜歡吸吮人的手，據醫生說可能是「戀母情結」，當牠吸著指頭時，好像小孩子吸奶嘴一樣，嘖嘖有聲，而且牠一吸入神，眼睛就閉起來，一副完全陶醉狀。平常牠不喜歡讓人抱在身上，可是一旦牠的癮頭來了，就會賴著猛吸。

　　目前家中有三隻貓，其中有兩隻最愛鑽我的被窩，讓我享受左擁右抱之樂。年前，鄰居一隻可愛的小狗要送人，我們很不自量力地要來，從此家中狗叫貓跳，熱鬧極了。貓和狗有很大差別，任何貓一帶回家，只要抓牠的爪子在便盆扒幾下，牠就懂得，絕不會到處大小便；狗就不一樣，很難訓練，屋裡任何地點牠都可以拉屎拉尿。貓平當較沈靜，可以在一個地方窩上半天不動聲色，人叫牠，牠未必會甩；狗卻熱情有餘，只要一見人就跳個不停，嘴巴猛往你身上親。一般人喜歡狗即在於狗這種與人親近的特性，而貓的個性被視為冷漠、神秘，尤其那一雙眼，是許多人害怕的。

　　其實每一隻貓個性不一樣，家裡有一隻挺黏人的貓，老喜歡跟來跟去，你在看書、寫東西，牠就一屁股坐在你正要看或寫的地方，

還睜著一雙無邪的眼睛望你。看電視時，若把腳跨在茶几上，牠也會爬上去，像趴在一條橋上，以一個舒服的姿態閉目養神。貓玩起來也是很瘋的，兩隻貓常將我的床當戰場，躍上躍下，纏鬥不休。貓是空間性的動物，牠們可以跳很高；狗是平面性動物，跳得不高，但帶出去可以跑得遠。養在家中的貓，一出門就不敢落地走路；狗則可以四處馳騁。狗對貓也熱情，喜歡逗著貓玩，貓總嫌煩，躲得高高

的。養慣了貓再來養狗，還真是有點不習慣，不過以愛貓的心去愛狗，和狗的默契也愈來愈好，我們這三口人、三隻貓、一條狗之家，會熱鬧而充實地生活下去。

　　有人說：喜歡這些小動物的人大多是不懂得愛人的人。又有人說：要讓小孩子養養寵物，學習用愛心照顧寵物，將來他才懂得去愛人。諸君以為呢？據我親身體驗是：有愛心的人，可以愛天下萬物，這種愛並不是排他性而是包容性。但在養寵物之前，要有心理準備，要將牠們當成家中一份子，不可隨意棄置。牠們固然帶來不少麻煩，但也為生活增添一些無可取代的樂趣。

貓兒換褲子

　　早年，小鎮有許多布莊，有一家布莊的老闆知道鄉下人節儉成性，就採取主動出擊的方式，三不五時載著布來鄉下賣。

　　那是一個瘦瘦高高的老闆，他把一匹一匹的布疊好，再用一條大布巾把布綁好，放在腳踏車的後座，就騎著腳踏車巡迴做買賣。

　　他做買賣不是開門見山式的，印象中他總是坐下來閒話家常，聊聊莊稼，聊聊誰家嫁女，誰家娶媳，好像他也是大家的好鄉親，不是鎮上來的生意人。

　　聊到耳酣時，他會很自然地攤開大布巾，展現一匹一匹的布。布在他手中似乎也有了生命，我喜歡看他靈活地把布攤開，自己當起模特兒，就在身上勾勒衣服的風姿。以我父母親的節儉，他做成的生意微乎其微，可是他總是從容的聊天，展現布匹，再將布匹捲好，用大布巾牢牢綁著，跨上腳踏車離去。

　　有一天，他來家裡，發現我們有一隻暹邏貓，竟然和父親談起交易。那隻貓是別人送給父親的，即使比不上波斯貓的名貴，也是有品牌的。在我們家，壓根沒有「養寵物」的觀念，牠被當土貓養。父親可能還希望牠能抓老鼠，可惜牠不但不抓老鼠，還常鑽進被窩和父親共眠，每次都被父親轟下床。

　　布莊的老闆非常喜歡那隻貓，願意用布料加工錢來交換。那時二哥正是十七十八的少年郎，父親最疼愛他，就和老闆達成交易，以一隻貓換一件西裝褲，連工帶料。

　　後來我們想到那隻貓都要怪二哥，現在想來，貓在我們家得不到好照應，到那位老闆家應該可以恢復「寵物」身分，真要為牠慶幸。

一眨眼，這都是二三十年前的事了。沒想到我現在成為貓狗的娘，一般土貓土狗都被我當寵物養，地下的父親若有知，大概要搖頭興嘆了。

奇貓奇塔

奇塔出生時，眼睛糊滿眼屎睜不開，呼吸聲很大，像是有氣喘。牠的身材特別瘦弱，糟的是舌頭老是外露，一副先天智障的模樣。牠的哥哥、妹妹都健康、活潑，吃奶時搶得快，奇塔卻有氣無力，
我們以為奇塔會夭折。沒想到哥哥突然生病死了，妹妹被人要走，奇塔得到母親完整的愛，一日一日健康起來。

奇塔的氣喘好了，身材也圓潤了，舌頭偶爾會外露，行動有時會失常，例如跳上桌子時，半途掉下，但整體說來，還算正常。

奇塔小時候非常乖巧，上餐廳吃飯，牠乖乖的趴在我腿上，不因桌上的佳肴而失去教養。我去上英文課時，把牠放包包裡，牠不吵不鬧，下課時抱牠出來，大家才知道有「貓同學」，那位老師也很愛貓，抱著牠誇個不停。去運動場跑步，牠也可以摻一腳呢！

　　奇塔是很好的模特兒，很會擺 pose 讓我照相。牠的坐姿奇怪，看過的人最常給的評語是「不雅」。牠的躺姿更是千姿百態，尤其喜歡四腳朝天，每次我攤開毯子要運動，牠總是飛箭一樣，佔毯為王，非要我像拖死豬一樣，把牠挪走。一般貓科動物警覺性很高，很少四腳朝天，獸醫說這表示牠有極度的安全感。

　　奇塔典型的撒嬌方式是，看到人走過來，牠一個俐落的斜躺，眼睛巴望著人，希望人家為牠來個全身的馬殺雞。別的貓犯錯，聽到我一聲「咦」，都迅速逃走，奇塔卻就地躺下，一副無辜的樣子，賴著等你去為牠馬殺雞。

　　奇塔會跟我玩躲貓貓，我先躲起來，呼叫牠，牠會循聲找來，看到我就叫一聲，跑到我腳下摩婆，好像在說：「我找到妳了。」牠還喜歡跟著小主人在屋內跑，小主人累了停下來，牠就喵喵叫，要她再陪著跑。

　　有一次，奇塔四腳攀在陽台花格鋁窗，上下不得，發出求救聲，讓我演出一場驚險的「忠主救貓記」。今年大年初四，不知哪隻貓開了紗門，奇塔又偷溜出去。我們午覺醒來，找不到牠，大聲呼叫，奇塔聲聲哀怨的回應從樓下傳來。找到牠時，鼻孔不斷流血，地上也有一灘血。獸醫還沒開張，我剛好學了一種調理人的方法，就用在牠身上。不知道是我功力高強，還是牠命大，牠康復了。

　　家中的貓都不大叫，奇塔卻常叫：打架時，叫聲高亢；肚子餓時，叫聲低沈；撒嬌時，聲音軟軟的，還拉一些顫抖的尾音。問牠話，高興起來會慵懶的回應，惹得我們哈哈大笑。

　　家有一貓，如有一寶，奇塔當之無愧，不過，這個寶是寶里寶氣的「寶」！

阿白與搗蛋

蘇媽媽從小愛貓，大概已經收養過無數的貓了。現在她兒女長大，家中養有十貓左右。有些朋友家裡貓口太多，就會送幾隻到她那裡寄放，等愛貓人士來領養，所以她家儼然成為貓的中途之家。

送貓的人、領養貓的人常進出蘇媽媽家，她家的貓見的人多，不太會害羞，對來客熱情有加，常在客人腳跟磨蹭，希望來客去逗弄牠們。那些貓對於新來的貓也多和氣，其中只有一隻叫阿白的貓與眾不同。阿白毛色純白，長相俊俏，讓人一看就喜歡。但牠個性很酷，總是高踞櫃上，一副高不可攀的樣子，任你怎麼呼牠、喚牠，牠就是相應不理；對於新來的貓一點也不和善，老是張牙舞爪。

有一次，我一個愛貓的同學，發現一隻流浪貓被車子撞斷腿，她同情心大發，把貓送去醫院，醫治後暫時放在蘇媽媽家，我姑且稱這隻流浪貓為三腳貓吧。牠年紀不小，流浪的生活令牠看起來非常滄桑，臉上的線條有稜有角，眼神很銳利。蘇媽媽特別把三腳貓放在鐵籠裡，其他貓都到籠邊示好，只有阿白對著籠子怒吼，發出挑戰的訊息。

某天蘇媽媽外出歸來，發現籠子被打開，有一番激戰的現象。經推測是阿白把籠子的門打開，與三腳貓鬥上了，身經百戰的三腳貓雖然受傷，仍英勇應戰。向來不可一世的阿白碰上敵手，也不甘示弱。一陣廝殺之後，三腳貓多了些傷，阿白也掛彩，最可笑的是阿白的一顆犬齒被打歪了，露在嘴巴外，成了暴牙貓。我剛好到蘇媽媽家，看到阿白仍舊很酷地高踞櫃上，只是那張臉不再俊俏，外露的牙讓牠看起來很滑稽。還好牠不知道自己已經「毀容」，否則以牠高傲的個性，不瘋掉才怪。希望經過這次教訓，牠不再把其他貓看扁。三腳貓後來被一個大男生領養了，日子過得可安穩。

　　蘇媽媽家另有一隻人見人愛的貓叫搗蛋，牠的黑色斑紋非常亮眼，身材壯碩。

　　每有客人到，搗蛋總是跟前跟後撒嬌，非要人家在牠身上摸一摸不可，那種表現和壯碩的身材實在不太相襯，與牠「搗蛋」這個名字也不相襯。不過蘇媽媽說牠瘋起來簡直要命，在桌子、椅子、窗子上飛竄，停不下來。每次看到牠都是一副乖寶寶的模樣，很難想像牠瘋的樣子。

　　蘇媽媽家的貓太多，為了控制貓口，凡是公貓一律閹割，搗蛋就這樣成為一隻「公公貓」（太監貓）。不過牠調皮、親人的個性不改，每次去都和牠玩得很高興。來南非之前，帶幾個朋友到蘇媽媽家玩貓，那時候剛好有幾隻暫居的小貓，調皮好玩，我玩得不亦樂乎。但我發現搗蛋怪怪的，有點慵懶，也不再對我撒嬌。和蘇媽媽聊著聊著，她突然指指地上，我眼睛往下望過去，簡直不敢相信眼前那一幕。

　　但見搗蛋橫躺在地上，三隻少年貓各咬住牠的一個奶頭，吸吮得噴噴有聲。搗蛋微閉雙眼，一副慈母哺乳的滿足狀。我把其中一隻抓開，牠還不高興地睜眼瞪我，直到那隻貓又吸著奶頭，牠才再度閉眼。由於牠扮演慈母已有一段時間，奶頭被吸大，旁邊的毛也脫落。

　　看過不少閹割過的公貓，沒見過像搗蛋這樣角色錯亂的貓，也許是荷爾蒙做祟，也許是蘇媽媽家常有才斷奶的小貓被送來，那些乍離慈母懷抱的小貓，仍舊需要母愛，搗蛋就扮演慈母角色，讓那些小貓得到母愛。如果是這樣，那麼搗蛋如此犧牲形象，精神實在太偉大了。

阿諾「酷」傳

　　阿諾趴在窗前，雙眼瞅著屋頂上那隻很跩的野貓，嘴巴發出低吼，好像在說：「要比酷嗎，爛貓！」既然阿諾喜歡和牠的同胞比酷，那就讓我來為牠立個「酷傳」吧！的確，牠的酷讓人「凍未條」，我屢次得割愛送人，這歷史還頗長……兩年多以前，我們一家三口外出，一路「惹貓拈狗」。因為我們喜歡小動物，一般野貓見人接近都猛逃，沒想到一隻純黑的大貓卻很依人，女兒抱起牠就放不下去了，說：「我一定每天餵貓食，每天清貓大便，真的，我發誓！」呆子才會相信我女兒的誓，可惜我們這一對痴心父母，又一次當了呆子，把母貓給帶回家，並為牠取名「星星」，那時候，我們家已經有斑斑、娃娃兩隻貓了。

　　帶星星到獸醫那裡，才知星星懷孕了，我們為她準備一個「產窩」。

　　某一天，星星有生產的跡象，我在牠旁邊為牠加油打氣，牠生下一隻灰不溜丟的小貓，和老鼠很像。於是我們為牠取名「阿諾啥咪碗糕」（台語，諧影星「阿諾史瓦辛格」的音），簡稱「阿諾」。

　　阿諾是獨生子，星星很愛寵牠，阿諾固定吸一個奶頭，我每次偷偷幫牠調換，牠就拒吃。

　　阿諾的眼睛很奇怪，牠眨眼或睡覺時，會由下眼瞼蓋上一層白膜，上眼瞼則常常蓋不下來，所以很像翻白眼，好可愛，一直到現在都是這樣。

　　阿諾稍長大，毛色還是灰撲撲的，活像一隻小老鼠。貓很活潑、好動，我一拿出彩帶，所有的貓都要抓狂了，牠們隨著我的彩帶跑，

大貓跑得快、跳得高，還可以輕輕「降落」。阿諾還小，呆呆地跟著彩帶跑，跑到盡頭往上跳，但是牠還沒學會輕輕降落，所以就來個「直線下降，背部著陸。不過牠還是本著傻勁，一次又一次地摔。

天氣愈來愈冷，四隻貓都窩到床上來了，被裡被外都有。每天一醒來，第一件事就是點名，把牠們一隻一隻抓來做早操，搞得牠們掙

扎不已。尤其是阿諾，圓圓胖胖的小身體，我總要多折騰牠一下。

那時我正在寫論文，寫煩了就放起圓舞曲，順手抓起貓兒，想像自己在維也納的森林，忘我地「與貓共舞」。那些大貓被我一抱就四肢僵硬，五爪盡伸，情調盡失。小阿諾卻只能乖乖地服貼著我，用那兩顆亮晶晶的眼睛瞅著我，有點無辜，卻又無可奈何。

不久，我咳嗽的老毛病復發，家裡共有四隻貓，外子怪罪貓太多，影響我的身體，不得已要送走兩隻。斑斑和娃娃相處較久，我們只好送走星星和阿諾。

那時阿諾還只是隻小不點，我真懷念和牠共舞的日子！

後來，收養家庭因某些原因不想養貓，那時星星已跑掉了，阿諾就回到我家。

小阿諾竟然長成一隻壯碩的黑貓，酷斃了！牠的毛色烏黑柔亮，而脖子、兩腋下及肚子一小部分卻是白色的。當牠坐著，脖子那圈白毛像一條領巾圍著，帥氣十足，牠腿短身體長，有點像黑豹。

　　娃娃一向睡我肚皮上，阿諾回來不久的某個晚上，我摸著娃娃的頭入睡。才睡不久，覺得娃娃一直動，很不安穩，我睜眼一看，肚皮上睡的已經是阿諾了。牠把娃娃趕到一旁，霸佔寶座，我竟渾然不覺。

　　冬天一到，阿諾總在我們把被子睡暖後，慢慢地踱到我和老公之間，我們把被子掀個小洞，牠就不客氣地鑽進去，迅速換個方向，然後舒服地進入夢鄉。

　　阿諾回來不久就和娃娃很好，娃娃大阿諾幾個月，體型卻比阿諾秀氣，兩隻貓優雅地到處走動，形影不離，我們害怕牠們生一堆小貓，只好忍痛將娃娃給結紮了。家中另外那隻年紀較大的貓是斑斑，斑斑結紮時沒找到子宮，卻又老是發情，我們想讓阿諾和斑斑結婚，既解決牠們的生理需求，又不用擔心小貓的事，豈不妙哉！發情的斑斑曾對一隻貴賓狗送秋波，何況是酷哥阿諾。可惜姊有情，弟無意，阿諾對斑斑沒興趣，牠寧可追隨在娃娃身邊。每當我伏案工作時，牠們像左右護衛一樣，在書桌上守著，狀頗威武，我寫累了，就捻牠們的鬍鬚玩玩。

　　阿諾在家中，儼然以保護者自居。有一次，朋友帶狗來，那兩隻女生貓都躲起來，阿諾卻馬上擺出勇士的姿態，一副「捍衛疆土，捨我其誰」的樣子，不讓那隻狗越雷池一步。

　　後來，有位朋友送我一隻很大的波斯貓，那貓一來，把家中的貓都追得躲的躲、逃的逃，只有阿諾敢跟牠正面衝突，但阿諾不是對手。有一次，被那貓追得沿路拉屎。

　　我太忙，也受不了家中成為戰場，就想把波斯貓送人。一位學妹和她弟弟興沖沖跑來帶，結果他們擋不住酷哥阿諾的魅力，對阿諾一見鍾情，我只有再度割愛，把阿諾送他們。波斯貓始終與其他貓不合，就另送他人。

　　阿諾在學妹家，和她退休的老爸培養出良好的感情，我們感到很欣慰。不過可能失去娃娃這個伴侶，牠沒事就叫。有一次牠從十一樓跌下去，還好被一樓的頂棚接住，才沒送掉小命。不過牠會潛入鄰居家，弄壞人家的紗門，干擾別人的生活，鄰居告到管理員那裡，為了敦親睦鄰，學妹只好再把阿諾送回來。以前在家裡，牠就會打開陽臺的紗窗，跳到下一樓人家的雨棚上踱步，沒想到本性不改。

　　這次阿諾回來，我們已經搬家，租了一棟日本式房子。牠一回來，很快就又和斑斑、娃娃熟悉，當然牠還是較喜歡和娃娃玩。

　　那一年，道格颱風來的前夕，我們趕回故鄉，房東去整修房子，一開門阿諾就逃出去。房東先在電話中告知我們，我好擔心。颱風過後，我們一進門，娃娃就到處衝撞，叫聲淒涼，彷彿要告訴我們：阿諾不見了！我們屋前屋後呼喚，也遍尋不著阿諾的蹤影。大約十天後，一大早後院有貓叫聲，叫聲低沈，像是流浪者的悲歌，一看，果然是阿諾。開門迎牠進來，馬上為牠洗澡，娃娃急著撞浴室的門，兩隻貓裡外應和地叫，家裡那股熱鬧勁又回來了。

　　剛回來的阿諾好撒嬌，喉嚨不斷發出咕嚕聲，要人家撫愛牠。牠還像隻跟屁蟲，隨時跟在人身邊，怕再度失去我們。現在牠的安全感又建立，酷態再現，不太甩人，常和娃娃狼狽為奸，後門忘了關，牠們就到後院玩，爬上樹再跳到隔壁屋頂，去漫遊一番。晚上如果不將牠們關進籠子，牠們就大搖大擺佔住床上最好的位置，以撩人之姿躺下。睡夠了，天沒亮，把我的身體當跳板，大玩貓追貓的遊戲。

　　三隻貓常趁我們不注意偷跑出去，阿諾和娃娃都知道回來，就是斑斑不知道。

　　斑斑一度失蹤，在垃圾堆旁被我們發現帶回。第二度失蹤，當我們再度發現牠，竟是死的了，我們很傷心，只剩下阿諾和娃娃和我們相依為命。

　　垃圾堆旁老是有許多野貓，有一次，我發現一隻小貓，像一塊破布一樣，窩在垃圾堆旁顫抖，一時動了惻隱之心，把牠帶回。幫牠洗了澡，帶牠去看醫生。由於小貓身體很虛弱，我對牠特別照顧，這惹來阿諾極大的醋意，每當我餵完小貓，阿諾就對我張牙舞爪，表示抗議。想抱抱牠，牠也不樂意，與我保持距離。有一次我抱著小貓出來，牠潛伏在門口，突然伸出前腳要把我絆倒。後來小貓敵不過病魔死了，阿諾才慢慢轉變對我的態度。

　　我常向人宣稱阿諾是我接生的，打阿諾從娘胎出來，幾度進出我家，如果你問我在搞啥咪碗糕，我也說不上來，但我以為和牠緣訂三生，大概不會再把牠送走了，沒想到外子要到南非讀書，我們又面臨和牠分離的命運。

　　這一次娃娃也得送走，外子的堂姊願意收留牠們。貓要送走那天，我特別請假，幫牠們都洗了澡。因為隔天就要搬回淡水，我忙著整理東西，不小心開了後門，又讓牠們給溜出去。堂姊工作很忙，又遠從臺中來，我不能讓他們白跑一趟。何況貓偶爾會在外遊盪個三兩天，到那時我們已搬走了，牠們將會成為流浪貓。我急死了，在外面猛叫，只見牠們在屋頂上的閣樓鑽進鑽出，你叫牠們，牠們就在屋頂上與你來個相看兩不厭。我只有裝成不在意，繼續忙我的打包工作，其實心裡好急，不斷偷瞄後院的動靜。後來娃娃回來吃東西，被我逮著了，阿諾卻在閣樓裡與野貓玩，只聽得天花板跑步聲不斷，就是不下來。最後牠玩夠了，又聽到娃娃的呼叫，緩悠悠地踱進來，我衝過去把後門關住，一顆心總算落了下來。

　　堂姊對貓非常寵愛，尤其阿諾天生的的酷，始終迷人。可惜阿諾常喜歡到外面溜達，不小心從四樓掉下去，這並不算高，一般的貓可能沒事，阿諾卻摔掉半條命，斷了幾根肋骨，獸醫為牠打了幾隻鋼

釘，在堂姊一家人細心照料下，才漸漸復原。在我們養過的貓當中，牠最多災多難，不過也因此學乖，不敢亂跑了。

現在算來，牠已經是老貓，卻仍風度翩翩，對我們的態度也仍是酷。有一次，我們去堂姊家，牠神態從容地半趴在椅子上，尾巴優雅地垂著，聽到我們喚「阿諾」，就輕搖尾巴算是回答。我故意大聲拉長「阿」，牠也舉起尾巴，接著我喊出「呆」，只見牠尾巴停在半空中不動，表情有點惱怒，在我們的笑聲中故作優雅地放下尾巴。

每次翻眾貓的舊照片，阿諾這隻多災多難的貓，總是讓我感慨最多。

剋蟑小子——骨頭

養過不少貓，見識過各種怪貓，不過目前所養的虎斑貓「骨頭」，卻集數種怪於一身，且待我一一道來。

戰利品獻主，換來驚聲尖叫

如果一大早聽到女兒的驚聲尖叫，就表示骨頭半夜裡有所斬獲，而且把戰利品——蟑螂殘骸放在她房門口了。

搬進這屋子時，發現前屋主留了不少蟑螂給我們，我一向不喜濫用殺蟲劑，正不知該如何對待這群「原住民」時，沒想到骨頭成了蟑螂大剋星。女兒非常怕蟑螂，可是又對愛貓的英勇事蹟很感驕傲，她在門板上貼一張紙，專門紀錄骨頭的戰績，住進來一年多，牠大約抓了百來隻蟑螂，所以我們封牠為「剋蟑小子」。

不過剋蟑小子有時會變成「麻雀捕手」，後院屋簷與窗戶間那小小的細縫，偶會有麻雀飛進來，骨頭都能把握機會撲上去抓。牠很賊，這種戰利品牠會以不驚動我們的方式，捉到隱密處享受。還好撲捉麻雀總是會弄出較不尋常的聲音，我們如果在家，會從貓口救出麻雀。骨頭對麻雀很不想「鬆口」，我們總要費一番工夫才能救到鳥，而且會換來骨頭悻悻然的表情。

酷愛吸塵器，享受按摩樂

一般貓聽到吸塵器的聲音，都躲得遠遠的，骨頭卻老是聞聲而來，站在吸塵器旁礙手礙腳。我試著往牠身上吸，牠馬上倒臥，一副玩定的姿態。尤其吸塵管吸住牠的皮毛，發出怪聲，然後我把吸塵管順牠的身體往後吸再拉開，牠的皮會被吸起又被釋放，這讓牠「粉」陶醉，欲罷不能。牠那碩大的身軀，玩起來彈性十足。

這個癖好延伸到對按摩器的愛戀，當我們拿著電動按摩器在牠身上遊走，牠總是半瞇著眼，像個大老爺，充分享受我們這些奴僕的服侍。有一次他窩在按摩椅上，我就打開開關，按摩椅動起來，牠換個舒服的姿勢，人模人樣地享受起來。

我們幫牠剃毛時，牠不像其他貓那般抗拒，牠八成以為又在享受按摩了。

酢漿草當搖頭丸，如癡如醉

家裡的盆栽長很多酢漿草，女兒想對骨頭惡作劇一番，想看牠吃到酸味的糗狀，因為貓大多害怕酸味。這一試才發現骨頭超喜歡吃酢漿草，簡直像吃到迷幻藥一樣，如癡如醉。平常酷酷的牠，你叫牠，牠會趴在原地，頂多動一動耳朵，或搖搖尾巴虛應故事；但如果我們

手上有酢漿草，只要叫一聲「吃菜菜」，牠就飢渴前來，一邊發出撒嬌聲，一邊直立身子，瞇著眼狂吃。有時吃得急，還會咬到我們的手，這對謹慎的貓是罕見的現象。

寵物店有賣一種經過乾燥處理的貓草，一倒在地上，貓會一邊吃一邊打滾，神智顯出恍惚的樣子，活像舞池裡的搖頭派對怪ㄅㄚ，平常那些紳士貓、淑女貓的矜持樣全沒了。酢漿草對我家的骨頭就有此魔力，不過親戚帶來的貓對酢漿草卻「敬而遠之」。海邊有逐臭之夫，我家有嗜酸之貓，為了牠，我們有專種酢漿草的盆栽呢！

狗兒妙事多

南非獨門獨院的房子多，他們的圍牆大多不高，近來由於犯罪率升高，有人加鐵絲網，有人裝警報系統，最普遍的防盜方法則是養狗。在南非養狗要繳狗頭稅，但家家戶戶幾乎都養狗，常常一養就兩三隻。南非的狗很幸福，牠們有寬闊的庭院可以活動，家裡面也多隨便牠們進出。南非人家裡寬敞，多鋪有地毯，狗兒裡裡外外跑也不嫌髒。去過一些白人家，發現牠們養的狗大都很天真，和我們一見如故，任由我們逗弄，有的狗還會互相吃醋，爭相邀寵。以下就記幾隻狗的特性。

有種族歧視的狗

一位華人朋友家養一隻大狼狗，第一次看到牠，對牠敬而遠之。可是我發現牠似乎不很兇，主人說那隻狗有嚴重的種族歧視，牠看到

144

黃種人，表現非常和善；看到白人或黑人會叫不停，尤其是黑人，更是像跟牠有仇一樣，叫得兇。牠總是很盡忠職守地守在花園，每次我們的車開到，就會吠叫以警示主人。白天，牠一看到來人是黃種人就不亂叫；晚上牠看不清楚誰是誰，會不斷地叫，但只要我開口叫牠的名字，牠就馬上停止，還守在欄杆邊等我摸牠的頭。

　　狗應該有色盲，在這個人種多的國度，牠憑什麼分辨各種人種，而決定牠的態度？難道各種人種身上有不同的味道嗎？

喜歡馬殺雞的狗

　　到一位白人朋友家渡假，他們經營一個小型農場，家裡有三隻狗，其中一隻是兇惡的羅威那，主人特別警告我們，別對那隻羅威那示好，牠不領情，還可能傷害我們。早就聽說這種狗最護主，對陌生人非常防範，如果有客人拍拍主人，牠們會以為客人欺負主人，猛撲上來，咬得你叫不敢。以前見過的這種狗，果然都是一副侵犯不得的樣子，我們從來不敢對這種狗表示熱情。主人這麼一說，我們當然更不敢接近。

　　另兩隻小狗則很親人，其中有一隻黃棕色的，你一對牠示好，牠就老遠衝過來，仰臥，把肚皮朝上，任由你在牠肚皮上搔癢。牠的肚子圓凸，毛很稀少，搔起來很有彈性。我們把牠的肚皮當成鋼琴彈，牠總是閉起雙眼，享受被彈的滋味，那種如痴如醉的模樣，真像在聆聽世界名曲。如果你的手停止，牠會睜開眼，痴痴地望著你，等著你繼續為牠「馬殺雞」。有時候太陶醉了，身體還發抖。我想如果拿把利刀劃過牠的肚皮，牠大概連自己怎麼死的都不知道。

教養很好的狗

有一次，到一位白人家作客，牠們養了好多狗，車子一到，所有的大狗小狗都奔來。有一隻羅威那尤其跑得近，基於對羅威那的認識，我和女兒根本不敢開車門。主人告訴我們，那隻狗非常友善，我們才敢下車，下車後也只敢逗著小狗玩。那一天的主菜是大鍋菜，主人把所有東西都加在一個大鍋子裡煮。他們特別擺在後院的爐上，用柴火慢燉。大夥就在那裡聊天、喝飲料。那隻狗也不甘寂寞，在腳邊眼巴巴盯著人，我看大家都不怕牠，連他們家養的貓也敢跟牠玩，就伸手摸摸牠。牠馬上接受我的友誼，「小鳥依人」般地把全身重量都靠在我腿上，老天，牠有六十五公斤呢！後來牠乾脆趴下來，把我的腳丫子壓住，免得我跑掉。

吃飯的時候，主人說那隻狗的教養很好，拿東西給牠，沒有叫牠吃，牠不敢張口。說完，主人果然要牠秀一下。主人拿一塊香噴噴的肉在牠鼻前，牠嘴巴緊閉，主人把肉挨近，牠還別過臉表示不受誘惑，可是肉太香，牠嘴巴雖不敢張開，口水卻從嘴角流出來。主人一聲令下，牠張口吃下那塊肉，一副滿足狀。一隻外貌兇惡的大狗，卻有這樣的演出，真讓我佩服。而牠那種令人又憐又愛的表情，更讓我記憶深刻。

老被戲弄的呆頭狗

南非住家庭院大，幾乎都要養狗來防衛，他們會在鐵門上掛一個畫著狗頭的牌子，警告大家「內有惡犬」。那種招牌大都買現成的，狗頭圖案很兇惡。

有一次，我們經過一戶人家，看到鐵門上有一張狗的大頭照，我和外子相視一笑，因為沒看過這種呆頭照，覺得那戶人家太沒眼光，

買這種照片，要嚇誰啊！那戶人家有三處門，其中兩處都是鐵柵門，我們在一個鐵柵門看到照片，才講完心中的觀感，就在下一個鐵柵門看到那張呆頭照的主角。那是一隻中型的白色狗，樣子真是有點呆，我們想到那張照片，不禁大笑起來。牠也不甘示弱，以狂吠回報我們。

第二次經過那裡，牠在第一個門看到我們，馬上跑到第二個門等著，跟我們打過照面，又到第三個門等著。第三個門是木板門，旁邊有小縫，牠就從隙縫瞧我們，還不忘叫兩下。我和女兒常散步經過，每到第一個門，牠就急忙跑到第二個門，我們故意不往前走，牠發現我們沒到第二個門，就急匆匆跑回第一個門找我們。後來我們站在兩個門之間，我往第二個門跑，女兒往第一個門跑，故意弄出很大的腳步聲，讓牠疲於奔命，兩頭忙。我們趁牠奔來跑去的當兒，躡著腳跑過牠家的範圍，牠等不到人，就會叫出聲音，大概想不到兩個活生生的人，怎麼會憑空消失。

我們沒見過那狗的主人，牠大概很寂寞，偶爾路過的黑人、白人對牠沒興趣，倒是我們這一家異鄉客，會逗著牠玩，所以牠也就樂於被戲弄。有時我們帶麵包要到公園餵鴿子，就丟一點給牠吃，牠都吃得津津有味。這隻呆頭狗愈看愈可愛呢！

輪下喪命的狗

多年前就拿駕照的我，一直沒開過車，出國前復習，一坐上駕駛臺腦筋就打結，還不頂熟練就匆忙出國。南非車子左行，方向盤在右方，更把我整得很慘。尤其南非人開車之快，更令我心驚。

我特別選了一處空曠的地方練習，附近只有佛光山的朝山會館在施工，經過的車子很少。有一部車停在工地邊，只見幾個白人下車參

觀。我手忙腳亂，旁座老公的心跳幾度加速。後來我繞經工地附近，發現草地上有一隻小狗在奔跑，牠突然向馬路上跑過來，我心慌了。等我把車停妥，下車一看，一團白影躺在路中央。我們走過去，狗已經死了，一個中年人在那裡，我們向他道歉，並表示願意賠償，他說錯不在我們，擺擺手表示不必賠償。而不遠處，一對母女已經抱在一起哭了，我過去向她們道歉，那個女孩哭不成聲，母親堅強地對我們微笑，要我們不必難過。他們的兒子把狗抱回車子，一家四口傷心地走了。

他們說那隻貴賓狗叫「飛飛」，才八個月大，這是她第一次被帶出來，沒想到……我心裡非常愧咎，趕緊到寺裡為小狗念念經。

據南非人說，他們規定帶狗出來，一定要把狗繫好，以免狗或其他人發生危險。在南非街頭，幾乎看不到流浪狗，帶狗出來遛的人，多會在牠們的肚子上繫繩子。來南非，玩過許多人家的狗，卻沒想到害了一條狗，傷了一家人的心。

狗來「覆」

習慣養貓的我，家中陸續有些狗兒進出，大多是一時起了愛心，從外面撿的流浪狗，但是幾乎不久後就都送給別人。最大的問題在於排泄物的處理，小狗一天要下好多黃金，不定時、不定點，走在家中，好像要躲地雷一樣，提心吊膽。還有，小狗很好動，追著人又親又咬，鞋子、襪子也被咬得傷痕累累。我發誓再也不養狗！

　　前不久，有人想送我們一隻名犬，我們堅拒。沒想到隔不了幾天，女兒從外面撿回一隻小流浪狗。皮膚有疥癬、肚子裡有蛔蟲、鼻子流鼻水，整條狗黑黑髒髒，像一團陳年的抹布。古人說「狗來富」，我倒覺得說「狗來覆」比較恰當，因為家裡多了這條狗，生活馬上被顛覆，忙得團團轉。原本我們家有兩隻貓、三口人，這一來成了「一狗二貓三人行」，熱鬧滾滾。我警告女兒，如果不適合就得送走。

　　獸醫建議目前不宜讓貓狗在一起，所以把狗養在陽臺。還好這一次住的是頂樓，遛狗只要爬一層樓即可。這小狗倒也聰明，一上樓就忙著屙屎屙尿，然後才和我們玩。狗屎風乾後掃起來，不造成污染，讓我有留下牠的念頭。一大片空地，成了我們和狗兒的運動場。一天要遛好幾回，但不必怕風怕雨，更不必怕紊亂的交通。

　　第一次去看獸醫，他不能肯定我會不會養牠，當我再度帶牠上門，他忙著叫手下寫病歷，也給一張注射卡。才一週，狗兒就有明顯的進步，我歸功於家人的愛心，醫師歸功於他的醫術，我想二者都有吧，剛撿回來那幾天，連老天爺都賞光，天天天晴。

　　狗的生理時鐘有時候會錯亂，曾有凌晨四點叫著要出去的紀錄。我們的陽臺不大，鞋櫃外，還擺些東西美化，養牠後，鞋子得高高放，牠睡覺的紙箱被咬下不少屑屑，毛巾皺成一團，整個陽臺變醜，但是我們已愛上牠，開始容忍牠帶來的不便。因為牠，我們才會常常上樓跑步，有機會多望望遠山，多聽聽鳥鳴。

　　女兒上國一，在學校的作息很緊湊，回來後可以抱抱貓、遛遛狗，心情得到最佳舒解。外子任軍職，難得回來，一回來就得幫著買貓食、狗食、貓沙等，但寒冬裡一貓在抱，或陽光下與狗兒追逐，讓他也快樂地當起「貓狗爸爸」。

我號稱自由業,時間完全由自己分割,所以有更多機會享受養小動物的樂趣。在屋裡對牆打乒乓球時,貓會騰空操球;在屋外用乒乓球逗狗,狗會含著球來給我,貓狗戲球,各有千秋。就是這些樂趣,讓我在當了「貓媽媽」之後,甘心兼「狗媽媽「的角色。狗來了,不只是我的生活被顛覆,誓不養狗的想法也被顛覆了。

狗來富?

俗話說:「貓來窮,狗來富」,我們一直是養貓之家,自從養貓後,日子依舊,沒有更窮,倒是有不少樂趣;養過幾次狗,但可能和狗的氣不和,總是半途而廢,因此對「貓來窮,狗來富」這句話也就不去多想。沒想到,最近在女兒的「愛心陷阱」下,我們又成了有狗之家。

話說女兒在路上看到一隻名種流浪狗,她一時起了惻隱之心,帶去美容院大肆整修之後,把狗兒弄得狗模狗樣。問題是女兒與人同租公寓,且聯考正在眼前,無法照顧,幫忙狗找主人的事,又落在我們身上。當我看到狗時,覺得她天真可愛教養好,很有把握可以幫她找到主人,就爽快地帶回家。不過在進家門前,先去獸醫院報到,經獸醫檢查,才知她身上有黴菌,至少要一個月才能醫好。這種黴菌是人畜共同傳染的,聽得我渾身癢,也擔心家中的貓兒被傳染,這燙手山芋真是要命。如此一來,我不好意思馬上把狗送給別人,冒著人狗貓共同傳染的風險,先醫好狗兒,再替她找新主人。

　　狗進家門，尚未見到財富跟來，已為她花了一大筆錢，更慘的是，從此我和老公成了不折不扣的「狗奴才」。此話怎講？看官，我是無業遊民，最大的享受是睡到自然醒，自從狗奶奶進門，賴床這名詞就和我告別了。台灣正是冬天耶！偏她來的第二天，寒流開始襲捲台灣，而且本人住的小鎮，常是全省最低溫處。已經兩週留守的老公好容易休假，正好加入狗奴才的行列，每天一大早，起來侍候狗奶奶。

　　因為我們住在街上，不能讓狗大便污染市容，只好妥為處理。她已是成狗，原主人大概都是在外面讓她解決大小便，所以她不懂鋪在地上的報紙是做啥用的。一大早，弄狗食給她吃下（先得把藥碾碎，摻在狗食中），之後，兩人各據陽台一端，手上拿著紙，馬上進入一級警備狀態。狗奶奶悠閒地來回跑，一旦有如廁動作，較近狗者立即奉上紙，這是第一回合，一泡金黃色的尿（水的吸力有限，馬上要用布擦乾淨）。之後狗奶奶會再繞繞圈子，大概是培養第二回合的便意。等她又擺出那熟悉的pose，快，另一張紙立即奉上，一點也怠慢不得，此時眼睛還得盯得緊，以免黃金外洩。可以想像我們這副「接屎大臣」誠惶誠恐的醜狀嗎？我這狗奴才心裡實在難以平衡，難免想入非非，我想，如果她是一隻屙黃金的狗，那，那，「狗來富」就不是夢了……（早晚各兩條耶）

　　除此以外，貓不需常洗澡，身上非但不臭，還很香呢！狗卻得一週洗一次，否則夠嗆人，即使剛洗完，也是有味道。洗還算是簡單的事（狗很享受沐浴之樂），吹乾卻很費事，儘管美容師只留下她腿部的毛，卻不易吹乾。吹著吹著，心裡不平衡我，又想入非非了，羊毛可以定期剪來賣錢，如果狗毛也可以運用，那，那，「狗來富」又不是夢了……（生生不息耶）

　　你也許會說，你不早就當了貓奴才嗎，為什麼厚此薄彼？非也，看官，養貓讓我覺得自己是貓媽媽，因為養貓，你只要給她一碗貓

食，一碗水，外加一個裝砂子的盆子，你可以兩三天才處理一次。而且你有聽過「遛貓」這名詞嗎？像我們家現在這隻貓很自閉，老躲起來睡覺，我常常感覺不到她的存在。等我要睡覺時，把她往被窩裡一丟，就如同抱個熱呼呼的暖爐。以往養的那些樂與人親的貓，想撒嬌時，是靜靜窩在你身邊，或輕巧地跳到你身上，接受你的撫摸。狗則不然，一出籠子就熱情奔來，不管他們多髒多臭，就是要你共享，冷不防還給你一個熱情的吻。而且他們那無辜的眼神，總是熱切地望著大門，你能不捨命陪狗嗎？所以侍候她吃喝拉雜之後，就是遛狗的時候，不，也許講被狗遛比較恰當。

所幸，我還忝列壯年陣營，所幸，從我家五分鐘可到捷運站公園，或到一座有廣場的廟。與狗比賽跑步，成了我的例行運動。由於她可愛、可親，特別有孩子緣，讓我交到「小的朋友」。有一個鄰居的小孩，非常死忠，天天來陪著遛，惹得我那個才在學步的甥孫，為了狗與他爭風吃醋。鄰居小孩很想養，我趁機勸他母親收養，可惜她以太忙婉拒了。每當有人對我家的狗奶奶說好可愛時，我都慷慨地表示可以送他們，但每個人都給我一個「婉轉拒絕」的笑容。可愛，可愛，我們家的狗奶奶是「可憐沒人愛」。

最近台灣開始發行樂透彩券，大家拚命拿政治人物的生日，或明星的三圍來當明牌，我往狗奶奶身上一瞧，她在我們家是明星級的角色，也許她的三圍也可以有玄機。老天，心理極度不平衡的奴才我，又想入非非了，如果她的三圍是明牌，那，那，「狗來富」又不是夢了……（算了，偏財運不旺的我，還是把簽注的錢拿來買狗食比較實在。）

發財夢碎，老公上班去了，我一人單挑狗奴才的擔子。每日早起侍候狗奶奶，我發現時間好像變多了。以前我早上要去學英文，不管是九點半或十點的課，我都賴床到最後得用跑的才不會遲到（我家

到學校不超過十分鐘腳程），現在弄完「狗事」，還可看看電視，做做家事，再從容去上課。好天氣時，每日的遛狗，讓我筋骨大為舒展，手腳發熱，寒冬不再是寒冬了。也許我會因此而身強體壯，外加健美的身材，嗯，健康就是財富，我懂了，古人是很有智慧的，狗來了，我的生活作息正常了，我去遛狗，身體因此健康，這是無形的財富啊！有了狗，親友的互動更多，情感更密切，這也是一種珍貴的財富。狗來富，狗來富，此言不虛！不過，「獨富富不如眾富富」，如果有人想要狗來富，不必跟我客氣，我還是樂於讓賢。

狗來樂

　　終於終於，我們養到一隻聰明、乖巧又耐饑耐操的狗了。多年以來，朋友素知我們是「養貓」之家，我把滿腹貓經化為童話或短文，讓小朋友看得也哈哈笑。我極少寫到狗，其實，我們一家人也愛狗，也養過幾隻狗，但不管土狗、名種狗，一入我家門，即相看兩厭，最後總是草草送人了事。我寫的狗文章，不是「狗來覆」（顛覆生活秩序），就是「狗來富？」（強烈質疑）。這次，該可以善始善終，以「狗來樂」下註解吧！不過，一開始，我是舉雙手雙腳反對的……。

　　話說從頭！今年四月初，我們有個機緣要換屋，即是要買新屋賣舊屋。由於新屋價錢高出許多，正是要四面八方去找錢的時候，女兒的慈善神經宿疾又發作，從路邊撿回一隻小流浪犬，還為她取名為「歐哈」（哈讀為輕聲）。歐哈似乎知道自己是油麻菜籽命，表現得乖巧、善解人意，但在我向女兒分析家中境況後，女兒也同意只要有人要，就把歐哈送走。歐哈也很合作，任何人來都表現良好，人人誇

她可愛，和她玩得很投機，可是當我們慷慨地表示「喜歡可以帶走」時，大家都丟回一句：「狗來富嘛，你們自己留著。」

唉，這話閃進我腦中，變成「狗來負」：負債的負。從外面撿回來的狗，即使是土狗，一樣要送獸醫院驅蟲驅蚤，還要打幾劑預防針，至於狗食，玩具骨頭、狗鏈、狗屋……也要一應俱全。就算是談金錢太俗氣吧，我們咬緊牙根捱下來，但貓狗同一屋簷下，天真熱情的歐哈喜歡蹦跳到貓們面前示好，孤傲敏感的貓卻總在備戰狀態，一副劍拔弩張的模樣，不斷發出低吼。那時我已開始打包準備搬家，家中到處是紙箱，貓喜歡把紙箱當秘密小窩，狗喜歡拿紙箱磨牙，於是貓毛、狗毛、碎紙片齊飛，更堅定我早日送走歐哈的決心。

時值SARS流行期間，許多人怕人畜共同傳染疾病，急著把寵物丟出來，其中還不乏名犬。相對的，我家土狗歐哈更送不出去。同時，女兒染上「名犬症候群」，盼著送走歐哈，她可以去買（看官，是買不是撿！）名犬。這個妄想逼得我不得不重新思考留下歐哈之必要性。看看她，除了過度熱情外，無大缺點。尤其不會亂叫，養在公寓裏不會干擾鄰居。她的耐饑度特高，不會為了吃鬼吼鬼叫。她很會察言觀色，也常咬著玩具要人陪她玩。新買的家，加蓋的頂樓有院子，正是養狗的好環境。綜合許多條件，我誓死留下歐哈，以杜絕名犬入門。

為了對付女兒的名犬情節，我為歐哈取了兩個別號！一個是「黃金劣犬」，因她毛色金黃，與名犬「黃金獵犬」沾上一點邊；另一是「拉不拉得多」，音節上比另一種名犬「拉布拉多」還長，乍聽之下，也可自我陶醉。喜的是，歐哈似乎不討厭這兩個別號，總是樂於回應。

兩個多月下來，我們自忙亂中安定下來。家搬好了，舊家也「異常順利」賣出（自己貼單子，第一天第一位客戶即成交，不知是否為「狗來富」的作用）。現在我們常在頂樓院子工作，做花園整建，

累了，坐下來喝喝茶，歐哈就急著跟我們玩。她最喜歡叼著玩具與我們「拔河」；玩具搶來後，我們順手一丟，她就以衝百米的速度奔去咬來，進行下一回合。她樂此不疲，跑得氣喘呼呼也不停下。有時，我們假裝丟出去，她也不會上當。吃飯時，女兒訓練她先坐好，食物放在眼前，她明明餓得身體發抖，嘴巴流口水了，還不敢吃，等女兒說「好」之後才狼吞虎嚥起來。

　　由一隻楚楚可憐的小流浪狗，到現在亭亭玉立的少女狗，歐哈已擄獲我們的心了。玩累了，把她抱在懷裏她也乖乖偎著（得小心她熱情之吻），我們共眺觀音山，河風襲來，風鈴在廊簷下喀啦作響（此風鈴購於泰國，造型與聲響均別具風味），真一副「人狗合樂圖」也！

　　後記：屈指算來，歐哈已兩歲多，會的把戲更多，會握手，會遠距離接狗餅乾吃，拉著她跳舞也會裝快樂。不過她真的是隻名副其實「狗眼看人低」的狗，來家的客人她都歡迎，但送瓦斯、做工程的人，因工作關係，衣服比較有油污，她就防心很重，隨時盯著，緊張地跟前跟後，還低吼著咬咬他們的褲子。她特別喜歡年輕帥氣的男孩，不愧是女生狗。

❦❧ 說蚊吻 ❦❧

　　明代張潮曾說過「痛可忍，癢不可忍！」這樣的話，仔細玩味之餘，忍不住要擊節拍掌，大嘆他是千古知音。而癢之中最普遍也最難歸類的，大概是「蚊吻」了！

　　有時實在不願意和這種弱小動物計較，想佛陀都能捨身餵虎了，區區小蚊不過要一小肚子的血，送牠何妨！但捐血給蚊子，牠卻非要回報「癢」不可，附帶轟炸音響。總是在你甫進甜蜜夢鄉之際，這種超迷你的轟炸機遠遠飛來--降落--狠狠一口，真是「夜來巴掌聲，不知死多少？」但死的可不是蚊子，是你的細胞。

　　這隻瘟機（蚊機）是主角，上了舞台非要戲耍一番不可。你終於清醒了，警覺到敵人就在你身旁，把燈扭亮，卻是尋牠千百遍也不見蚊影，莫非牠是「隱形瘟機」，偵察不到，想牠大概也知觸動防衛系統，奔回陣營去了。你關了燈，以為天下太平，沒想到隔會兒，牠又光臨了！

　　一個晚上可能就在燈的「開／關／開／關」中，和著蚊香、檀香、噴霧劑中度過。以往在最不得已的時候，被子悶頭一蓋，如堡壘般，再強悍的瘟機也闖不進來。來曼谷才知，以往碰到的，都是智商不高的瘟機！就有一回，我如法炮製，沒想到牠潛進堡壘吃香喝辣，不亦樂乎，我不但捐血還捐汗呢！在台灣，蚊子吸得飽嘟嘟，飛不動了，不小心轉個身，都可能把牠壓死。曼谷的蚊子卻肚量奇大，我算了，一包兩包三四五六包，該撐了吧，手到擒來沒問題，扭開燈，已不見蹤影。燈下數蚊包，包包癢。

　　還好，夜半在自家床上，可不計形象地搔癢，遙想明代的文人雅士張潮君，一定也是在不計形象地搔蚊包中，寫下「痛可忍，癢不可忍」的千古名句。

說蚊趣

　　曾經寫過「說蚊吻」短文一篇，痛斥蚊子這種「小不點動物」，常在半夜擾人清夢，或飽吸一口血液揚長而去，留下奇癢無比的「紅豆包」。誰會料到近來我與家裡的蚊子竟能和諧相處，這回我要寫篇「說蚊趣」來與看官們分享。

　　話說我由泰國回台定居後，發現電視竟然有不少宏揚佛法的節目，許多法師在螢幕上講經說法。某日，我正在看某位法師的開示時，一隻蚊子在眼前繞來繞去，我的直覺反應是「殺」，尤其在我專心聞法之時，此蚊擾人清修，當然是格殺勿論。正當我在天花板、牆壁上、茶几下四處尋找蚊蹤時，法師正講到對萬物的慈悲心，他特別提到蟑螂、蚊子等人見人厭的小動物，聽著聽著我對蚊子的必殺之心頓消。其實學佛已久的我，對「眾生平等」的觀念早就知道，有時也想自己這麼大個人，就讓蚊子叮一小口又何妨？可是每想到那種癢，就忍不住擺出以強凌弱的態勢，狠狠打死牠，再吹一口氣讓牠「塵歸塵，土歸土」。

　　我暫時忘了蚊子，繼續聞法。不久，我發現蚊子竟然停在距我不遠的牆上，我湊上前去對牠說：「蚊子啊，你也要聽經嗎？」牠果然紋風不動，一副沐浴在法喜中的樣子。我只好把蚊子當成同參道友，相安無事聽了好一會兒，忽然覺得自己有點「阿達」，我想蚊子哪裡

懂得聞法，是我一廂情願的想法吧！於是我的手大方地靠近牠，怪哩，我的指頭距離牠不到一公分，牠還守住崗位，不動如如。我感慨蚊子比我家的貓還有佛性，君不見法師講得頭頭是道時，我家的貓卻蜷縮在沙發一隅睡大頭覺，還打鼾呢！

說也奇怪，從此，我跟來家造訪的蚊子關係和諧，有時被牠們叮了，也不會太癢，不需塗萬金油，而且不久後紅腫就消失了。入睡之際，有時會有蚊子在耳邊嗡嗡叫，我就對牠說：「阿彌陀佛，要叮就快，叮完快走。」怪的是，蚊子常沒叮就走了。

有一次，一隻蚊子停在我食指上，我把手舉到眼前來，看牠如何吸吮，這隻蚊子挺調皮，牠不急著吸血，卻跳起舞來。起先是一隻腳舞動，之後是兩隻腳一起動。我當下的感覺是「好美呀！」我似乎感染到牠找到食物的喜悅，忘情地對牠叨絮，牠舞得更起勁，彷彿過了很久，牠才優雅地輕啜一口，然後從容飛走。前幾天，又有一隻蚊子停在我指頭上，湊近一看，是花腳蚊吧，聽說花腳蚊很毒，我猶豫著要不要揮走牠，後來我索性對牠念念經，牠就定在那裡，也不吸血，也不飛走。良久，我開玩笑似地對牠吹一口大氣，牠才飛走。

親戚朋友來我家，見到蚊子就想打，我都要他們手下留情，並宣稱我家的蚊子有慧根。他們的說法是，我這素食者的血不香，蚊子當然不肯吸。其實不是，有一次我去外地玩，被野外幾乎看不見的小蚊子叮到，奇癢無比，朋友馬上拿藥給我抹，一點也沒有用，回來後繼續養了好幾天，抓得都快破皮了。

可惜，蚊子在我家並非絕對安全，因我先生和女兒對我那「蚊子不太會叮人，叮了也不會很癢」的說法嗤之以鼻，常在我不注意時，「啪」一聲，蚊子已身亡，他們總覺得是為民除害。看官，你和蚊子的關係如何呢？下次見到蚊子，試著跟牠溝通一下，也許你在自然界又多一種朋友哦！

夢中也毛毛

　　童年是一幅美麗的田園景色，唯一的缺憾是毛毛蟲「長相左右」，長大後，周遭的毛毛蟲少了，牠們卻走入我的夢裡，繼續與我「長相左右」……

　　與朋友去採龍眼，怪的是每棵龍眼樹上只長一粒龍眼，定睛再一瞧，原來毛毛蟲已攻佔全樹，逃啊！

　　幫女兒抓頭蝨，發現其中有一顆如綠豆般大，將它敲開，有兩條毛毛蟲蜷縮其中，殼一破，牠們就迅速膨脹，且向我爬來，逃啊！

　　要洗衣服，把洗劑倒進衣物中，赫然發現一隻醜陋的大毛毛蟲（那是小時候最害怕的一種），正翻著肚皮，在泡沫裡張牙舞爪。嚇得跑到客廳，客廳也有一隻牠的同伴，此時不跑，更待何時，逃啊！

　　老家那三棵毗連的黃槿樹，是我們小時候常戲耍的地方，在夢中驚見它們還健在，趕緊叫外甥和女兒爬上去。忽然，我瞄到樹幹上停著那種醜陋的大毛毛蟲，趕緊呼叫他們，逃啊！

　　眼前是一片綠油油的菜圃，我動手去採，發現一顆空心菜上，有一隻「綠油油」的毛毛蟲，差一點觸摸到牠，醒來一身汗。

　　和親朋好友到野外踏青，見到一種植物，葉片如荷葉般，碰碰它，還會害羞地縮起來。不巧我搔到的那一葉，住一隻毛毛蟲。我驚呼，旁邊堂姪女知我害怕，以樹枝擎起那蟲，朝我丟來，正中我脖子。我一直撥弄不掉，嚇醒，發現貓咪正睡我身旁，平常不怕牠那一身毛，那時卻非把牠撥開不可。

　　走入一個古雅的城鎮，類似大陸少數民族居住的地方。一路欣賞那奇特的建築，看到有人圍著買茶葉，我也湊上去。店員把茶包拆

開，要我們嘗嘗裡面的東西。我老實不客氣抓起來就吃，好香的草葉！　可是茶包裡竟有一隻肥肥綠綠的毛毛蟲，問店員，他不以為意。旁邊有人買了且已沖泡來喝，我好心告訴他們，他們把泡過的茶包打開，說：「嗯，有好幾隻。」他們面無懼色，一副理所當然的樣子，我卻一陣作噁！

在報紙上看到一種毛毛蟲，尾部似蛇，具保護作用。當晚就夢見一條好大好長的錦蛇，從我身上纏繞一圈，才緩緩離開。還好我不怕蛇，並沒有從夢中驚醒，只是醒來後想起尾部酷似蛇的毛毛蟲，心裡不寒而慄！

以上是這些年來，在夢中與毛毛蟲打交道的片段。小時候，在飯菜裡發現毛毛蟲，都要尖叫，大人就會說：「吃蟲，才會做人（用台語念還押韻呢）！」我心想，這輩子沒被蟲給嚇死就不錯了，哪還敢吃牠們呀！

小小動物在我家

我家頂樓有一片小花園，在我們的努力耕耘下，頗有花木扶疏的景象，閒時在園子裡散步，發現竟然有不少小小動物穿梭其中，為我們帶來不少野趣，提筆點染一番，為牠們做個紀錄。

毛毛蟲

小小動物，諸如蟑螂、蜘蛛、毛毛蟲、老鼠等，是許多人的「最怕」，別看牠們身軀那麼渺小，每當牠們現身，常會聽到尖叫聲、喊

打聲，總之，人蟲大戰自古有之。還好這些小小動物當中，我只怕那蠕行的毛毛蟲。

事實上，在我小時候，光「聽」到這三個字，就足以讓我起雞皮疙瘩，「想」到這三個字，免不了渾身一陣戰慄；書刊上凡有毛毛蟲之處，我一定拿得遠遠的，絕對堅守不看、不觸摸的原則。「看」到實體，不論大小，絕對是彈跳開來，外加淒厲的尖叫。如果讓牠們爬上身，那就是嚎啕大哭，外加皮膚紅腫。吃飯時，若菜中有蟲，那一盤菜絕不再挾。自小羨慕古人隱居山林的生活，但我提醒自己，若要隱居，千萬別忘了帶殺蟲劑。

女兒小時候，很愛那些花花綠綠的毛毛蟲，要求要養，被我嚴拒。怎麼也想不到，如今我也成了養蟲族。因為小時候蝴蝶、粉蛾到處飛舞的景象不再，為了讓這世界多一些飛舞的身影，我只有克服那與生俱來的恐懼感，盡一份心了。

我們用盆子種一些菜，讓粉蛾來下蛋，聰明的蛾媽媽會分散產卵，一片菜葉大多是一顆卵。這種菜蟲是綠色的，不仔細看無法看出，我觀看時儘量保持距離。心裡真的很毛，可是又好奇地想看牠們的成長過程。

有一次找不到一隻大蟲，忍不住湊近去看，找啊找，突然發現那隻大蟲與我近距離「四目相對」了，我大叫彈開，這慣性動作引來老公跟女兒嘲笑。又有一次，透過月光，看到一隻毛毛蟲爬上菜莖頂端，好像牠也懂得沐浴在月光下，享受寧靜、安全的夜（小鳥睡覺了）。

不同種類的毛毛蟲，喜歡不同植物。有一次，紫藤上爬了一隻翠綠色的毛毛蟲，牠的毛很長，動作俐落，像過動兒一樣，爬上爬下停不下來。那是我見過最美的毛毛蟲，我希望牠在我們園子住下來，以後蛻化成彩蝶。隔天，牠果然吐一層薄薄的絲，把自己固定在枝頭。不幸的是剛好颱風過境，牠不見了。

毛毛蟲的天敵不少，剛出生不久，會被螞蟻扛著走，好容易長得肥肥壯壯，會被小鳥叼走，養一陣子，還沒有半個繭出現，蝶兒翩翩飛舞的景象難期。

小蝸牛

下過雨後，花葉上會出現小蝸牛，造型輕巧玲瓏，色彩晶瑩剔透，看起來很可愛，讓人想把牠們放在手掌心把玩。只是平常都不知道牠們躲在哪裡？

看到小蝸牛，就會想起楊喚那首〈小蝸牛〉，詩是這樣寫的：

> 我馱著我的小房子走路，
> 我馱著我的小房子爬樹，
> 慢慢的，慢慢的，
> 不急也不慌。
>
> 我馱著我的小房子旅行，
> 到處去拜訪，
> 拜訪那和花朵和小草們親嘴的太陽，
>
> 我要問問他：
> 為什麼不來照一照，
> 我住的那樣又濕又髒的鬼地方？

楊喚看到的蝸牛，應該不是這類品種的蝸牛，雖說楊喚是以蝸牛來比喻自己人生的困頓，但如果他看到這一類蝸牛，恐怕不會用「又濕又髒的鬼地方」來形容。雨過天青，這種小蝸牛身上的雨珠，在陽光的映照下，會讓人忌妒牠們擁有那樣可愛的小房子。

不過，我倒想起小時候常看到的一種大蝸牛，也是在下雨過後，牠們會大量出現在草地或馬路上。那蝸牛是咖啡色調，造型燁燁的，當牠們爬行的時候，一大塊黑咖啡色的肉露出來，加上那一對超大的觸角，實在很難和美聯想起來。而且牠們爬過的地方，會留下一條像鼻涕一樣的黏液，看起來很噁心。

這種大蝸牛一向不討人喜歡，也不受人注意，在陰暗的地方，默默地過活。但由於牠們肉質肥厚，有一度日本人大量收購，製成螺肉罐頭出售。鄉人趕一大早露水未乾時，在草叢裡拾掇。這是不花本錢的外快，勤勞的鄉下人常常全家出動去找，然後一布袋一布袋地賣掉。後來不知是被抓多了，還是環境改變，已經不容易見到這種大蝸牛。

小蜜蜂

我們發現茉莉的葉子，被蟲吃得奇形怪狀，跟一般植物被蟲吃的狀況不一樣。一般的蟲不是蠶食整葉，就是咬得坑坑疤疤。那種蟲卻像藝術家，總是以剪圖樣的方式，剪走一個個小圓形，讓葉片變成不規則形。

有一天，我們發現那種藝術家了，是一種非常小型的蜜蜂。牠們身上好像帶把刀，一下子就裁掉一塊圓形，由於牠們身體太小了，馬上把那小片圓葉捲在胸前，然後飛進一個幾乎看不出來的石縫裡。目睹整個過程，不得不驚嘆造物之奇！牠們一度改變口味，專裁紫藤葉，最近則多裁走百香果葉。那小小身影在裁剪時，動作很俐落，煞是好看，可惜牠們不輕易出來。

花開時，常會有一隻採蜜的蜜蜂出現，我得以近距離欣賞牠身上那種巧奪天工的採紋，並和牠打招呼。老公總要我小心一點，以免被螫。他想以捍衛家人的理由下逐客令，我卻覺得花蜜不讓蜂採也徒然，何況我自知不比花嬌，對牠又無害意，不會被攻擊。

　　一般動物會攻擊人，是感到安全受威脅，才會採取自衛。動物也通人性，我就在牠眼前見，牠根本無視於我的存在，一逕忙著採花蜜。有時風太大，花被吹得搖搖晃晃，蜜蜂鍥而不捨地與風搏鬥，我趕緊為牠抓穩樹枝，牠就安安穩穩採蜜。我總是誇牠長得好美，牠一定感受到了，也用牠最美的姿態給我欣賞。

　　蜜蜂給人的形象是「勤勞」，最近卻有科學家指出，蜜蜂其實很懶惰。研究者的精神讓人佩服，但我看到的蜜蜂，都不負勤勞的美名。牠們順其自然而作息，該工作就工作，該休息就休息，不會讓自己「過勞死」，是人太無聊了，以為蜜蜂一出生就要勞苦到死吧。

　　除了這幾樣小動物，蜘蛛、馬陸、甲蟲、蝗蟲、螳螂、知了等，偶爾會出現，我都待之以禮，歡迎牠們住下來。人類的開發，讓大自然的面積萎縮，小動物們無以為家，希望我們這小花園，提供一個小小安樂窩，讓牠們安頓。

❦ 與馬結緣千里外 ❦

　　記得在一個春日溶溶的清晨，朋友和我突發奇想，要來一趟單車之旅。那是北加州的一個小鎮，滿山遍野的花呼喚著我們。為了一睹更多野花的芳容，我們向一座山騎去。

　　山路太陡，我們是牽著車，喘著氣牽上去的。到了山頂，看到幾戶人家，卻見不到人影。正要眺望遠方時，一匹馬老遠急走而來。我以為牠要捍衛家園，想來驅離「非法入侵者」，還好有鐵網隔著，我就站在網外，看牠能奈我何？

164

等牠逼近時，我似乎從牠眼神中看到友誼的光芒，於是試著抬起手，牠竟歪著頭，一副「小馬依人」的樣子。最後我和牠「耳鬢廝磨」，還請朋友拍下這相親相愛的鏡頭。從來不曾和馬如此親近過，我和牠真投緣呢！另一隻也走近來，但不敢太靠近我。

那樣的晨光下，在異鄉邂逅一匹投緣的馬，遂令我想起小時候「躍馬中原」的夢。就像現代城市裡的帥哥、辣妹喜歡拉風的車一樣，大漠兒女喜歡騎著駿馬，馳騁於荒原上，酷斃了！可憐我童年只見到老黃牛拉著大板車慢慢走，沒見到多少馬蹤。

記得第一次騎上馬背，是在大二那年，馬是遊樂區的遊樂項目之一，白色、高大，是嚮往已久的白馬（只缺王子）。買了票，以為自己是大漠英雌了，可以馳騁一番。可惜光是上馬就費了好大的勁，靠馬主人推好幾把才搖搖晃晃騎上去。接著才定神就懷疑自己有懼高症，頭暈目眩；馬一走，又覺得馬背與我的臀部像仇人，你往東來我往西，非常不協調。想喊救命，又怕毀了一世英名……

所幸，第一次的經驗沒把我嚇到，有機會我還是會「躍馬一小圈」，只是常騎迷你馬，五十元小跑一圈那種。沒想到幾年前陪母親赴大陸旅遊，在雲南的山區，又過了騎馬的癮。

起先是在河流上騎，穿上少數民族的衣服，有番邦公主的架勢。河水潺潺，馬蹄踩過，激起水花點點，挺陶醉的。接著到新開發的景點雲杉坪，先搭一

段纜車上山，之後，還得走一段山路。那時有一些少年人牽著馬兜生意，我又動心了。我也慫恿媽媽騎馬，媽媽向來保守、節儉，且一生沒騎過馬，理論上是不易說動。但那次旅遊的路線適合年輕人，七十多歲的媽媽玩了幾天，有些累了，我又騙她說路程遠不好走，她就被我拐上馬去了。

馬在山中小路走，路很泥濘，滿地石塊滑不溜丟，我的馬常走滑，人也跟著一顛一跛，好像隨時有馬仰人翻的危險。後悔要媽媽騎，想要安撫她，她的馬卻已隱沒在林中，而她和馬僅語言又不通……

懷著忐忑的心，終於到達目的地，媽媽已安然下馬，迫不及待地告訴我一路的驚險，不過看得出來她很興奮，我就放心了。回程，同樣是崎嶇、泥濘的路，我卻開始享受騎馬的樂趣。雖不是馳騁荒漠，但在那三千公尺高的山林小徑，我的身體隨著馬的腳步規律的擺動，如詩如夢呢！

豬仔的命運

從前的鄉下人家都會養豬，就在住家旁邊圍一個豬圈，養起黑乎乎的豬。由於吃喝拉雜都在那個小範圍內，豬圈給人的感覺是又髒又臭，連帶的豬也給人又髒又笨的印象。

童年，常在大清早好夢正濃的時候，被劃空而來的豬嚎聲吵醒。那是長大的豬要被送去屠宰場了。鎮上有個專門屠宰的地方，各村的豬都集中在那裡。現在，農村不興養豬，大型養豬場也都以

機器宰殺，鎮上屠宰場闢成購物中心，不過廣場上還留個「畜魂碑」當紀念。

故鄉在大祭典時，有豬公比賽。比賽用的豬公很享受，吃的是美食而不是餿水，冷了有被子蓋，熱了有電風扇吹，主人對牠們呵護備至。但是我總覺得那些豬公很可憐，主人只要牠們肥，都不顧牠們的健康。牠們肥得連移動都有困難，主人滿腦子想的是奪魁後，豬公身上會披掛許多祝賀的金牌、錢幣，那是一種無上的光榮。我就看過一隻將要被抬去過磅的豬公，主人還硬塞西瓜給牠吃，牠兩眼顯得無力又無奈。其實，我並不希望有豬公比賽，身為豬公，生前活得沒有尊嚴，死後還要被撐在木架上展覽，也很沒有尊嚴。如果改成豬的趣味比賽，可能會比較好吧。

本來一直以為豬就是要在豬圈裡，直到前幾年去大陸雲南旅行，才在鄉間常看見豬寶貝們在馬路上走，或和牛群一起吃草。他們的生活圈大多了，見到人也不害怕，腳步總是那麼優哉游哉。由於運動多，身材瘦長，不會給人蠢蠢的感覺。我把相機對著牠們，說：「豬兄弟姊妹，擺個pose吧！你們比起我家鄉的豬，幸福多多耶！」

去年我再赴雲南旅遊，為了看險峻的虎跳峽，車子在山路上迂迴地爬，爬到人煙稀少的地方，忽見兩隻豬到處嗅，像在尋找食物。不久卻見到牠們並躺而眠，一副天塌下來都與他們無關的樣子。築路工人在一旁生火炊食，我們這群觀光客來往喧鬧，牠們依然睡得香濃。

在這天涯一角,邂逅這一對豬,趕緊用相機留下牠們的「睡影」。腦中浮現那些豬公的影像,同樣是豬,命運多麼不同啊!

鴿子逍遙遊

剛到南非,就被街上的「流浪鴿」給吸引了。我們住的地方叫「陽光邊城」,街道寬敞,行道樹濃蔭蔽天,住家的庭院也是花木扶疏,走在人行道上,感覺逍遙自在。但更逍遙的是鴿子,時時可看到一隻隻漫步在人行道上,不怕人也不親近人。有時牠們也到馬路上溜達,等車近了才翩然飛起,讓人為牠們捏把冷汗。

公園裡有更多鴿子。我們把麵包屑撒下,就有成群的鴿子飛來。有的能精準地啄食,有的好像大近視眼,瞄不準,有的老是慢半拍。有的不忙著吃,卻急急向「意中鳥」表露愛意,跟前跟後,還要跟情敵拚鬥一下。原來鴿子的世界也是多采多姿的。

秋冬時分,樹葉掉光,我們發現窗外的枝椏上,有一隻鴿子在那裡築窩。我們住三樓,向陽是一大片窗,可以觀察牠的舉動。牠讓我們想起「咕咕」。咕咕是我們在國內養過的鴿子。某天早晨,咕咕出現在我們陽臺的圍欄上,剛開始很怕人,不敢啄食我們為牠準備的米。經過幾天後,牠認定我們是朋友了,會飛進屋裡,像個小紳士,這兒走走、那兒看看,女兒彈鋼琴,牠還側頭聆聽!我們把米放在手掌上,牠就踩在我們手上享受美食。後來我們養貓,進屋會被貓追,牠就留在窗外,和貓咪大眼瞪小眼。一次颱風過後,咕咕上天堂了,

令我們懷念不已。因此異鄉的這隻鴿子，勾起我們的懷念，我們也用米來「誘惑」牠，希望重溫養鴿美夢。

　　一天、兩天，一週、兩週，儘管我們特別買了鳥食，牠還是不願與我們親近，只認定自己的窩。冬天將盡，我們發現窩裡有顆蛋，原來鴿子要當媽媽了。牠很細心地孵蛋，我們跟牠一樣，懷著期盼的心情，每天要看好幾回。不久，春回大地，樹上冒出新芽，而這種紫葳樹上成串的花苞也漸漸冒出來。又過不久，整個城市淹沒在紫色花海中，我們只隱約看到小鴿子孵出來了，母鴿飛進飛出餵食。

　　新生命帶給我們喜悅的心情，這隻母鴿不像咕咕那樣親近我們，但與我們成為鄰居，陪我們度過一個異鄉的冬天。臺灣的鴿子被人養著，目的多是比賽用；南非的鴿子自在地流浪，有自己的天空，牠們屬於自然、屬於自己，人類在牠們眼中，也只是自然的一部分吧！在春花燦爛的時節，我們準備回臺灣，只有懷著祝福的心情，告別這位鄰居。

❦ 忘不了兩隻白鵝 ❦

　　那一年，我們旅居南非。一天，和一些華僑朋友去打高爾夫球。球場規模不大，但是放眼望去，一大片青翠，非常賞心悅目。突然一群白鵝映入眼簾，悠哉遊哉地在青草地上走著，好美的一幅圖畫！我們彷彿走入童話世界。

　　不過，在我的鄰居燒酒王眼中，這白鵝簡直是美味的下酒菜。他兩眼發光，盯著鵝，提出他的想法。其他朋友們都想念起故鄉的鵝

肉，於是他們向球場主人探問。主人愛憐的看著鵝，說鵝是養來觀賞用的。

燒酒王哪肯罷休！他們商量一會兒，就派一個英文比較好的代表，向主人「遊說」一番。那個人指一指老李，說老李家有一個水塘（其實是游泳池），希望養兩隻鵝來欣賞，說著他還學鵝在水中游的模樣。由於南非人的院子都很大，加上那人唱作俱佳，主人很高興碰到知音，就以便宜的價錢賣出兩隻鵝。

打完球，大夥兒聚集到老李家，由於鵝很大，就由男士們在後院宰殺；那鵝「臨走」前看到的是游泳池！經過一番烹調，聞起來香噴噴的鵝肉上桌了，美酒也上桌了，大夥兒準備品嘗家鄉味。但是不知怎麼，有人說肉太老，有人說作料不對，大家都有一點兒食不知味，連燒酒王也悶悶地吃著。我想是大家都吃得不夠「心安理得」吧！我的腦中揮不去球場主人那天真的笑容，還有白鵝漫步青草的美景。

第二隻鵝再也沒人要殺，又不想養著勾起回憶，更不敢送回球場，後來把牠送給老李的親戚去了。

這件事以後他們還是常去打球，主人總會問鵝的情況，他們只好繼續撒謊，為了逼真，還得加點動作。

想起小時候，家裡養著雞鴨鵝等，客人一來就殺來加菜，一點罪惡感也沒有，沒想到換個時空，卻吃得不安心。南非人吃鴕鳥肉、鱷魚肉、羚羊肉……，就是不吃自家養的雞或鵝。他們養雞是為了吃庭

院草坪裡的小蟲，養鵝是為觀賞用。所以，若有機會到南非人的家裡做客，就別指望他們會殺雞宰鵝來招待你了！

<h1>⦅⦆ 鴕鳥有淚 ⦆⦅</h1>

鴕鳥是鳥家族的大哥大、大姊大，身高可達到兩百多公分，如果牠們會打籃球，鐵定可以成為灌籃高手。

第一次跟鴕鳥「接觸」，是在南非的一個農產品市集。週六上午，各農場的人把自己的產品集中到市集，各種肉類和蔬菜水果都有，任人選購。帶我們去的朋友說，有鴕鳥脖子在賣，買回去熬湯非常好喝。抱著嘗試的心理，我們買了一盒回家，準備嘗嘗新鮮口味。

熬了好久好久，總算大功告成，請了華僑鄰居來共享。沒想到女兒一聽是鴕鳥的脖子，怎麼威脅利誘都不肯吃，我的胃口也受到影響，啃一小口就說太硬，不再動牠。其他人當然也食不知味，那一大鍋湯只好丟棄了。

　　第二次「接觸」，是陪朋友去買鴕鳥皮做的皮包。款式不多，價錢卻不便宜。尤其是有毛細孔凸起成小粒的，更是昂貴。想到鴕鳥皮被剝下來的過程，摸著那凸起的小粒，我不敢買。

　　第三次「接觸」，是到盛產鴕鳥的地區。車子馳騁在綿長的馬路上，兩旁都是飼養和雞差不多大的幼年鴕鳥，成群結隊地徜徉在青青草原上。天很寬，地很廣，令人心曠神怡。

　　到了有名的「歐茲頌鴕鳥園」，就有專門為觀光客安排的活動。經過訓練的解說員，把一隻鴕鳥帶到我們眼前，先用黑布套套住牠的頭，再用一個木架把鴕鳥的翅膀架起來，然後比手畫腳，對我們說明。解說完畢，她按慣例請我們騎上去，我們都不肯。如果牠當我們是朋友，樂於讓我們騎，我們就騎，可是牠被架住，身不由己，我們不忍騎牠。後來牠被解開，頭套也拿下來，我看到牠眼中泛著淚光。為了讓來自世界各地的觀光客認識鴕鳥，牠不知忍受過多少痛苦了。

　　後來，我們被引進餐廳，免不了有鴕鳥大餐，我和女兒只點素菜吃，老公和導遊吃鴕鳥排，也是食不知味。不過踩鴕鳥蛋比較有趣，偌大的蛋堆在一起，怎麼踩也踩不破，我們還買了一顆帶回家當紀念。

　　鴕鳥羽毛，可以製成高貴的服飾，而牠們的左腳爪形狀似南非的地圖，也被製成紀念品。人類對鴕鳥的利用，真是「一點都不浪費」，看著牠們可愛的模樣，卻有這種命運，實在很感嘆。不過鴕鳥可不是弱者，牠們用爪子攻擊人，足以把人殺死。所以在面對這鳥類中的大哥大、大姊大時，還是帶著謹慎的態度吧！

❧老鷹樹❧

　　幾年前曾寓居於一個道場，道場很大，後面是一大片樹林，我常去那裡散步，道場的人都稱那裡是後山。

　　有一天下午，雨過天青，我到後山漫步。只見靈巧的松鼠滑樹如滑竿，百看不厭；各種鳥類雀躍地唱和，聞之悅耳。一路走去，忽然看到一棵枝葉稀落的大樹，棲滿老鷹。平日僅見少數老鷹盤桓天宇，那日見滿樹老鷹，蔚為奇觀。多數老鷹還張著雙翅，我笑著對同行的人說：「老鷹淋到雨，在曬翅膀呢！」心中還尋思，可以用老鷹樹為題材，寫篇童話。

　　且聊且走，走到空曠的草地，另一番奇異的景象，為老鷹樹找到註解。那是滿地亂竄的鵪鶉，還有一些殘羽。我們就地取材，用些藤蔓營造粗陋的雞籠，聲聲呼喚牠們來躲避，可惜牠們一定受盡驚嚇，一副茫然、痴呆狀。隔天，我帶一些穀子去，鵪鶉的數目明顯又減少了，殘羽更多。想帶牠們走，又抓不到。第三天去，情況更糟。之後幾天下雨，沒去後山，有少數鵪鶉跑到我們屋前草叢，偶會出來覓食，但非常怕人，無法餵養牠們。久了，竟無鵪鶉蹤影，想來，地上也有他們的天敵吧！

　　那些鵪鶉是法會時，有人買來放生的，沒想到放生不成，成了「放死」。觀看《金山活佛神異錄》，內中提到活佛非常慈悲，喜放生，且堅持親往施放。有人認為這是小事一件，何必活佛出馬？活佛說：「你只認識佛心，不認識人心，我不親自送去，說不定送到半路上轉了彎，放生反而變成了放死了。」的確，不知人之心、物之情，放生往往淪為放死，讓那些小動物，經歷更多的驚怖場面。

　　藍天下的老鷹樹，深印我腦海，重疊著綠草地上逃災的鵪鶉，以老鷹樹為題材的童話，我始終也沒寫出來。

林下隱士──聖城的孔雀

孔雀公主的孔雀舞，曾經風靡一時，聽說她長時期觀察孔雀，從其中學習到那些美妙的舞姿。孔雀最引人注目的，就在那一身色彩絢麗的羽毛，尤其當牠們開

屏時，令人對造物主的配色技巧萬分贊嘆。我曾經在美國瑜珈小鎮的聖城住過，聖城是一個佛教修行道場，裡面就有一些孔雀。

　　大部分的孔雀會在草地上覓食，有的會在餐廳外等著吃剩菜。我們會順手餵些餅乾，牠們也欣然接受。聖城很大，孔雀可以自由行動。我們住在後山的小屋，黃昏時有的孔雀會來叫門，希望我們餵牠東西。孔雀跟人一樣，同樣的東西吃久也會膩，所以我得定時更換食物。

　　公孔雀高大，尾巴拖著長長的彩羽，顯得英俊瀟灑；相較之下，母孔雀就像天鵝旁的醜小鴨，除了脖子是金綠色之外，身上的羽毛灰灰暗暗，也沒有長長的尾巴。母孔雀喜歡群聚在草叢中，公孔雀則喜歡獨自漫步在小徑上，不疾不徐，好像古時候的隱士，在松林小徑散步，沈思。我很喜歡跟著牠的腳步，徜徉在幽靜的大自然中。

　　聖城裡也有白孔雀。第一次看到白孔雀，我覺得上帝有點做白

工，創造這種孔雀，實在是一大諷刺。因為我心目中認為孔雀就是要展現繽紛的色彩，白孔雀好可憐，沒有什麼好表現的。後來，發現一大片青綠之中，白孔雀有牠們迷人的風采，純潔而淡雅，更有隱士的姿態，是上帝的另一個傑作呢！白孔雀開屏，也為大地增添另一番「色彩」！曾見兩隻白孔雀，站在石椅上，頭非常靠近，好像在說什麼悄悄話。

孔雀的叫聲實在讓人不敢領教，在寂靜的聖城劃空而下，高亢而不悅耳，和牠們美麗的外型不相襯。晚上，牠們喜歡飛到樹枝上睡覺，公孔雀的長尾巴垂著，不開屏也很壯觀。

有一次，聖城舉行慶典，大夥兒正在看男學生的舞獅表演，一隻孔雀突然以美妙的姿態飛到屋頂，搶去觀眾的眼光，牠看起來挺得意。有的公孔雀喜歡打架，互相追著打，時而地面，時而天上，「戰況」也很激烈。有隻孔雀，看到玻璃窗上映著的影子想盡辦法要和「牠」拼鬥一番，那模樣很滑稽。

　　聽說一到夏天，公孔雀的彩羽會掉光，想要孔雀毛就可以跟在後面撿，可惜我們初夏就離開了。看著照片，想到那些與孔雀「共舞」的日子，懷念又惆悵呢！

附記：佛像畫老師章銘月女士曾以孔雀為題材，畫了兩張大圖，我大為讚嘆：其中一隻「雍容華貴」，另一隻則「傲視群倫」，特附在此，以饗讀者。後者今年（2007）榮獲綠水畫會第三屆綠水賞入選獎，頗受矚目。

卷五

人物誌

❧ 一枚老印章 ❧

每次要去銀行辦事，都得在放印章的鐵盒裡，翻找需要的印章，而父親的印章，會在這時被我摩挲一次。一枚瘦小的木頭印章，不知不覺成了我一件特殊的收藏品。

父親過世二十多年，老家處處有他的影子，所以也不覺得刻意要拿什麼東西來紀念他。幾年前老家被徵收為新市鎮，我們知道「老家」將會成為一個概念，抱著懷舊的心情，回去做最後的巡禮。

老家有個比我還老的大衣櫃，是我從小喜歡蒐祕的地方，儉樸的父母，並不會放什麼寶貝在裡面，但我就是樂此不疲。可能是那房間的光線自天窗下來，自然形成一種神祕的氛圍。在最後巡禮的機會，我當然不會放過。

就在老櫃子的抽屜裡，這枚印章孤伶伶躺在那裡，我把它收起來。輾轉幾年下來，它一直跟著我。印章很小，但一個生我長我的地方，一個生我養我的人，一段十五二十的年少時光，都含藏在其中了。

❧ 椅子 · 英雄 ❧

一張象徵自己的椅子

去上一門「繪本創作DIY」的課，老師不但教我們實際製作繪本，也鼓勵我們積極開發自我，所以我們的作業很多樣化。其中有一

179

項作業是畫一張「能夠象徵自己的椅子」，從小到大坐過各式各樣的椅子，沒有想過什麼椅子最能象徵我？

腦子裡開始搜尋，什麼椅子最能象徵我？這時候我的人格開始分裂了，以我現在從事「自由業」（無業遊民的同義詞）的身份，那張貴妃椅最受我青睞，椅子上永遠有墊子和被子，讓我隨時可以慵懶地斜躺，打盹、看電視兩相宜；而它也幾乎成了我專屬的椅子，看來是該把它畫下來昭告世人：它，就是最能象徵我的椅子！

可是，另一個我提出抗議，那個還挺努力學這學那、寫東寫西的我，卻說我還沒那種貴妃命，她認為那張老竹椅才足以象徵我。我曾寫一篇〈吱吱嘎嘎的老竹椅〉，交代它的來龍去脈，現在仔細看看它，覺得有幾分道理。它，有點年紀，歲月毫不留情地在它身上添加滄桑，卻也因為那些滄桑的洗鍊，散發無可取代的光澤。再說它取材於大自然，以天地賦予的本色，默默地扮演自己的角色，這和我個人質樸的個性隱合。

於是，我搭好畫架，以「吱吱嘎嘎的老竹椅」為模特兒，畫下我靈魂中的一個理想的象徵。

心目中的英雄

另一次，老師要我們畫下心目中的英雄。哇，這比畫象徵自己的椅子更難，因為自從混沌初開，古今中外有多少英雄豪傑值得我們去敬仰？如何在那些光輝熠耀的人物中，獨取一個來畫？想來想去，何必遠求，就畫貼近我生命的英雄吧！主角就是我母親，她和大多數母親一樣，平凡而偉大，我想起她曾有一件英雄事跡被我紀錄下來，就以那件事跡的歷史場景，用拼貼畫表現。

那篇文章名為〈勇者的畫像〉：

有一次，母親到我家來住一晚，隔天我要帶她回家。那天是個秋高氣爽的好日子，我提議以健行的方式，走田間的小路回娘家。媽媽雖已七十出頭，步履卻仍輕快，欣然同意。

於是，母親、我、女兒祖孫三人，踏著輕快的腳步，走在鄉間小路上，隨風款擺的蘆花，把我們的心也搖得輕飄飄。女兒用稚嫩的聲音唱歌給母親聽，母親一路微笑讚許。

走到某個岔路，我又突發奇想要找捷徑。我們穿入一條小徑，不久，眼前出現一棟頹杞的老屋。當我們接近老屋的時候，突然由荒草中跑出十多隻野狗，牠們來勢洶洶，我被嚇得杵在那裡，女兒也驚嚇地躲在我後面。那時只見母親一個箭步向前，嘴裡發出喝斥聲，她的聲音並不大，那些狗卻被嚇退。之後，母親護著我們，快速通過那老屋。

整個過程像一場夢，不過母親當時的身影一直銘記在心，那是一幅勇者的畫像。母親平常很怕狗，見到狗總是儘量閃遠一點。有狗的人家，她都避免經過，沒想到那天突如其來的十多隻野狗，她卻勇敢叱退。我想，那是母愛的自然流露。慚愧的是，我正當壯年，又兼具女兒與母親雙重身分，卻跟呆子一樣，無法在關鍵時刻保護年邁的母親和稚幼的女兒。「愛」字這條路上，我還有得學習呢！

從「糯米糰」到「紙黏土」

　　女兒念幼稚園的時候，母親為了幫我照顧她，住到家裡來。母親生性沉靜、儉樸，不打牌、不逛街、不串門子，除了做做家事，就是看電視。電視節目她也多半看不懂，總是邊看邊打盹，我想她的日子挺無聊的。

　　有一天，女兒拿紙黏土回家做，剩下一些紙黏土，就隨意擱著。幾天後，我發現茶几上有幾隻紙黏土捏成的小動物，造型樸拙，手法卻頗老練，不像出自女兒的手。詢問之下，母親不好意思地笑說：「是我隨便捏的！」在那之前，我曾跟朋友學捏陶土，因手拙而放棄，沒想到母親「隨便」就捏出那些小玩意兒。我趕緊再買些紙黏土回來，陪著母親一起捏，怪的是我怎麼也捏不好，母親卻一捏就有模有樣。

　　我問母親為什麼會捏，她說小時候捏過糯米糰。我記得了，以前外婆家逢年過節做「紅龜粿」時，都會順便捏些小動物，蒸熟了可以吃，若不吃掉，乾了以後可以擺一陣子，他們叫那種小偶為「雞母狗仔」（用台語念）。大概所捏的東西不外乎眼前常見的雞、鴨、貓、狗等。可惜我們家不興做那些東西，母親的才藝整整被埋沒五十年。一個十六歲的少女，變成六十歲的老阿孃，長年操持家務，她的一雙手像老樹根，手掌的皮膚粗糙，長了老繭。可是這樣一雙手，卻仍巧妙地捏出那些可愛的小偶，令我非常讚嘆。

　　有一位藝評家朋友來訪，驚見這些靈巧的小偶，認為母親可以當個「素人藝術家」。我們表達了這個意思，母親惶恐地搖手，說她什麼也不會。我才不管，以為母親可以成為「台灣的摩西奶奶」（摩西奶奶是美國的素人畫家），於是積極地要教母親寫字，並買了畫筆給她。一生未拿筆的母親不肯提筆，只肯捏紙黏土。

　　後來我覺得自己很可笑，只要母親快樂就好了，為什麼要去「塑造」她？看她捏的小偶，有一窩雞、有一家豬、有牛羊……，都是她熟悉的東西，偶而，也會看畫片捏長頸鹿、小恐龍這就夠了。她一向不喜歡我們給她錢，或送她貴重的禮物，紙黏土就成為「惠而不費」的好禮。

　　從糯米糰到紙黏土，母親那一雙巧手有了依皈。

我家的虎姑婆

　　我的四姊生肖屬虎，又當了姑婆，所以我們有時稱她為「虎姑婆」。她這個虎姑婆在九歲時發了一次威，改變我一生的命運，沒有她，我的命運將完全改觀……

　　話說從頭，我是家中的第八個孩子，上有兩個哥哥、五個姊姊。那時童養媳的風氣很盛，我的三姊已經在祖母的主張下，送給別人當養女。我生下來後，祖母一看又是個賠錢貨，主張把我送掉，對象是一戶深山裡的人家。

　　我很愛哭，而且喜歡在半夜哭，那對夫妻還沒有孩子。他們白天要做工，受不了我夜夜哭鬧，以為我會認家，就暫時把我送回娘家養，想等我情況好一點再來帶我。

　　四姊原就不捨得把我送人，也不知哪裡借來的膽，聽說我養父母要來帶我，她背著我，躲在小叔家的雞寮。家人四處尋找，最後領著養父母尋來。在大人的環視下，她不但不把我還掉，還大發虎威，破口大罵，一副慷慨激昂的樣子，罵到後來還聲淚俱下。

　　父母原就不大捨得把我送人，只是不好違逆祖母的意思，見到當姊姊的哭得那麼傷心，心大概也軟了，讓我留下來。絲毫不知命運大轉彎的我，仍有夜哭的癖好，四姊的命可苦了，因為她怕我吵了其他人，再被送走，所以每當我哭，她就趕緊背起我，在大鏡子前哄我。她說我只要照鏡子就不哭，她只好邊打哈欠邊哄我。我不知道是什麼力量讓她熬過那些日子，那一年，她才九歲，不過是個孩子！

　　親情是無法取代的，爸媽對三姊永遠有一份愧疚感，三姊對親情永遠有一份欠缺感；一位自小送人的堂妹，說她一直無法諒解她父母。四姊的堅持，讓我免於與骨肉分離的命運，而且在我的成長過程中，她是我的啟蒙者、鼓勵者。

　　老天也很厚愛四姊，給了她許多才藝：她的烹調功夫不輸大廚師，常做小點心和親朋好友分享；她還無師自通，成了我們家的「大髮師」，定期幫家人剪髮；她自小對畫圖有天分，孩子大了才開始學國畫，沒多久老師就建議她出來教人，幾年下來，桃李不少；她被網羅到鎮上的婦女會，有大慶典時，在臺上能說、能唱、能跳。

　　她很愛孩子，從弟妹愛起，到兄弟姊妹的兒女，再到姪兒、外甥的兒女，一代接一代愛下來。現在幾個姪孫正可愛，她一回娘家就又抱又逗的，姪孫們稚嫩的聲音，姑婆長、姑婆短的叫，叫得她心花怒放，逗得更起勁，有了她，氣氛都很熱鬧。

真虧家裡出了這樣一個虎姑婆，扭轉了我的命運，也讓爸媽少一份遺憾！

～⊱ 會炫的卡片 ⊰～

二十多年了，這張耶誕卡一直跟著我，從白衣黑裙的中學時代，到現在的中年時期，之間搬過十多次家，身外物不斷淘汰，這張卡片卻被我珍藏著。

卡片是一位同年的侄兒阿旺送的，在他剛出社會的那一年。阿旺聰明頑皮，從小不知闖了多少禍（他曾把他叔叔的書包丟進大尿桶），讓身體一向不好的堂嫂天天擔驚受怕。

我們年齡相近，小學時代沒有功課壓力，總是一起玩，到處去探險。讀書是令阿旺頭痛的事，上了國中他被編入放牛班，而我在升學班與大考小考奮鬥。他有時會向我抱怨，某些老師瞧不起放牛班的學生，還好一位工藝老師很有愛心，讓他受到鼓舞，喜歡動手修東西。

畢業後他去學做木工，拿微薄的學徒薪水。就在那年耶誕節，他送我這張卡片，是圖案會隨光線變化的那種「炫」卡片，裡面還禮貌周全地稱我為姑姑。在那個年代，卡片的花樣很有限，這張卡片因為材質特殊，被我保留下來。

有一年，我因父親給的壓歲錢太少而生氣，阿旺知道後，趕緊包一個紅包給我，我以自己是「長輩」而拒絕，他以他會賺錢而堅持要給，最後我當然厚著臉皮收下了。

後來阿旺他們搬了家，我也為大專聯考而努力，我們只能在喜慶宴會上敘敘舊。我以為我們會如此下去，各自在不同的領域忙碌著，某一天喝對方的喜酒，然後在下一代成長中一起老去，雖然不能像小時候那樣常在一起，卻會在每一個家族大會合時，談談童年往事。

　　沒想到一場車禍奪走他的生命，在我們二十歲那年，他的生命停格，我也驚覺一種深沈的失落，彷彿童年的一部分也跟隨他消逝。由於輩份比他高，按風俗我不能送他走向生命的最後一程。巧合的是，他最後的歸宿，竟是我們小時常去玩的公墓！

　　如今卡片已經泛黃，會炫的部分，卻依舊炫目。每次看著卡片，我那親愛的侄兒，以及我們共有的童年往事，總在光影炫耀中，向我走來。

破銅爛鐵知何價？

　　有句話說：「藝術無價。」這無價二字，可以有許多詮釋的方式，是指藝術家嘔心瀝血，所以成為無價之寶？或是藝術成就高，價值不菲，有如天價？或是藝術技巧太差，成了沒有價值之物？⋯⋯

乍見林良材老師的銅雕作品，腦際飛過「破銅爛鐵」四個字，與印象中的銅雕差太遠了。我所見過的銅雕都是飽滿、厚實的，有的還光可鑑人，林老師的卻常是「一片扭曲的臉」，或「兩條很抽象的腿」。有很多作品還故意放在屋外，任由風吹雨淋，打造得鏽痕斑駁，此種作品，顛覆了我對銅雕的一些認知。

　　瘦骨嶙峋的林老師，有一頭晶亮的灰白髮，外型就一副藝術家的模樣，聽說已是藝壇知名的銅雕家。我實在是孤陋寡聞，竟不知他就住在我們小鎮，對於他的作品，更是左看右看、橫看豎看，也看不出滋味來。剛巧有幾位朋友要跟林老師學畫，我也附庸風雅，投入他門下。

　　林老師尊重每個人的自我表現，畫畫時，我們這些老頑童，自己畫不下去了，就會到同學背後當「藝評家」，糗一糗別人的作品後，再回自己的崗位塗鴉。每當我們畫得差不多時，林老師就開始用鐵壺燒水，等我們一畫完，就聚攏到古色古香的木桌邊，開始品茗、閒聊，林老師是聾啞人士，我們的交談都是比手畫腳，有時也用筆談。

　　有一次，正是畫畫完的品茗時間，聽到老遠有擴音器叫著，是搜購破銅爛鐵的小販。我突然有個直覺，半開玩笑地對師母說：「等一下那個收破爛的說不定會想買你們的破銅爛鐵哦！」師母笑著回答：「妳真會說笑話。」過不久，門鈴響了，我一個箭步衝出去，見一個憨厚的人，問說：「你們那個『壞銅舊什』（即破銅爛鐵）要不要賣？」

　　我當場就笑倒了，等其他人來，知道被我料中了，也跟著大笑。那個收破爛的人靦腆而迷惑地看著我們，經過解說才搔搔頭說抱歉。那時只有老師還不知所以，等師母對他比手畫腳後，他也仰頭大笑。

　　那人要買的是放在大門外的一尊碩大無朋的人形雕塑，是林老師留學比利時期間的作品，曾在國外參展過，竟被視為破銅爛鐵！藝術「無價」呀！

　　與林老師熟稔後，了解他創作的內在精神，也漸漸讀出作品的生命力。那些兀立在院落的作品，似有了自己的語言，向穹蒼訴說一位藝術家的心靈。由於那些作品真的是經老的雙手「千錘百鍊」來的，在它們面前沉思，對生命別有一番領略。

　　作品中最可以看林老師對困頓生命的不屈，藝術的路原就是坎坷而孤獨，以一個聾啞人選擇且堅持在這條路上走，其辛苦自是數倍於常人。幸運的是在人生的旅途中，他找到了一個惺惺相惜的伴侶，他們兩人因藝術理念相契而成鴛侶。但命運之神不斷給他們考驗，兩個女兒中的老大，也是天生聽障，他們很快面對現實，及早為女兒醫治，讓她儘量接近正常的地步。所幸小女兒一切正常，讓他們可多花些心力在大女兒身上。

　　我一直很佩服他們夫妻對藝術的執著，以及對生命的熱力。有時候，林老師帶我們去拜訪其他藝術家，參觀他們的工作室，聽他們的創作理念，經過這種面對面的接觸，對藝術家的作品更容易了解。美術館若有展覽，老師也常鼓勵我們去參觀。在林老師身上，我學到的是一個藝術家開放的心靈，和對藝術深厚的涵養。我想今生今世當不成藝術家，當個藝術愛好者也很好啊！就像林老師，天生聾啞，聽不到音樂，可是放著舞曲時，他身體會隨樂起舞，韻律感十足。他們家常放好聽的音樂，我相信他一定聽到了，他是用「心」聽到了，所以他的藝術創作，像一首首韻律天成的歌，唱出他生命的音符。

　　當我要寓居異鄉時，思量著行囊該帶點什麼，一眼相中林老師的作品，據他說是一雙正在打太極的腿。藉由這雙腿，我走回故鄉，走回那一段「藝術味」濃郁的日子，把晤那一群雅癖共享的朋友。

吳教授這個人

認識吳教授那一年，他已近九十歲，剛由國外回來，賃居於我們小鎮。小鎮人多車多，上下坡的路段也多，他住的地方要到街上來，就得經過極陡的坡。但他似乎不以為意，在車上碰到他幾次後，才知他常一個人搭公車上臺北。

有一次，我又碰到他，就順口邀請他有空到家裡玩，沒想到他當時就有空，跟著我回家。聊著聊著已近黃昏，似乎非留人晚餐不可了。但平常家中只有我與女兒兩人，一時也拿不出像樣的菜，只好硬著頭皮說：「吳教授，我們今晚簡單吃好嗎？」沒想到他從口袋裡抓出一小個烤蕃薯，還摸出一小瓶酒，告訴我那就是他的晚餐。

他吃烤蕃薯是連皮吃的，他盛讚蕃薯營養價值高，可惜世人多不識。這是我第一次見識到他的晚餐。

有一次，大夥去山上採橘子，吳教授也興致勃勃參加，他在車上教我們簡單的手指運動，說是可以防止老人痴呆。當天晚上，我們大家準備好多東西，要弄素食火鍋。大家七手八腳，當料多味美的火鍋熱滾滾時，吳教授卻忽然請我幫他搾果菜汁。他自備一些高麗菜，搾完後加些酒和蜂蜜，請大家品嘗，可惜有興趣的人並不多，有的人勉強喝一兩口，就不敢再嘗。我以為這是開胃菜，一骨碌喝下一杯。果菜汁加烈酒，我還是第一次喝到。有人送吳教授好酒，他都轉送，自己卻喝差點的酒。

當我們眾筷齊下，嘴巴塞得講不出話的時候，有人好心要幫吳教授盛一碗，他卻舉著果菜汁說：「這就是我的晚餐。」只見他一小口一小口啜飲，彷彿那是玉液瓊漿。我們這一廂吃得臭汗與油湯共舞，他那廂卻透出一股清涼意，真是令我難忘的一餐。

　　吳教授說台灣人花太多時間、金錢在吃的上面，他還小聲告訴我，弄一大堆菜，實在像豬吃的。我看著滿桌杯盤狼藉的樣子，覺得他的話不無道理。但慶幸他沒有大聲說，因為吳教授講話很直，又因為有點重聽，以為別人聽不到，會得罪人。有一次，他到我家，看到我的一個親戚很胖，就一直傳授她減肥的辦法。我那個親戚當然不喜歡人家說她胖，有時會當場翻臉，那天她風度不錯，推說要去逛街，急忙到陽台穿鞋。吳教授比她更急，脫口大聲說：「她那麼胖，將來沒有人會要她！」我當場嚇傻了，吳教授還直說胖對身體多不好。事後親戚說，要不是看他太老了，就要給他好看。

　　吳教授的心急是有原因的，他的養生之道，是中年時期才養成。那時他應酬多，運動少，吃出肥胖的身材，也吃出一身的病，醫生警告，再不注意，身體會垮掉。吳教授於是減少應酬，在飲食上以簡單、營養為原則，並且開始練習瑜珈。由於他體會到瑜珈的好處，深入鑽研，還寫了跟瑜珈有關的書，我們私下稱他是瑜珈大師。當然他身體力行，到九十多歲，還能看書、翻譯文章，就是最好的見證。

　　吳教授和我們這群朋友成了忘年之交，好友開個服裝店，吳教授是店中常客。好友常備有無農藥蔬菜，一到黃昏，若吳教授來，她就搾些果菜汁。有時我碰巧去了，也能分到一杯，和吳教授邊聊邊喝，學習他「吃得慢，吃得少」的飲食觀。一口飯、一小塊吐司，在吳教授口中，都可以嚼出真滋味。他那一份從容，正是現代人所缺乏的。

　　活了將近一個世紀，許多我們印象中的「古人」，都和他有過交往。吳教授一生的路，可以說是走得又長又遠。他出身良好家庭，小學就受西式教育，打下良好的英文底子。年輕時留學法國，為了學好法文，不知道看了多少次的「茶花女」歌劇。回國後，在教育界服務。從教育崗位退休後，又在美國長住。最後，他想落葉歸根，就回來了。他一直保有赤子之心，也有一份關愛朋友的心，他和藹可親的

190

態度，讓人樂於接近。他現在最大的夢想是開一所瑜珈學院，廣收各國的瑜珈修練者來進修。這是一個很高遠的夢，實現的可能性極小，但他永遠有夢想，所以每天都活得很起勁。我們有這麼一位「老」朋友，就像有一「寶」一樣，可以從他身上挖到無盡寶藏。

本來面目

　　什麼是本來面目？為何蓉出現在我夢中，都不是我所認識的她？

　　大約從七年前開始，一到三月，蓉就會入我夢來。夢中的她，大多蓄著俏麗的短髮，有時是妹妹頭，有時是赫本頭，最後這一次甚至是披肩的鬈髮；身上的穿著更是時髦有加，走起路來婀娜多姿。

　　每次在夢中，我總是問她為何還俗？第一次她回答：「現在的佛寺都只知道要錢，我不想出家了。」後來幾次她沒給答案。

　　蓉與我同年上大學，她在地理系，我在歷史系，卻因緣湊巧地分在同一寢室。更巧的是我們都是佛學社的社員，我們一起去聽講座，放假時一起參加道場的修學會，一度形影不離。她學佛的根基比我好，心也堅定，我則喜拿世俗的見解，向學長們質詢。

　　二年級時，我們一起轉到中文系，但卻開始走向不同的路，我踩入滾滾紅塵，享受浪漫的大學生活；她一到週末就拎起行囊，去道場修行。畢業幾年後，她如願出家。走上那條熟悉的小路去探訪她，雖知那是她終究會去的歸宿，心中仍不免悵然。

　　還記得年少輕狂的日子，某些週末，我們採購一堆零嘴，再偷偷夾帶一瓶烏梅酒，掩手掩腳地躲過舍監的鷹眼，關起房門，與室友把酒言歡。而今僧俗兩分，一襲僧服，隔著的，豈僅是千山萬水！

　　大學時代的蓉，是不會在外表下工夫的，她雖長得秀氣，卻難得穿裙子，個性更已顯出丈夫氣，頗有佛門弟子的氣象。我的個性也不怎麼女性化，我們兩人比較像哥倆一對寶。僧院深幾許，偶去探訪，她還是親切地喊我綽號，只是我一次比一次感受到，在修行的路上，她的腳步走得平穩，無怨無悔。她也開始扮演講師的角色，向芸芸眾生宣說生命的真諦。千千萬萬不解的是，在我夢中，她不但還俗，還都十足的妖嬈態。我不禁疑惑，什麼才是她的本來面目？

　　再深一層想，誰又識得自己的本來面目？一生當中，我們扮演的角色不斷衍生，有時還要因時因地，戴上不同的面具，在面具與面具間轉換，莫說別人不識你的本來面目，恐怕自己亦不識何者為本來面目。

　　我想若把我的夢告知蓉，她會如何回應？兩聲爽朗的大笑，還是一句「阿彌陀佛」？

那扇憂傷的窗景

　　捷運平穩地前進，當它還在市區行駛時，我習慣閉目養神；當它漸入郊區時，我就睜開眼，讓目光隨著廣袤的綠野、連綿的山峰及悠悠的河水，一路奔馳回家。照往例，我在復興崗站睜眼，接著在忠義站，我的目光無意識地掃向對面月台。突然發現一張熟悉的臉孔，那不是我的老同學玉玲嗎？

　　我本能地舉起手猛揮，但她沒注意到我，她大概料不到，有一個老同學會在停車的這一剎那，與她隔窗相遇吧！我們的家在不同方

向，我們各自在回家的路上。驀然，我眼前構成一扇憂傷的窗景，在冷硬的候車椅上，玉玲嬌小的身影映出無限的孤獨。

車子很快地滑動，我竟然慶幸她沒有看到我，因為我從「久別重逢」的喜悅中回到現實，發現這是個令人傷心的站牌。不遠處有一家專治癌症的醫院，玉玲就是回醫院複診的病人。罹病後，儘管有親人、朋友陪她一路走來，儘管她也恢復得不錯，但透過那扇憂傷的窗，我看到她深沉的孤獨。在往後我們通電話或見面時，我始終不忍把那次「巧遇」說出口，我怕善感的她，會從我的敘述中，讀出她自己的孤獨。

前年（2001）我由泰返台，同學告知我玉玲得病的消息，我急忙打電話給她，深幸她笑聲依舊爽朗，還不忘幽自己一默說：「康康，我發現我光頭的頭型很美吧！」那時她留職留薪在家休養，每天爬山、游泳等，吃的是健康食品，又有一大把時間和一對可愛的女兒相處，我相信病魔已離她遠去。

去年暑假我們開了一次同學會，玉玲已經擁有一頭烏亮的短髮，氣色也很好，還親手奉送我們每人一本詩集，那是她心靈的結晶。好幾年沒開同學會，聚在我們熟悉的紫藤廬，聊得好不暢快，有好幾位攜兒帶女呢！記得讀研究所時，我們班陰盛陽衰（女十二男三），女生號稱十二金釵，每次聚會，嘰哩呱啦，絕無冷場。同學當中我最年長，並且有個女兒，她們大多待字閨中，如今卻是「兒女忽成行」。連最年輕的男同學，也帶女兒來，一副好爸爸的模樣。

畢業十年，除了我「自甘墮落」成為無業遊民外，他們都在事業上衝刺。有好幾位攻讀博士，開始在學術上嶄露頭角，玉玲是其中一位。比較不同的是，她自大學就經濟獨立，博士學位是跨海到香港拿的，中途還因經濟困難，回台教書再繼續去讀完，吃了不少苦。

今年二月，玉玲來電告訴我，她的病復發，而且她不相信也不願

意再做化療。三月,我與明柔去看她,看起來情況很好,我們就沒有勸她再去接受那種酷刑。沒想到兩個月不到,她又住院了,癌細胞已轉移到肺部。

回想那天在她家,她說上大學以後,都靠自己打工求學。學成後結婚,並在台中教書,台北、台中兩頭跑。好容易在台北謀得教職,更是兢兢業業要好好發揮。這一路走來,都不敢放鬆,直到這個突如其來的病,她學會把自己放得很鬆,我也樂於與她分享我的「懶人哲學」,只是不知道老天會不會放了她?

唉,那扇憂傷的窗景,不知為什麼,印在我心版上,很深,很深……。

附記:玉玲於 2004.01.26 離我們而去,她真的很不捨,兩個稚齡的女兒。最後
      的人生,她用生命寫詩,字字句句血淚, 四十歲,生命正在開展,她卻
      被迫提早退席。

音樂會拾掇

寒意頗濃的夜,小鎮的古老教堂卻發出溫暖的光,人群慢慢聚攏,有一場小型的音樂會要開鑼嘍!是一對師生的演奏會,以學生的鋼琴為主,老師間用直笛合奏。還有宋詞、一位現代詩人的詩及地方人士作的歌詞,由老師譜曲,請教會唱詩班合唱。學生才上國中一年級,個子還小,一襲白衣,腰繫紅帶子,可愛中帶點羞澀。

我們私下戲稱那位老師為「天才老師」,他依舊一副藝術家的樣子,臉上有著晶亮的眸光和兩撇性格的鬍子。

音樂會開始之前，天才老師和當地一些父老握手寒暄，他身上有股酒味，看他紅紅的臉上漾著笑，真佩服他演奏會前有勇氣喝酒。

其他賓客也各尋相識者寒暄，多是小鎮的鄉親，有許多是不期而遇的。

演奏會開始，小男生坐在鋼琴前專注地彈著，由於緊張，偶或有小錯誤。但這不妨礙，以往只在音樂廳聽演奏會，造詣高超的音樂家們，不可能有絲毫錯誤。但小鎮不一樣，一位初試啼聲的小男孩，就因為有些小小錯誤而更顯親切、自然。演奏會行進當中，也有一些小插曲，譬如說老師太忘形，輪到該他上場，才想起笛子在盒中未組合呢！觀眾們帶著笑意看他慢條斯理地組合、試音，才開始他們師生的合奏；又譬如女高音充滿感情地唱了一句古典詞之後，大提琴該接著拉出聲音來，卻見大提琴手一個不小心，把一個小東西弄掉了，找了一下子，才重新安上調音。大家又是帶著笑意等著，等著一切就緒，女高音也重新調整好情緒，再度唱起歌。

有一首曲子實在太長，來為同學捧場的一個小男生說：「我快撞牆了！」他手上捧著花等著要獻哩！一位麵攤老闆隨著音樂聲，搖頭晃腦地向周公報到去了。那位佛韻十足的現代詩人則盤起腿，安詳地聆聽著，自己的詩能被譜成曲，以另一種形式表現，他心中該別有滋味吧！

我正陶醉在這種氣氛中，女兒卻叫著肚子餓，看看女兒，心百感交集，因為我們原也是遴聘這位老師教琴，卻因種種因素而停止。

我所以封這位老師為「天才老師」，是有多層涵意的。就音樂造詣而言，這位老師是相當高的，他隨手彈幾個音，家裡那架平凡的鋼琴就彷彿脫胎換骨一樣，音色渾厚飽滿。他很注重基本工夫，教課時也不拘於琴藝的傳授，而常加入音樂家故事，興來自彈自唱，高亢的情懷自然流露。他個人對文學、宗教等多所涉獵，長期潛移默化，

小孩子學到的可能不只是琴藝吧！但他的另一種天才表現，也讓人無法忍受，例如他的教課時數，一個月四次的課，可能只上得到一次。因為他情感充沛，表現得相當情緒化，有時候久等不來，打電話去他家，他家人也不知道他去哪裡？他太太猜他可能又到朋友家喝酒聊天，還希望我們這些家長不要太寵他；有時候他來了，卻說今天心情不好，不想上課，他也許就走了，也許就留下來聊天。與他詩酒話人生，倒也是雅會，只是這位老師思想較偏激，說著說著，就慷慨激昂，在觀點上會有相持不下的時候。他來上課時，也常一身酒氣。若學校有合唱團比賽，他負責訓練，一停課又是一兩個月。

女兒在這種情況下，學得有些懶散，進展很少，且有怠學的現象。我很肯定天才老師在音樂上的才華和造詣，但認為他恐怕喜歡教天分很高的學生，女兒天分不高，又不是主動積極的孩子，他才會意興闌珊。最後只好放棄這種天才老師，另找一位才華、造詣雖不能與他相比，卻規規律律上課的老師。

有一次，我去看醫生，聊起音樂老師，才知那位醫生的小孩（也就是當晚的演奏者），正是天才老師的學生。我記起天才老師曾極力誇過一位小男生的天分與學習精神，原來就是這位醫生的小孩。當醫生知道女兒已不讓天才老師教時，語重心長地說：「讓他教，家長要很有包容性。」才知他對天才學生也是同樣的態度，這位天才學生也曾反彈，但在父母的勸慰下，還是跟著老師學。後來師生建立起不錯的默契，我覺得這對家長真是一對天才父母。醫生還一直強調：「妳放棄這位老師，是妳的損失。」我笑笑，在新舊老師之間，我常有「音樂家」與「教書匠」的感慨，但魚與熊掌不可得兼，只有順女兒之性來抉擇。

音樂會在優美的女聲合唱中結束，獻花的、鼓掌的，把氣氛帶到最高潮。人群慢慢走出教堂，餘韻在每人心中迴旋。我很高興來聽這

樣一場小鎮的音樂會，我和先生興致高昂地談論著天才老師，我們並不後悔女兒離開他的門下，因為我們寧可當他是個藝術家，一個有點激昂、有點悲劇性格的藝術家。

◦◦◦ 感動三帖 ◦◦◦

之一：背影

有點灰濛、有點風的下午，最適合漫步在河堤了，何況又是遊人較少的非假日！

我的腳自在地走著，兩眼也自在地流轉。不經意看到前面一對大男人，在大白天裡，手拉著手走著。我對同志戀人並沒有偏見，但此種風氣尚曖昧不明，一般同志都只敢在廢棄的海水浴場公開做親暱狀，而這一對的年紀應該是過了激情階段，竟然如此詩情畫意地走著！

我不免好奇地跟著，且走且觀察。慢慢地，我看出端倪了，原來是個中年人牽著老爸爸出來玩。當兒子的手中揣包白蔥糖，要給老爸爸吃的時候，怕糖太長，還先咬掉一口再交給老人家。記得孩子小的時候，我也常這樣把食物交到孩子手中。

中年人長得壯碩質樸的模樣，呵護著個頭比他小一些的父親，細膩而自然。可貴的是，他們步履都滿輕快，並非老者需要攙扶，兒子才伸出手。這樣的背影，好美！在我們這觀光老街，固然有不少扶老攜幼的家庭同遊，但大部分焦點都在小孩身上，還能走的長輩跟出

來，常讓我有「聊備一格」的感覺，能這樣全心全意，帶著長輩出來走走，臉上又沒有無奈表情的現代孝子，倍感佩服。

之二：菲傭的眼淚

隔壁住著一戶家大業大，人口眾多的人家，四代同堂共住三個樓層，他們請了一個菲傭、一個印傭。但因為上有八十多歲的老奶奶，下有兩個小娃，所以傭人的工作很吃緊。

我們頂樓與他們共有一個窗戶，那邊正是他家傭人洗衣的地方，常見她們背著孩子洗衣服，背架本身就很重了，再加個會哼會動的小孩，工作起來一定更累。其中菲傭已是中年人，我們常在下樓丟垃圾時聊聊天，那時她也大多背著孩子。

今年過年時，我們到頂樓弄些花草，看到菲傭也在那裡忙，送她一點糖果餅乾，祝她新年快樂。她談著家人，竟流下淚來，不過那是歡喜的淚，因為她的老大已經上大學，老二也快要上大學了。

我們很替她高興，我們也曾在國外工作過，知道離鄉背井的滋味。再說她的工作似乎永無止境，我雖是家裡的「台傭」，但我的清潔工作不必被審核，做不來可以睜隻眼閉隻眼，甚至吆喝全家總動員。

我們家不大業不大，一家三口最愛在頂樓小院落，喝喝茶、逗逗貓狗，過平凡老百姓的生活。菲傭老背個孩子在窗下洗東西，她總是隔窗與我們打聲招呼，我想她一定很羨慕我們能共享天倫，她最後說：「等他們受完教育，我也要留在家裡，不要再外出工作了。」我衷心祝福她，早日實現願望。

之三：買大鞋的男孩

現代的孩子，衣服鞋子包包要用名牌，電腦手機數位相機，一樣不能少，反正是爸媽的錢，花起來不手軟。難得聽到一個現代孝子的故事，不感動行嗎？

我的一個朋友，經濟情況不太好，帶著三個孩子過活，非常克勤克儉。孩子也都能體諒母親，跟著過最儉樸的生活。老么是個十來歲的小男孩，他自己去買鞋的時候，非要買一雙比腳丫大很多的鞋。

朋友太忙，也沒注意到。有一天，碰到賣鞋的老闆，那老闆說出心中的疑惑，她才知道小孩的貼心。小男孩知道自己腳長得快，怕買來的鞋很快就不能穿，於是買大鞋來穿，希望能穿久一點。

記得幾十年前，大家經濟普遍不好，家裡孩子又多，大人去街上幫小孩買鞋，都是先用乾稻梗量好孩子的腳，再往後挪一段，買時就依大幾號的標準去買。大鞋穿在小腳上，應該是很不舒服。某位堂哥每次談到這一段，都很難過。我還因此半想像地寫了一篇「新鞋上路，啪搭啪搭」的短文，來敘述那些趣聞（以我來看是趣聞）。到我成長的年代，已經可以跟大人一起上街買鞋，而且可以買合腳的鞋。想不到幾十年後的今天，聽到這樣的事，朋友和我邊談邊笑，她的笑容裡有欣慰，有不捨，我心中可是對那個可愛、懂事的小男孩「粉」讚嘆！

◦◦ 從泰佣到台佣 ◦◦

　　自小生就一身懶骨頭，上有媽媽、嫂嫂、姐姐操持家務，只有逢年過節時，幫著拔拔雞毛、掃掃地等。父親很勤勞，且看不得人懶，所以我儘量閃過他那雙鷹眼，閃不過時，就以偷工減料的方式，達成他交代的任務。

　　等到自組小家庭，才知家務是一門學問，而我沒有好好學過，也不打算入門；因為除了上班之外，我還要閱讀新知、相夫教女、與朋友互動等等，我的時間表上，排不出「家務」二字。不得不做時，就潦潦草草，百般不情願地打混矇過。有幾年母親來與我同住，我每天早晨是在母親那規律的洗衣聲中醒來（她不相信洗衣機，堅持用手洗）。心中有愧，但我沒有偷偷把衣服洗掉，只用筆在紙上寫幾句詠歎母愛的詩以救贖。母親，是名不正言不順，且不受薪的「台佣」！

　　時來運轉，隨夫走馬上任到泰國來，理所當然有了名正言順的「佣人」，對我這四體不勤的懶女子，是一大福氣。阿蘭是華裔女佣，看起來老實，會說中國話，會煮中國菜，原主人（即將回台）一再保證，除了動作慢一點外，其他都很好。

　　比起一般佣人，阿蘭的確優點多多。自從母親回大哥家以後，我又操持了數年家務，今兒個一旦有機會與它撇清關係，我就與它來個一刀兩斷，全權委給阿蘭去了。你看，「君子遠庖廚」這種先聖良言，不正是為我下註腳嗎？

　　阿蘭的確優點多多，但僱用她約兩個月時，她給我一個滿大的震驚。某天晚飯後，吃過水果手髒，想去洗個手，阿蘭正好吃完飯在

洗飯鍋。我瞥見鍋底還有大半碗剩飯，還來不及反應，她已順手放水進去，手攪一攪，一骨碌倒入排水孔。在台灣，我們剛好是由小康進入富裕的一代，父母諄諄教誨要惜福。近年來環保、惜福的意識抬頭，回歸「儉（簡）樸」生活的呼聲日高，惜物是我們根深柢固的觀念，阿蘭這一舉措，我腦中閃過的第一個念頭是：阿蘭此生（至少前半生）貧寒，如此浪費，有損她的福報。我馬上把佛書上一個富翁浪費的米糧的故事告訴她。希望她知福惜福，積貯下半生甚至下輩子的福，她點頭稱「是」，我以為她知道了，沒再刻意去觀察。只是又有一次，瞥見她在倒飲用水（此地水質差，飲用水都用買的），瓶口對不準，有不少水漏在瓶外，我特地去買兩隻漏斗，並示範給她看，她也點頭稱「是」。

　　一用七、八個月過去，偶爾發現她有小毛病，都加以糾正，她也都點頭稱「是」。有親戚、朋友來玩，也都誇她、讚她。

　　直到兩個多月前，情勢不變。某天早上九點多，我一進廚房，聞到焦味，才發覺她把中午要吃的飯熱好了，外鍋水乾了，發出焦味。我告訴她吃飯前半個鐘頭熱飯就可以，那是第一次，她沒點頭稱是，反而臉色陰沉。

　　週一是我固定與朋友做運動的日子，做完朋友送我回家，我們就常二、三朋友小聚，吃個便餐。阿蘭會炒幾道可口菜，儘管是素食，大家也都吃得歡歡喜喜。就在某個週一，我怕她準備不及，在朋友家先打電話，請她準備三道菜。一回到家，不見她人影，廚房裡感覺灶冷，切菜板也不似以往紅黃青綠，蔬菜豐茂狀。我猜她怕飯菜不足，跑去攤子買，心中誇她會變通。

　　不久，她回來了，卻只為自己買一小包雞肉。她很快地為我們上菜：一道滷油豆腐（已吃過數餐），一道白切豆腐，上淋醬油；一道炒豆芽（前晚剩菜加點新鮮的炒）：湯是一小碗濁濁的剩湯。唉，我

們這吃素之家，也未免太素了吧！且菜、湯都冷且淡，我們三人淡淡地吃，她那廂在廚房裡湯匙、筷子相碰撞，聲聲琅琅，一個人就吃得熱鬧滾滾。

朋友走後，我忍不住責備她，冰箱裡有的是菜她不弄，卻有時間為自己切一碗蔥花，有時間去買雞肉？她看我擺出訓人的姿態，低聲下氣地向我賠不是，我以為事情已結束，就算了。

沒想到接下來，她仍犯錯不斷，洗潔劑由大瓶倒到小瓶，可以一半裡一半外而無動於衷；燒開水時水太滿，任水四處噴溢而不改：用來洗擦櫃子、窗子的面盆與拌乾麵的同一個……我的臉色、她的臉色越來越沈；我的聲音、她的聲音越來越大。以往糾正她，她都說「是」（未必改過），後來是先欺騙，欺騙不成，強辯。

回想起來，我自己太大意了，早跟她說外出服手洗，有時外出服被洗出一個大破洞，她說是手洗的，我相信了；因為遠庖廚，所以她提早一、兩鐘頭熱飯菜，我不知道，偶爾進去，發現滾不停的湯，順手關掉，沒去衡量與吃飯時間相距多久。平日告訴她，如何撙節用水，如何有效率的烹調，都是馬耳東風。

一直以來，阿蘭跟我們講話，口氣謙卑，但她與家人講電話時，口氣卻挺權威，且夾雜三字經。有時她自己忘了什麼或做錯什麼，會叫出很大聲的三字經。我們忽略了，真實的她，也許不是我們平常認識的她。再加上「近墨者黑」的寫照吧！她朋友極少，幾乎不往來，近日與對門的泰傭聊得很勤，而對門泰傭正好是泰傭中的怪胎。有一天，我家老公要上班，我在門口送他，那泰傭由她的小房間（傭人房獨立在電梯旁）奔出，很媚地向我老公說「哈囉」，視我為空氣人，而她身上，只圍一條浴巾；另一個早上，都十點多了，送水的工人來按門鈴，那泰傭和我同時開大門，她竟是浴巾裝一件，我的腦海浮現幾個疑問，女主人不在家嗎？那男主人真是她男朋友嗎（她偷偷向我

的佣人洩漏過）？總之，以「風騷」二字形容她挺貼切的。原本社交單純的阿蘭，與那泰傭成為密友，也許薰染到不好的言行。後來，還有許多乖張的行為，連我老公都看不下去了。

某經驗人士歸納出一句至理之言：「有傭人，勞心；無傭人，勞力。」幾經掙扎，我決定勞力。結婚十多年，我不都是「台傭」身分嗎（雖然不太稱職）？還好，老公與女兒自動成為台傭二號、台傭三號，一兩個月下來，還過得去啦！

家就是一個窩，你幾曾見過纖塵不染、方正的家？只要不太亂，生活於其中舒適、自在即可。

做了台傭之後，我研發出偷懶撇步，例如懶於掃地時，在家別戴眼鏡；多買幾件襯衫給老公，免得老在燙衣服；多煮些懶人菜（就是煮一大鍋可以度好多餐的那種），可少與油煙為伍！

倦於勞心的「夫人」們，何妨放下身段，加入我勞力的台傭一族，身心自在呢！

家有司機

在曼谷，許多人都請了司機，司機不住家中，問題比較少，但還是有些故事可說，請聽我道來，也許你也要注意一下你家的司機。

我家的第一個司機叫頌猜，是泰國人中少見的高個兒，人也長得幾分俊俏，就是那雙眼睛有點賊賊的，這是我對他的第一印象。但我想人不可貌相，還是看他表現吧。頌猜很伶俐，開車技術好，認路功夫更是一流。他主要的毛病是愛借錢，月底領錢，月初又要借錢，我

們想改掉他這個毛病，但他總說他母親生病，只好借他。還好由薪資扣，倒也守著當月借當月還的原則。

報紙原本由女傭下去拿，我們想頌猜每早上來拿車鑰匙時，順便帶上來，可減少電梯的使用次數。一開始他還願意，但他有一次向女傭借錢，女傭不借，他就不再幫忙，我才知他胸襟小。

有一次，我們帶親戚去百貨公司玩，跟他講好時間，就進去逛了。到了約定的時間，卻等不到他，過了一個小時後，車子才過來。問他去哪裡，他說車子塞在停車場裡出不來，我們說有進去找過，停車場裡很空，根本不可能塞住，而且我們也沒看到自家的車。回家後，我向外子說，外子問他，他說是在停車場裡睡著了。從此我知道他會撒謊，但以為他被識破一次，應該不再犯，所以沒有多加注意。

過了很久以後的某日，我去佛光山參加一個婚禮，穿著比較正式，外子把車讓給我用。去時，我突然有個直覺，覺得他不可能老實等我，於是暗中記下里程數，下車時告訴他我要離開的時間。下午等我再度上車時，發現里程多了二十公里，我才想起他來接我時，車子根本就是停在路邊，可見他看我一走進去，車子就開走了。我跟他說里程不對，問他到底開去哪裡？他說他去停車，好遠的停車場啊！他如果不是傻瓜，就是把我當傻瓜！

我們也想起前不久，車子腰部被撞，他說是別人停車不小心撞到。任何會開車的人看了，都知道不可能，但我們沒有追究。確定他有這種偷開車外出的行徑後，那個撞痕也真相大白了。我們只好早晚記里程表。看官，您說累不累啊！

某日，外子下班回來，說頌猜的外公死掉，他給頌猜一千元，並給了三天假。三天後，一早有人按門鈴，我去應門，一打開門，但見一個春風少年郎站在眼前。一頭短髮，塑成時下小伙子最炫的沖天型，一件緊身黑上衣，搭著緊身黑褲子，和一雙靴子，酷呆了。我瞧

個仔細，看出是頌猜，他神采飛揚地回應我，我心裡不大敬意地想著，怎麼他死一個外公，可以年輕十歲，那……更神奇的是，他連大哥大都買了！

有一日，頌猜才領過薪水，卻又借了一千五百元，並請了一天假，說是帶他母親看病。第二天起，頌猜就不見了，原來他是去應徵新工作、高就去了。那一陣子，外子公務正忙，很需要司機，沒想到他這麼不顧情面地離開。雖然有人跟我們說，司機們很會撒謊，家裡有病不完、死不完的人，別信他們那一套，但我們總想萬一是真的，見死不救心不安。

知道頌猜不回頭，我們開始找第二個司機。這次來一個黑黑可愛的小伙子，叫做「矮」，人如其名；矮的頭殼真不是普通的鈍，開車老是「背道而馳」，離目的地越來越遠，連我這不懂開車的人都看得懂路標，他卻看不懂。從六十多巷要去一百多巷，他可以「義無反顧」地開回二十多巷，我真懷疑他是不是泰國人，虧他還宣稱在曼谷有數年的開車經驗。

矮不好學、不好問，工作態度很不積極。這樣一號人物倒有他聰明處。某個週末，他事前說好要請半天假，準備帶兒子去看病。中午，我們讓他載我們到馬汶空，然後讓他休假。車停妥後，他跟外子說兒子看病沒錢，硬是借了五百元。看他那副養尊處優的模樣，很難想像他家中連五百元都沒有！何況他是不是有孩子都不確定，實在不應該借的。可是他的演技好，一副可憐無助相，外子只好借他。矮做不到一個月就怠工了，薪水還是託人來要的。

矮走了，來個「喔」，喔粗黑高壯，一臉憨呆相，說話口吃。他比矮好一點，雖然反應也慢，但比較敬業，看在他老實的份上，外子決定讓他有學習的機會。有了前車之鑑，我們跟喔講好，不准借錢，不准擅自把車開去別的地方，他滿口說好。可是不久後，喔就開始借

錢，孩子病了、機車壞了，還房屋貸款等，比起頌猜，他的理由比較多樣化。外子建議他，一個月領兩次，他卻又不肯。

喔的狀況還好，只是加油太猛、煞車太猛的毛病，或有時外子太累，一醒來不知身在何方，因他記性差，也會走錯路。有一次，外子下班正要回家，走到車邊，發現遙控鑰匙四分五裂地散在地上，喔以他那一貫慌張的模樣，撿起來組合，少了小零件也不管。外子責備他，他連忙說對不起，這是他犯錯後的口頭禪。後來他又犯了一次，我們想不通，鑰匙和他有何仇恨？總之，他看起來常一副誠惶誠恐的樣子，會讓人誤以為他很忠心，但實際上他對車子並不愛護。

每個週六一早，女兒得去學音樂，外子如果有陪我們去，我們夫妻就會在下面廣場做運動，若只有我陪，我就在老師家看書報。某次，只有我陪同，但我想在下面伸展筋骨，就躲在門廊下動起來。才不久，就有一部車子大聲發動，並像一頭年輕的豹一樣，很帥氣地衝出去。我感覺那個衝出去的位置，很接近我家車子停的位置。我衝出廣場，很白癡地招招手，車子已接近大門，準備轉彎出去，我因近視，看不清是不是我家的車。再想，喔應該不會和頌猜一樣吧。自他來後我們沒有再紀錄里程。

我還是做我的運動，不管他。幾分鐘後，一輛車駛進來，門打開，喔走下來，向我揚一揚手中的海綿，然後惺惺做態地擦車。隨便擦兩下，就算有交代，鎖了車，走去小吃店。至此我才肯定他也偷偷摸摸開車出去晃悠，他以為我上老師家去了，後來，他從後視鏡看到我在招手，趕緊找個出去的理由。可惜不合常理，他一向在我們住的地方擦車，且習慣用布，再說他演技太差，海綿沒沾水，髒的地方也沒擦到。而我也第一次看到，我們那部穩重型「黑頭仔車」，也可以像跑車一樣很噴火地一個急轉彎揚長而去。

　　這件事我跟外子說，外子就偶爾記一下里程，但我們以為他不小心穿幫，該會潔身自愛才對，所以沒有很認真去注意（防人是很累的事）。直到前不久的一天，外子一大早要打球，沒辦法送我上班，偏我當天的教材多，外子就搭別人的便車，把車留給我用。一上車，我又有強烈的直覺，於是記下里程數。教完書，我再度上車，發現里程多了十四公里。我問他上哪兒去了，他說繞兩圈找車位，我說找車位要開十四公里嗎？他還是一副無辜狀，說他停好車就睡覺了。我發現「死不認錯」是司機通用的賴招，而且他們的羞愧心不像我們，他們可以一犯再犯，被逮了也不怕。

　　我們請過三個司機，竟有兩個司機會做這種事，矮沒有做，恐怕是他認路功夫太差，一出去就回不了原地。我就在想，為什麼曼谷地區的交通隨時在塞？也許有一大堆司機開了主人的車到處遛呢！家有司機的主人們，請為曼谷交通把一下關，注意你家車子的里程數吧！

卷六

四海遊踪

舞在麗江月夜下

　　想想已經是去年（1990年）暑假的事了，但每思及那二十多天的逍遙，心中就懷念不已。那時我們一行七個人，預備以自助旅行的方式，去雲南走一趟。雲南是一個少數民族多達二十多個的省分，那一路上的酸甜苦辣，真是百味紛陳，難以盡述，此特舉跳舞一事來談。

　　我們採取的是定點旅行，大家的共同理念是不要趕，其實雲南人生活步調很慢，我們又不熟悉交通狀況，要趕也很難，索性就讓自己也慢下來。第一天晚上，我們投宿在昆明某大學的招待所，昆明日落得晚，吃完晚餐，已是八點多。才回住處，就聽到音樂聲，我這一把老骨頭，竟癢了起來，沒想到同行阿美也有同好，兩人就去打聽，那天是週末，剛好有學生辦的舞會，只要交點錢就可以去跳。我和阿美就聯袂前往，雖然不諳他們的舞步，我們也跳得不亦樂乎！

　　過幾天，往北到大理，是一個相當古老的城市，走在那條古街上，會讓人有「回到從前」的感覺。我們所住的招待所，附設有舞場，我和阿美又去報到了，一樣跳得很盡興。後來，再往北到雲南北邊的城市麗江，我們發現街上有舞場，八點多吃完晚餐，我和阿美又去治療腳癢的毛病，跳到十一點才準備回招待所。那夜月很圓，麗江的街頭在月色的映照下，美得如一首抒情的音樂，我們在月神的感召下，挾著方才「舞酣耳熱」的餘興，就在大街上舞起來。好開懷地舞了起來，不知自何處飄來的舞仙子，在我們身上盡情地躍動，我們笑我們跳，完全不知今夕何夕！空曠、寂靜的街道像個寬廣的胸膛，將我們的笑聲收藏著。街道上仍有著少數的行人，突然有人說：「你們舞跳得很好！」我們方知他們也是才從舞場歸來的人。我們笑著感激他們。

211

　　跳了幾次舞下來，我們發現了一些怪現象，就是大陸同胞喜歡跳慢舞，他們的舞場佈置簡單，一小群樂團當場演唱，除了狄斯可舞曲之外，他們唱的歌清一色是台灣的流行歌，我在國內沒有刻意去聽，到那裡卻覺得「鄉音處處聞」，真的，二十多天玩下來，不但是舞場只唱台灣的流行歌，連車上也都播台灣的流行歌。很多地方我們都不是以台胞的身分出現，甚至我們刻意混同於大陸同胞的行列一起玩，竟然一首大陸歌曲也未能耳聞！雲南地處邊區，還相當儉樸，可能跳狄斯可的風潮還不盛，每當狄斯可的舞曲一出來，大家就在一旁休息，而我和阿美則只喜跳狄斯可，所以有時場中只剩我們兩人在跳，跟在台北人擠人的情況大不相同，樂得我們忘我狂舞。

　　在國內，生活步調緊湊，想挪個一天半日去跳舞，好像是件大工程，伴也不好找，在雲南反正是異鄉的夜，以跳舞打發倒像是順理成章，一個晚上只要台幣十幾二十就可以達到舒展身心的效果。我其實並非舞林高手，這幾年跳舞的次數也寥寥可數，沒想到一趟大陸行，反讓我有機會密集去跳。我和阿美都是三十出頭的女人，竟然「秀」到雲南的邊城去。

　　回來這一年多的時間，我只去過一次舞廳，但那種聲光俱全、冷氣調到最高點的場合，一個晚上下來，我的耳朵、眼睛、喉嚨和皮膚都好累，更令我懷想起雲南那些簡簡單單的舞場，那些穿著樸實的跳舞者。那一天，能再到麗江的月夜下去跳舞？

☙☙☙空調失靈了☙☙☙

　　有一年暑假，我們一行七人到大陸自助旅行。在雲南停留幾天，就買昆明到桂林的臥舖票。不經意地看到票面上特別註明「空調費 x x 元」，我們覺得真是「多此一舉」。

　　臥舖是四人一小間，分上下舖，因為有空調，不覺得熱。各自把行李安頓好，關上門，準備休息，好儲備玩下一個景點的精力。沒想到空調突然失靈，漸覺燠熱難當。小廂房待不住，只好到走道上，發現有不少人出來了，身上都穿著最清涼的衣服。大家協力把窗戶打開，總算通氣些；但還是熱，於是有人把大浴巾拿出來，引外面的風進來。

　　原本每一小間門戶都緊閉，自成一個孤立的世界，走道上冷冷清清。空調一故障，每一間都門戶大開，人的心也跟著洞開，同心協力引風，順便進行交流。來自不同省份的人，天南地北地聊起來，也有老外加入，更有人把吃的拿出來共享，氣氛好不熱鬧。後來，服務員把冰塊放在水桶裡，每一間放一桶，聊以降溫，算是克難的空調。

　　我們興起，也跑到沒有臥舖的車廂去，那裡開開闊闊，反而涼快些。那個車廂裡的乘客，也和我們談得很高興。突然有個大陸同胞說：「你們可以去跟他們要回空調費。」我們詢問服務員，服務員要我們到桂林站申請。

　　到了桂林站，我們抱著試試看的心理，由三個女子代表去索討「空調費」。窗口售票的人說可以退，但他愛理不理的。售票員忙進忙出，人也換來換去，我們每次都要話說從頭，他們的態度都一樣，說可以退費，但就沒有下文；剛好裡面在油漆，窗口一下關閉，一下打開，他們也不告知那些買票的人。我們對他們行事的作風很好奇，

耗在那裡等著。其實索討的錢不多，但我們想看結果會怎樣，就鍥而不捨地交涉，最後還真是退了費。去索討空調費的，就只有我們，誰說我們是「呆包」？那真是一次難忘的旅途！

灕江遊，游灕江

話說我們半夜落腳在桂林火車站，為了住的問題，折騰了一番，只因我們具有臺胞身分，在明為保護，實為敲詐的情況下，住進了可以收容臺胞的旅社。

隔天，我們在陽光頻頻召喚下才起床，三個大女孩整裝完畢，投身到熱鬧的街道。這個以觀光為主的城市，充滿著忙碌氣息，吃早餐的時候，我們做了個大膽的決定：隱藏臺胞身分玩個夠！

三個人由雲南玩出來，黝黑而風塵僕僕的模樣，大概有幾分大陸妹的架勢，所以當一個旅遊掮客向我們拉生意的時候，我順口就說是福建人（如果追溯五代的話），那位老太婆絲毫不疑，就帶我們去買票，準備翌日遊灕江。我們偷偷問了臺胞旅遊的價錢，天啊，差了將近四倍！

隔天，仍是一個陽光很好的天，我們先上了一部遊覽車，到乘船的地點，然後開始「山水甲天下」的桂林之旅。

前後毗連十多艘的船，在灕江上一字前行。舟行漸遠，沿途的風光也像卷軸般，漸次呈現在眼前。頃刻間，我們就走進圖畫裡，那一峰一巒就在我們眼底劃過，山與水的輝映，我們的心也與船行速度一樣，輕盈起來，彷彿可以穿梭群峰。

　　大家都上了船頂，以便飽覽更完整的山水。江中，有河畔人家，以一葦小舟，或在舟中撒網、或沈入水中採水草，小舟中常可見一排鳥兒相隨，原來那鸕鶿，可以幫漁人捕魚，別有一種風情。跌坐甲板，任心靈逸入古典詩詞，古詩人們衣袂飄飄的影像映著山水。

　　雖沒遊遍天下山水，但可知此種山水只應此處有，江上輕風稍解暑氣，企圖用相機留住這一路的靈秀，雖然可預知只是片段，但依舊期盼他日，能由片段中連綴回整體。畢竟能包裹的，不是風景，是心情，且讓心情珍藏著這一程一程的山水。

　　至陽朔下船，跟著人潮移步在迤邐的攤販街上，各攤商品大同小異，討價還價之聲不絕於耳。進入陽朔街頭，不禁被它的「古味」吸引，可惜時間不多，我又與同伴失散，急著找原來的那部遊覽車，不得不和陽朔風景擦肩而過，留一份遺憾是旅途中慣有的事。

　　回程車上，充滿一股暴戾之氣，因為憑空多了一個人，司機要他「自首」，那人卻遲遲不肯現身，最後只有一一盤查。查出是一名中年男子搭錯車，司機粗聲粗氣要攆他下車，那男子也理直氣壯說他並無心犯過，只是他的車可能走了，所以他也賴定了。一番唇槍舌戰，有人打圓場說「擠一擠，湊合一下」，車子才在一聲怒吼後上路，不過當事人臉上的線條可是僵的。

　　晚風自窗口灌進，大家談興來了，我們就和鄰座的人攀談起來。來自四川的婦人表情認真地說：「我們四川人口最多，光這次普查，就有兩億多！」

　　來自廣東的小伙子，頭戴一頂別著各地徽章的帽子，那是他遊蹤處處的標記。

　　來自湖南的兩個工人，一口咬定我們只是小姑娘。

　　阿美忽然發現阿文的睡相可愛，就反身一個「卡嚓」，其它醒著的人也忙著欣賞別人的睡相，結果那位搭錯車的先生，用睡神化掉

了他的氣，睡相很絕，我們都笑了。在那種氣氛下，每一種睡相都變得很有看頭，也許笑具有無限感染力，許多人看著別人的睡相笑成一團。有些被笑醒的人，渾然不知自己曾是笑的引爆點，醒來後也指著別人的睡姿大笑。一趟笑之旅就在互道珍重中結束，一車子南腔北調，竟沒人懷疑我們的福建人身分。

由於是自助旅行，沒有行程表，那一晚我們不約而同表現出對陽朔的好奇，於是決定翌日直探陽朔。

陽朔街頭古樸有味，而且有桂林所缺少的悠閒感，觀光客很少，且大多是外國人，他們穿著臘染的衣服，輕輕鬆鬆地浸淫於陽朔的古意中。

一家古老的戲院，讓人想起「新天堂樂園」裡的那家老戲院；徐悲鴻故居則令人低徊不忍離去，那個宅院可以自由進出，當我獨自佇足，彷彿可以穿越時空，看到畫家漫步庭院沈思之狀。

後來到灕江畔，招一小舟渡我們到對岸，擺渡的是一位老婦人，歲月在她臉上刻著美麗的紋，她答應泊舟在淺水處，等我們玩夠了再走。

我們泡進灕江水中，享受那種「天水悠悠」的感覺。我仗著自己有點泳技，欲溯灕江而上。游慣了泳池那沒有生命力的水，我以為只要腳一蹬，就會像游魚般飛出。可惜我埋首游半天，抬起頭發現自己只在原地，我那區區泳技，僅能免於隨波逐流。活了半輩子，才真正體會到「逆流而上」的滋味。索性抓著水草前行，往下不遠處，有水牛徜徉，我們親切和水牛打招呼，與牛同泅一江水，也是生平頭一遭哩。

「陽朔山水甲桂林」，若沒有從容一遊，怎能體會呢？我覺得陽朔特有的那股人文氣息，是桂林街上所沒有的，好懷念！

　　回來後和別人交換遊桂林的心得，才知臺胞的上下船地點和大陸同胞有別，而臺胞一下船，就會圍攏來大批的乞討者，導遊總是三令五申要大家注意，他們根本無法好好逛攤販街，更別說走入陽朔的街景了。至於灕江水呢，也是可望不可及。想不到我們三個不知天高地厚的女孩，以福建同胞的身分玩得那麼盡興，那些天，在某些場合碰到臺胞團體，而即使是臺胞，也辨認不出我們，倒是餐館的小妹們，老以為我們是日本人。

　　我很佩服老外的遊法，他們頂多三五個一起，每到一個地方，一住就是好幾天，吃、穿、住都簡單，租個腳踏車就隨興而遊。臺胞總是一大團，蜻蜓點水式的，圖個「到此一遊」之名。希望我們「灕江遊，游灕江」的經驗，可以提供給同好參考。

陽光邊城遊子吟

　　南非，一個多麼遙遠的國度啊，彷彿在天之涯，在海之角，只能從電視或書報上，看到關於它的一些零星報導，沒想到因外子要在南非進修一年，我們得有機會親臨這塊大地，有一年的時間可以認識這個陌生的國度。

　　一切都是那麼不同，由北半球飛越赤道到南半球，來時正是臺灣的冬日，一下飛機卻處在酷熱的夏日，陽光好像有千萬個熱情的唇，吻得你無處可逃。由黃種人為主的國家到黑白人種混雜的國家，尤其黑人的人口數倍於白人，走在街上，他們瞅著那黑白分明的大眼睛看你，看得你渾身不自在，原來我們成了少數民族。有些黑人興奮

地衝著我們比劃，他們把中國人都當成空手道高手。一向習慣行人車輛靠右走，這裡卻都靠左行，過馬路常看錯邊；國內滿街的計程車，用手一招，就可以將你載到目的地，這裡卻極少見到計程車。公車也不多，而且站牌上根本看不出有什麼標示。在國內都用瓦斯爐熱炒菜肴，在此卻用電爐，一開始不熟悉火候，常把菜煮焦。公寓多有大片大片的窗戶，卻沒有外加的各色鐵窗，若有鐵窗也都隱藏在窗內。一切的一切，跟臺灣有很大的不同。

我們住在行政首都普利托利亞的SUNNYSIDE區，我將它翻譯成陽光邊城，的確，住在這裡三個多月，有陽光的日子居多。一早起來打開窗簾，就見一大片藍天，讓人精神為之抖擻。

朋友寫信來，說臺北今年的冬天，連續陰雨天，那種滋味我不陌生。淡水是我的故鄉，淡水的濕、冷是有名的，整個冬天幾乎是以灰為底的色調，寒風細雨，日復一日，想不成為詩人（濕人）也難。南非的雨多下在晚上，陰雲急速密布，閃電一道一道劃過天宇，猛雷如獅吼，接著大雨滂沱地下。隔日起來，卻又是一片晴朗。夏天氣溫雖高，但不會悶熱，所以在這裡，除了一些公司行號，極少有家庭用冷氣，車子裝冷氣的也不多。傘的用處不多，南非人在大太陽底下走，不戴帽、不撐傘；難得下雨，他們有時候還故意在雨中運動。此處樹多，樹下陰涼，黑人工作累了，就往樹下一躺，做他的春秋大夢。冬季是乾季，聽說更為乾燥，對我這濕了數十年的人來說，今年真的很不一樣。

南非面積約臺灣的三十四倍，有豐饒的動植物資源，各種風土文物跟臺灣有很大的不同，我像面對一本多彩多姿的大書，開始搜尋之旅，在天之涯，很高興有一份閒情逸致，可以細細咀嚼這本大書！

吃在南非

　　來南非不久，朋友帶我們去一個週六的農場市集，在那裡可以買到許多新鮮又便宜的菜肉水果。一到那裡，早已萬頭攢動，大家手上都買了不少東西。肉品以牛、羊肉居多，後來朋友看到鴕鳥脖子，告訴我們那是南非名菜。外子也說，他來的第一天，就吃到這種肉，我想入境隨俗，也開開洋葷，就買了一包。

　　聽說鴕鳥肉要燉六個小時才會爛，某日一大早把鴕鳥脖子放下去熬。熬著熬著，有一股沒聞過的腥味，記起朋友說的話，加些洋蔥下去。燉了差不多了，在外子的指導下，切一些馬鈴薯、番茄、紅蘿蔔加進去，煮成糊糊的一鍋。南非人還用特製的鍋來熬這一道名菜，我們客居在外，一切從簡。

　　飯煮好了，請住隔壁的華僑一起來吃，他一開始吃得津津有味，可是我和女兒卻不敢吃。因為我們想到可愛的鴕鳥，實在很難嚥下牠們的脖子。在外子一再勸導下，我們各嘗了一小口，就再也不肯吃。我們那副愁眉苦臉的樣子，大概影響到他的食慾，他們也都各啃了一塊而已。

　　外子進修的學校，常有烤肉活動，有一天，我們也參加了。大家先在一個小酒吧喝飲料，一大群軍官，就三三兩兩站著，邊喝邊聊。那天只有我和女兒兩個家屬參加，不斷和外子的同學握手、打招呼、聊天，他們那南非腔英語，聊起來真是辛苦。而他們彼此交談都用南非語，我們啥也沒聽懂。

　　烤肉架早已安排好，我以為會有黑人幫忙烤，就放心地聊。由黃昏聊到星星出來，一個多鐘頭了，這群人還在聊。肚子早就唱起空城

219

計，他們還沒扯夠。好容易有人出來演講，兩三個輪著講，都用南非語，但最後一個講的時候，大家都雙眼緊閉，我知道這就是禱告，真高興快可以祭五臟廟了。

我們被引進一間小屋，那裡已擺好餐具，可是我也同時發現一盒一盒的生肉，原來肉還沒烤，這種活動他們都自己來，不讓黑人服務。外子趕緊拿了三份出去烤，我們先在室內吃些沙拉和湯，偏那種沙拉和那道磨菇湯特別不可口，即使我已飢腸轆轆，也食不下嚥。女兒也擺一副苦瓜臉，我們只好把希望放在烤肉上。

外面一片漆黑，外子把烤好的肉拿進來，每一份都有牛、羊排和一條香腸。肉沒烤熟，國內七分熟的牛排，雖有點血淋淋，卻滑嫩爽口，那天的肉就是澀澀的，非常難吃；香腸更與國內的不一樣，我們都只吃一口就丟在一邊。外子忙進忙出，烤了又烤，連他也吃不下多少。但見那些洋同學，一個個吃得津津有味，盤子掃得乾乾淨淨。他們一副飽足的樣子，我們的肚子卻還是扁的。

女兒想起外婆家的烤肉，那薄薄的豬肉片，塗上烤肉醬，多香啊！還有烤玉米、甜不辣、蝦子……不能想，愈想肚子愈餓。

外子的同學布區邀我們到他家玩，那是在四百多公里外的地方，來南非第一次出遠門，好興奮。布區開車，一路飆下去。公路平直，兩旁的田野，漫無邊際，從下午到黃昏，再由黃昏到滿天星斗，將近九點才進他家門。

布區擁有一個小農場，他們的家很寬敞舒適，尤其那個廚房，都比我家的客廳大。看到廚房，不由得肚子更空了，風塵僕僕，這一餐一定要大塊朵頤。一頓寒暄，好容易上了餐桌，但見圓轉盤上一盤白飯，一盆菜肴。啟動了，每個人輪著裝飯，弄些菜，此外還有牛奶和可樂。就是這樣了，連個熱湯也沒。那盆菜跟鴕鳥肉的作法完全一樣，只不過鴕鳥肉換成雞肉，好險！什麼都糊成一團，**酸酸鹹鹹**，倒

也下飯，但不敢吃多，怕反胃。布區一週才回來一次，他吃得好滿足，我卻滿心狐疑，這如果換成中國男人，不罵死才怪。

　　隔天，布區帶我們去拜訪他的朋友海利，海利的農場才大，我們這次的重點，就是要來看看農場。海利熱心地載我們去看他的農場，觸目所見，都是他家的地。太陽非常灼熱，看看已過十二點，該吃午餐了吧！可是舉目蒼茫，他家在何方？他們卻似乎不急，最後還把車開進甜刺樹林中，只為了去看一條溪流，他們又在溪邊聊了一陣子。最後終於到海利的妹妹家，他們已架好烤肉用具，準備歡迎我們這些遠客。

　　我對烤肉已不具信心，還好大夥在樹下，草地乾淨，一大堆可愛的貓狗繞膝，讓我玩得不亦樂乎！他們家族一大堆小朋友，玩水、爬樹，把場面弄得熱鬧乎乎。肉烤好，我們就在樹下吃，這一天的烤肉出乎意外地好吃，可能都先泡過調味料，沙拉、小菜也都可口，把昨晚以來的餓給治了。

　　當天晚上，又在布區家吃，他們也說要烤東西吃。大家又在戶外聊天，聊到星星眨眼了才動手升火。這一晚烤兩種腸，一種是香腸，一種是羊肝腸，另外還有麵做成的沙拉，和一盤涼拌豆。這些東西又不合胃口了，只見我們一家三口強顏歡笑地吃點，意思意思，還好天色黑暗，看不到我們臉上的苦瓜線條。

　　睡覺前，女兒餓昏頭了，悟出一個道理：以後再給外國人請客，一定要自備零食，以防不時之需。

　　第三天，布區帶我們去他服務的單位吃自助餐，雖是軍事單位，那餐廳的布置卻很優雅。牆上正中有曼德拉的照片，兩旁各有兩種動物的頭，我想曼德拉的照片如果換成雕刻的頭像，一定更相襯。

　　這些菜肴跟國內自助餐比較相似，吃的種類多，總有合味口的，被女兒比喻成鐵板的牛排在我吃來，也相當可口。這一餐也不能不填飽，因為接下來又是五個鐘頭的車程哩！

221

中國人在家中宴客，女主人總是忙得昏天暗地，明明滿桌佳肴，嘴裡卻還直嚷菜不好。男主人更是勸酒勸菜，殷勤不已。到國外發現老外吃得簡單，可是很注重吃時的氣氛，總是慢吃、慢聊。他們很少熱炒食物，所以廚房裡不必裝抽油煙機，有窗戶的地方，都還裝上漂漂亮亮的窗簾。習慣於臺灣大街小巷，各式各樣吃食林立，乍到此處，發現街頭空盪盪，一度還若有所失，中國人的鄉愁，有大半是由「吃」而來吧！

學語文，難啊！

出國學語文，是近年來很流行的一種遊學方式，它結合學習與旅遊，年輕人可以利用寒暑假拓展自己的視野，一舉數得。數年前，我們一家人能到南非待一年，對英文的學習充滿期待。

語文若有環境是非常理想，原以為這趟放洋，不久後就可以嘎嘎叫，沒想到事與願違，去了才知道，難啊！因為南非的種族非常複雜，白人喜歡講斐語，那是以荷蘭語為主，混雜英語及一些方言而成；黑人則有更多種族，各有其方言。走在路上，也許聽到的是英語，可是他們的英語都有特殊腔調，要聽懂實在很困難；尤其是白人的腔調更怪，只感覺他們的舌頭像裝了彈簧一樣，一個音彈好幾下。我們學的時候，常常音沒學對，倒是噴了一堆口水。

小孩子的名字不像我們熟悉的瑪麗、約翰，有的長達七個音，念起來很拗口，怪名很多，什麼「口臭」、「不七」、「仙草」都有。還沒上學的白人小孩很多聽不懂英語，上了學的也不見得對英文有興趣，跟家人在一起，他們還是習慣講斐語。

　　我先生的同學以白人居多，大部分老師講著講著，就講成斐語，每次大家哄堂大笑，他們兩個中國學生也只好跟著笑，是苦笑。更要命的是小組討論時，他們若不用斐語，思考上就不流暢，入境隨俗，只好跟著聽。

　　乍到南非，到處看到die這個字，我很疑惑南非人怎麼到處寫「死」，後來才知道這字是斐語裡的冠詞，相當於英語的the。而斐語的謝謝，發音和英語的驢子一樣，以前剛學英語時，喜歡用英語的猴子、驢子或豬來罵人，現在面對白人，常要衝著他們喊驢子，還真是難開口。

　　同樣是中國人，也會因為方言而發生誤會。這裡有老僑、新僑之分，老僑大都在此落根數代，廣東話和英語是他們的通用語。新僑則多是近年才由臺灣移民來，較喜歡操臺語。老、新僑之間難免有些隔閡，為了增進老、新僑之間的情誼，舉辦一場網球賽。某次，輪到老僑發球，未知何種原因遲遲不發，新僑這邊等得不耐煩，用臺語大叫「發球」，這發音和英語的粗話「fuck you」接近，引來老僑的不滿，差點演出全武行。

　　南非官方認可的語言就有十一種，這個國家種族複雜，不止是黑白之間的問題，黑人不同族之間常有械鬥事件發生，白人中則有的仍抱著種族偏見，要達到各種族群之間能融合、合作，恐怕還有待努力。我的一位白人朋友很羨慕我們只需一種文字，就可以讀遍古今經典。他們的孩子自小得學習斐文和英文，其他黑人語言，至少也要聽懂一些，學起來相當辛苦。

搶！搶！搶！

　　此地報紙報導，黑人闖進華人開的店，華人拒搶，結果遭搶匪槍擊，一死一傷。又是一樁流血的搶案，令我不禁掩報紙而嘆息，報紙特別呼籲同胞，碰到搶案時，以保命為第一考慮，寧可財物被搶，也不要與兇惡的歹徒抵抗，以免雙重損失。

　　這種呼籲當然有其現實的考量，但如此一來，是否會讓歹徒更加肆無忌憚？未來南非之前，許多朋友都問我，是不是要住約翰尼斯堡？我說我們要住行政首都普利托利亞，大家都表示沒聽過。事實上我那時候也很失望，為什麼不住那個聞名的大都市呢？沒想到這個享譽國際的大都市，如今正風聲鶴唳，人人自危。一位久居此地的友人說：住約堡的中國人，大概有百分之八十被搶過。沒有正式統計，這個數據不準確，但也可見搶案之多。搶匪幾乎都是黑人，他們手上大多擁有槍枝，被搶的人稍加抵抗，馬上開槍，不達目的絕不罷休。這種搶案，破案率極低。

　　很多住約堡高級區的華人，圍牆加高，上面裝鐵絲網，再加裝警報器。有朋友到約堡那種人家做客，說裡面設施非常好，可惜如住監獄之中。誰願意住監獄，但人心不古，為了生命財產的安全，只有嚴加防範。那些黑人，公然在大街上行搶，車子停在十字路口，他們的手就由車窗伸進車裡搶；走在街上，他們也公然搶，旁邊的人群視若無賭，你只能任他們把你的財物搶走。有一位華人，想出去走走，他以為就在家附近走走，應無大礙，沒想到還是在眾目睽睽之下被搶。現在搶匪手法也翻新，有的衣冠楚楚充當警察，把門騙開即將主人及黑傭捆綁，洗劫一空後揚長而去。

　　當然約堡較易發生搶案的地方，也有其區域性，只是現在聽到約堡之名，心裡都不免震一下。我們住的地方距約堡六十公里左右，治安好多了，這裡黑人也多，但多有事做，擦身而過時，還喜歡和我們打打招呼。他們工作累了，就在大樹下，或躺或趴，一副天塌下來與我何干的樣子。

　　以前種族隔離的時候，黑人不准留在城裡，每到黃昏，他們就得出城。那時還實行宵禁，一過下午五點，街上幾乎人車皆無。由於沒有夜生活，社會問題也比較少，那大概是治安的黃金時代。當時的白人多跩，有時連黃種人也在隔離之列，一位友人到布魯芳登經商，夜間要投宿旅館，都還被拒。自從黑人的地位提高，種族藩籬消除之後，新的問題卻產生了，搶案的猖獗即是一端。

　　未來南非之前，也有人說我好命了，因為黑婆便宜，我大可在此當少奶奶。來此後，我不敢當少奶奶，主要是外子來此進修，一家三口又要租屋，又要生活，完全由他負擔，請不起，何況二十多坪的公寓，實不需要傭人。再者黑工、黑婆問題也多，一位友人誇大的說：不偷東西的不是黑人。這話當然太誇張，可是黑婆偷東西之事層出不窮。最普遍的是偷些吃的、用的，有些主人用過的油鹽都得做記號。

　　黑婆也有偷東西的技倆，例如她中意你某件衣服，她會常常幫你換地方擺，發現你都沒注意到，她就偷走了。有對夫妻，每次拿錢到銀行存，都會少幾張，原來是黑婆偷打了他們的鑰匙，趁他們不在就偷。她還把鑰匙藏在主人睡覺的床褥下，應了「最危險的地方就是最安全的地方」這句話。最怕的是內神通外鬼，黑婆熟知主人的生活作息，有些人出外旅遊回來，家中遭到大搬家，而黑婆仍可置身事外。臺商來此，大多有不錯的經濟條件，而此地房價較國內便宜許多，人人買得起獨棟花園房子，室外有花木草皮要整，室內有大大小小房間要打掃，不靠黑工黑婆不行，請的黑工黑婆若不理想，做事拖拉、怠

惰還是小事，家裡有被偷被搶的可能性才令人煩惱，防不勝防。雖說這裡可以合法擁有槍械，但我實際拿過友人的槍械，都很重，不易使用，真有歹徒上門，咱這種善良老百姓使槍的手腳會比歹徒快嗎？以前南非人很少做圍牆，大選前家家戶戶開始做圍牆，但仍不失裝飾性，牆不高，大多富於美感。普利多利亞有好幾個不錯的住宅區，車子駛過那些平直的社區道路，兩旁但見花木扶疏，家家隱於綠蔭之中，令人視野清新。若把這些房舍都築出森嚴的高牆，掛上內有惡犬、內裝警報等牌子，豈不大殺風景？

臺灣人普遍給人有錢的感覺，住大房子，開好車子，成為歹徒心目中的肥羊，相對的危險性也提高，為了保住生命財產，是否該注意，不要太過招搖。畢竟我們在這裡是外國人，而黑人長期受不平等的壓抑，地位乍然提升，他們想擺脫貧窮，最快的致富方法非偷即搶。如果把財富當成炫耀的工具，招來不測之禍，就太不值得了。

種族歧視

南非因為長期實施種族隔離政策，黑人受教育的機會少，所以知識程度普遍低落。現在種族隔離政策廢除，各色人種受教育的機會均等，但是黑人學童學業成績普遍不佳，學校為了提升黑人學童的程度，特別開設一些免費的輔導課程，但沒想到好心卻沒有好報，這些學童的家長竟然認為此舉是「種族歧視」，極力反對學校這種輔導課程。他們向教育廳反映，教育廳只好勒令校方停止這項措施。

這種泛政治化的意識型態，對黑人學童知識水準的提升，無疑是一大絆腳石。想起臺灣的父母們，只要有益於孩子學業成績的提升，

什麼補習錢都捨得花。許多父母親努力工作，省吃儉用，為的就是讓子女受到良好教育。當然南非黑人家長這種過度敏感的反應，有其歷史因素，但黑人的民族自尊心如此的膨脹，卻不願面對現實問題，種族間的歧見恐怕將愈來愈大。

南非政府有一項「肯定行動」的措施。所謂「肯定行動」，就是「工作機會，黑人優先」，公私立機構普遍有「重黑輕白」的現象，造成黑人升遷機會優於白人。一個能力不怎麼樣的黑人，可能來個三級跳，成為白人的上司，這叫白人如何忍受？這種措施已經許多造成人才的流失，許多具有專業能力的白人，只好提早退休，或是移民他國。報載南非現在犯罪率激增，卻有多數高級的白人警官提請退休，對於整個治安無異是雪上加霜。

南非因種族隔離政策，長期被世界各國經濟制裁，如今取消種族隔離，整個國家正要邁向國際化，處於這種關鍵時刻，人才的流失恐非國家之福。

以往政治資源掌握在白人手中，黑人的工作機會備受剝削，是一種不平等；現在黑人政府握有政治資源，實施這種「肯定行動」，表面上好像是為了泯除以往的不平等，卻造成另一種不平等。副總統戴克拉克說：「現時大眾社會的理解是，若一個人的膚色不對，前途肯定有限」。的確，以往有「重白輕黑」的問題，現代不但有「重黑輕白」的問題，還有雜色人種意識到自己在黑白的夾縫中，受到不平等待遇，而挺身爭取權益的問題。他們準備成立政黨，要分食政治資源的大餅。看來南非的膚色問題，還真是大有學問。

開車出去旅行，對南非公路網規劃之良好，深感無限欽佩，這是白人策劃、黑人耗費血汗的結晶。以我們這些外國人的觀點而言，這個國家不能沒有白人，也不能沒有黑人，誰把誰鬥垮都不會有好結果。以往白人教育程度高，白領階級多，黑人若不想只靠勞力賺錢，

唯有提升自己的教育水準和能力。如果只想靠不公平的政策取得優先的工作權，將如何與其他國家競爭呢？所以南非目前的黑人政府，實在應該心平氣靜的面對這一個現實的問題。

⟶❀⟵ 疑心生暗鬼 ⟶❀⟵

　　一整串鑰匙不見了，動員全家人做地毯式搜尋，租來的房子就這麼兩房一廳，客居異國，家具又非常簡單，那一串鑰匙應無所遁形。何況前一夜在朋友家鬧到半夜才回來，我確定是用我的鑰匙開門。那麼唯一的可能就是匆忙之間把鑰匙掛在門上，被外面的人拿走了。

　　我們與一位華僑鄰居在公寓的這一頭，一般人不會走過來，一大早鄰居跑來問我要不要四季豆，我欣然開門取回。南非的公寓門與國內不一樣，他們的鐵門是鏤空的，進出都得用鑰匙才能開或關。當我取回豆子的時候，公寓的黑工拿個水桶，問鄰居要不要洗車？我只匆忙與那黑工打個招呼，就進屋了。

　　印象中一早上進進出出都用女兒的鑰匙，那麼更確定我的鑰匙是被拿走了。腦中映入的第一個嫌疑犯是那個黑工，他是個瘦瘦小小的中年人，每天總見他在花圃裡忙，有時在掃樓梯。擦身而過時，我都會與他打招呼，覺得他人滿老實，不像一般黑人給人那種「偷搶騙」的印象。不過後來我對他也改觀，他曾敲我的門，要我給他斐幣五元去買煙抽，我不答應。結果他後來又要了兩次，一次比一次少，都比個抽煙的姿勢，我不勝其煩，乾脆告訴他，我也是窮鬼，他才斷了念

頭。我推論他可能一早就想來探問洗車的事，看鄰居還沒起床，卻發現我的鑰匙掛在大門上，於是就順手取走，消他要不到錢之恨。

　　這麼一想就令人寢食難安，自從南非大選後，治安日益惡化，報載去年每天有五十人被殺，報紙標題還說「殺戮之邦，南非當之無愧」，外僑更是他們下手的好對象。女兒首先口頭提出她對黑工的懷疑，因為她剛來對黑人頗抱同情態度，待在學校與黑同學相處後，發現那些黑同學舉止粗魯，不喜歡帶文具，每天都要向她借，不向他們要，他們就不還，所以她對黑人很有意見。我嘴裡雖然告誡她：「在沒有證實以前，不能一口咬定是他偷的。」但心裡可很著急，因為聽太多僑民被大搬家的事，我們暫居在此，財物原本就不多，萬一被大搬家，那就更空無所有。何況黑人大多有槍，你稍抗拒就送你一顆子彈。

　　愈想愈怕，一夜不得好眠，總感覺有一對賊眼在暗中窺視，心裡很毛。隔天一大早，和外子開車去買鎖，三個鎖我們決定換一個。向鄰居借來工具，把鎖取下，買到了新鎖趕緊換掉。換了鎖我們總算放心，只是心疼我那串鑰匙鍊，上面有一個觀音像。

　　隔了一天，想煮四季豆，從冰箱裡把豆子拿出來，袋子裡掉出一串金屬，仔細一瞧，不正是我那串鑰匙嗎？冰得涼颼颼，站在蓮花上的觀音菩薩安然無恙，倒是我的臉紅了，只因我曾那樣懷疑一個黑工。古代有一寓言，說某人丟了東西，懷疑是鄰居偷的，看在他的眼裡，那個鄰居的一舉一動都像個小偷。後來他找到東西，證實不是鄰居偷的，在他眼裡，那個鄰居的一舉一動都不像小偷，可見人的心念是多麼可怕。

　　所謂疑心生暗鬼，我竟還可以演繹出一大段合理的推論，原來是自己一時的糊塗，活該擔了一天一夜的心，還花了些冤枉錢！

❦ 郵票說歷史 ❦

　　來到國外，對故鄉的人、事、物都特別敏感，那種熟稔感是其他東西所無可取代的。這一回，我們被寫著中國字的郵票給震撼了。

　　難得外子有個長假，我們來到南非北川斯瓦省的一個小鎮，住在他的同學赫德家。晚上閒聊時，赫德特別拿了他的集郵簿讓我們觀賞，大大小小共十多本，非常精采。其中有一本是他父親的特殊收藏，包括世界各國的郵票。突然幾張中國郵票吸引我的視線，仔細一看，才發現這些郵票都比我還老。其中有一張標示一九四六年「郵政總局成立五十週年紀念」，面額一百元。四張一九四九年「中華人民共和國開國紀念」，面額分別是八百元、一千元、兩千元、一萬元。外子和我面面相覷，心裡有說不出的感慨，因為就在這一年，中華民族又一次慘痛分裂，海峽的阻隔，造成多少骨肉的生離死別。對赫德而言，這幾張郵票只是他父親的收藏；對我們而言，卻標誌一段血的教訓、歷史的創痛。外子話說從頭，把海峽兩岸的形勢簡介一番，並告訴他這一年對我們民族的重要性。再由郵票面額來看，似乎也透露彼時國難當頭，幣值混亂。

　　另外有幾張，大概是相近年代的郵票，有的特別標示「中華人民共和國開國一週年紀念」、「偉大的祖國」、「和平解放西藏」，另有兩張以國父肖像為圖案。由於赫德的父親早逝，所以赫德不知道這些郵票由何處來。他父親曾擔任鐵路工程師，早年有不少僑民來此工作，也許就是由早期僑民手中得來。這些郵票都是用過的，它們為遊子傳遞家書，但局勢混亂的時期，遠方的遊子大概也以惶惑的心情捧家書而嘆息吧。

　　曾經因為一時興起，買一本集郵簿，將親朋好友寄來的郵票放進去，純粹為了欣賞那花花綠綠的圖案。此次遠在他鄉，看到這些郵票，才發現郵票可以側寫歷史的滄桑，於是對這一方方小紙片，興起敬畏之情。

　　赫德有計劃地收藏郵票，南非的歷史軌跡充滿變化，郵票的圖樣也就隨著時代而變。早期殖民地時期，人頭像特別多，尤其是英國女皇頭像，多得不得了。種族隔離泯除後，人頭像少了，動植礦物的圖案愈來愈多，表現南非特有的天然資源。郵票上面標示的國名也因各個區域分分合合，而有不同的演變。有一個時期，郵票的面積特別小，赫德說那是因為戰爭時期，物資缺乏，為了撙節資源，郵票都縮水了。今年第三屆世界盃橄欖球賽在南非舉辦，南非今年第一次參加，舉國為之瘋狂。以羚羊為隊徽的翔羚隊，不負眾望打進冠亞軍賽，對手是紐西蘭的全黑隊。當天一大早，許多年輕人在臉上塗著國旗圖案，手上拿著國旗，在馬路上飆車，一路狂嘯。比賽時喇叭聲不絕於耳，最後以四分險勝紐西蘭，全國更陷入沸騰之中。記得那一時期的電視廣告，都要與橄欖球扯上關係，各種相關產品也充斥商店。郵局當然也在橄欖球上做文章，發行相關郵票，這些郵票可以說具有劃時代的象徵。

　　來南非數月，與親朋通信頻仍，我把郵票剪下，準備就地送給有緣人。知道赫德有集郵習慣，就決定送他，他欣然地說，要買一本集郵簿，專門收藏臺灣郵票。

　　也許未來有一天，我們的子孫會在異鄉看到自己國家的郵票，他們可以從郵票上讀到一些歷史的滄桑。我想應該請赫德寫個序，放在集郵簿的前面，讓這段異國友誼也嵌入歷史。

紫色花城

如果說紫色代表浪漫，那麼此時的我正被浪漫擁抱著，眼睛所見、腳上所踩盡是紫，整個人彷彿置身一艘紫色的大船，隨著紫浪飄在紫海中。

斐京普利多利亞最膾炙人口的，是十月盛開的賈克蘭達花，也譯為紫葳花。我們元月來，正當南非的夏日，紫葳樹給的是一大片綠蔭。秋天樹葉開始枯落，到冬天則只見光禿的枝椏伸向無垠的天空。斐京的冬季幾乎日日晴陽，倒也不覺得蕭瑟。那時只注意到窗前的禿枝上，一隻母鴿專心孵蛋，不久蛋破雛出，再不久，兩隻小鴿展翅飛走，同時，枝上冒出一點紫的訊息。

幾日後，滿城的紫葳花好像履行誓盟一樣，全都綻放了。這一綻放，滿城春色皆作紫，許多街道看過去一溜淡雅的紫，如煙似霧，薰得人陶陶然。風來，花落如紫雨，人行道上一地的紫，輕輕踩過，怕踩痛了它們。進入車裡，發現鞋底夾帶幾朵落花，遂想起古人「踏花歸去馬蹄香」的詩句，感慨春花雖落，猶不忘予人浪漫。

紫葳花的形狀像風鈴，一串串垂掛枝頭。我家窗前有一棵開得非常茂密，映照在陽光下，煞似紫色的雪，亦如薄薄的紫水晶，每日與

它相看兩不厭。一個涼爽的下午，我們決定來個花之旅。緩住車速，巡禮數條被紫霧籠罩的街道，所謂「數大便是美」，這種壯觀的紫把其他花木的顏色都比遜了。後來我們到總統府居高臨下，看城中一簇簇的紫。總統府附近有一條街道，由上往下蜿蜒，花開得特別濃豔，兩旁的花蔭交叉於半空中，草坪上、馬路上也是一片紫。住家隱於花樹裡，四週一片靜寂，宛若人間仙境。我們漫步在其中，享受如夢如幻的一刻！

　　紫葳花原產於南美洲，十九世紀末被引進南非，目前幾棵最古老的樹，被植在女兒就讀的陽光邊城小學，一百多年了，每到花季，依舊花團錦簇。二十世紀初期，斐京還被稱為「玫瑰之城」，中期以後，就被「紫葳花城」取代。斐京的紫葳花共有七萬多棵，若全部排列起來，可以綿延七百多公里。紫葳樹枝幹高曠，斐京的街道多平直寬闊，建築與馬路之間有寬廣的人行道及草坪，讓它們有足夠的生存空間，所以每年十月，它們也以最爛漫的視覺享受回報給人們。

　　曾有一位德國人驚豔於此花之美，照了一些相片，他不信任南非人的沖洗技術，特別帶回德國沖洗。可是當他去拿相片時，相館抱歉地說洗壞了，他們認為世界上不可能有「紫色的樹」！南非學生最喜歡站在樹下，傳說只要有花朵落在身上，就可以順利通過考試。農夫則以花朵的開放情況，來推測夏季的雨量，這一大片乾燥的大陸，雨量非常重要。美麗的紫葳花除了美感之外，還肩負卜筮功用。

　　今年春天，有幸與紫色共大地的浪漫，待這花色消褪，也該是我們收拾行囊回鄉的時刻，但我們的記憶，已被這粉紫渲染出一幅永不褪色的畫了。

⟪⟫ 印度雞 ⟪⟫

　　未來南非之前，只知道南非黑白種族衝突嚴重，遂以為南非黑白分明，來了之後才發現此國度各色種人雜處，其中印度人口有百來萬，一度還想要和白人爭權呢！同是亞洲古文明國，對印度人的印象來自宗教比較多，雖知如今的印度貧窮不堪，在觀光國的各項排名，以髒亂居首位，但對這佛教發源地，多少有一份崇敬，相對的，也對印度人有一份好感。但是印度人在此的表現，卻令人不敢領教，幾次接觸，都覺得不甚愉快。

　　印度人在南非以會做生意出名，街頭那些賣報、賣花的黑人，背後的老闆都是印度人，在某些黑人區，只有印度人敢在那裡開店，賺黑人的錢。此間中文報曾呼籲華僑，與印度人做生意一定要謹慎小心，因為有太多人上當，血本無歸。與他們交易一定要一手交錢，一手交貨。聽說即使是當日的支票都得小心，因為他會跟你磨菇，等銀行營業時間過了，隔天你去領錢，戶頭空空，這筆錢肯定要不到了。

　　有一位華僑，在他來南非十週年那一天，特別帶我們出遊。我們先到他太太墓前上香，再後到一個湖邊去玩。在湖邊速食店吃午餐，鄰桌一位印度人來與他搭訕，想和他做生意，他婉拒了。事後他說，幾年就在這個地方，他帶妻女來玩，一個印度家庭也在此玩，兩家孩子、老婆先打成一片，男人也就談起天，印度人知他做生意，就想要和他合作，因此有了生意上的往來。那時這位華人朋友生意做得不錯，自己買一塊地要蓋房子，也訂了一部名車，沒想到被那印度人拿走一大批貨，貨款無著，生意竟垮了。禍不單行，幾個月後，他太太車禍喪生，留下一個女兒與他相依唯命。他開始和那印度人打官司，

希望至少拿些錢回來東山再起，但纏訟數年，仍無結果，那印度人早就宣告破產，日子卻過得逍遙。熟悉此地法律、對印度人有所了解的人都知，要回債務的希望極渺茫。但這位華僑心有不甘，仍懷抱一絲希望，所以無心再打拚，至今仍浮沈。

　　有一次，我們到一個黑人區逛，進入一家店，那印度老闆娘看到我們，就不客氣地說：「中國人，你們很聰明，不要來模仿（Copy）我的店。」我們繞著她的店走看看，她始終以戒備的眼神看著我們。其實他這家店有什麼好學的，狹長的店面，一邊用杆子掛著密密麻麻的衣服；另一邊架子釘得高高的，一大堆紙盒子堆到天花板，一排鞋子被固定在架緣展示著，像極了早期臺灣小鎮的小雜貨舖。

　　真正與印度人接觸，是為了一部列表機。為了配合手提電腦，買了也是便於攜帶的噴墨列表機，才兩個月就故障，送修後，再過一個多月又故障。再度送修，他們說是沒有墨了，建議我們買兩小瓶墨水添加，別看那兩小瓶，要六百多元呢！

　　看他們把墨盒拿起來甩，所以每次印不出來，我們也把墨盒拿出來甩，每次印資料，手上都一團黑。後來又壞了，三度送修，他們說添加過兩次，墨盒就不能用了，要買新的墨盒，忍痛買了近一千元的新墨盒，當場試驗，卻什麼也試不出來。一位黑人員工說，可能機件不好，只要我們拿收據來，就可以換一臺新的。當我們把收據送到，一位印度員工卻沈著臉說，他們必須查對原來的貨單。等他們找到貨單，他又說可以送原廠修理。等我們去拿的時候，竟要我們付兩千元修理費，說我們弄丟某種不在保固的機件。才買四個多月的機件，頻出毛病，我這個使用者可是很小心在用，若說機件弄丟恐怕也是他們修理時弄丟的。他們不諳機件問題，害我們花了不少冤枉錢，我們不甘心再花錢。何況他們修理之前，並未告知要修理費，相當於售價三分之一的修理費，我也許會考慮這機件先天不良，放棄它而另買其他

種類。最後鬧到印度老闆那裡，他竟然要我們直接去找原廠談。外子說東西交給他們，就要由他們負責，並打比方說難道我們買了賓士的車，一旦出問題，要到德國原廠去談嗎？他竟然用手一指說：「原廠很近，就在不遠的地方。」在我們僵持的當兒，有個白人對我們說：「有時候真該踢他們。」大概他也是受害者吧。

經過我們不斷爭取，老闆才同意去了解情況再說。

因緣際會

佛家講究一個緣字，這一次，六十多個炎黃子孫齊聚佛光山南華寺，參加「青少年佛學成長營」，不但讓這些海外青少年認識佛法，也讓他們學習一些生活禮儀，情誼上更有所交流。一個活動的促成，背後往往有許多人的手在推動，事前的籌備頗費一番心血，活動期間，還需要大量的人力、物力，這些都需因緣俱足，才能夠辦成。由於課程的設計，有動有靜，涵融德智體群美，所以學員大多覺得充實有趣，活動圓滿落幕，大家的行囊裡又裝了許多無形的東西，依依不捨賦歸。

我一向以佛教徒自居，但非常慚愧，長年為生活奔波，甚少與善知識親近，也甚少直接參與共修。陪先生來南非讀書，我成了無業遊民，寫點東西，讀點文章，日子逍遙極了。孩子放假，剛好看到成長營的海報，趕緊幫她報名，而我自己也加入義工行列。難得能夠萬緣放下，也算是一種福氣。平日四體不勤，視廚房為畏途，這次卻心甘情願窩在大寮（佛家對廚房的稱呼）裡，與來自各地的義工爸爸、義

工媽媽切切洗洗，供主廚炊食。師父、學員、義工及其他工作人員共百餘人，三餐的預備實在大費周章。什麼都是一大鍋一大鍋，大廚舞動大鏟如舞大刀，沒有三兩下功夫，當不起大廚。飯菜才煮完，義工哥哥、姊姊們就忙著幫學員弄菜，忙進忙出。這些年輕人，犧牲假期在此為學弟妹們服務，立下良好的榜樣。

五天的薰習，在女兒身上看到不少成長的痕跡，信仰的種籽埋進她的心裡，她在言行舉止之間，多了一份誠謹。她給國內的同學寫信說：還是自己的同胞好！出來兩個多月，第一次與這麼多年齡相近的同胞，吃在一起，樂在一起，個中滋味非常甜蜜難忘。這些跟著父母到異鄉的孩子，生活上、語言上，都有許多要適應的，身心不免徬徨，成長營讓他們有機會認識信仰、認識朋友，對他們的幫助太大了。

即使是大人們，離開生活了幾十年的故鄉，投身在異地，還要為生活打拚，身心的徬徨並不亞於小孩，在成長營，可以碰到共同理念的人，大家談談故鄉情，敘敘移民的苦樂，從此修行的路上多一些同好，不也是良好機緣嗎？同樣生長在那塊土地上，一直無緣相識，沒想到跑到遙遠的南非才認識，人生的際遇多奇妙啊！

在成長營，我也自覺成長了。大學時滿勤於參加佛學營，那時只要好好聽經，與同學討論佛學上的問題，頂多飯後幫忙洗個碗，其他事都有人在推動，不知道個中艱辛。這一次，我待在大寮，成了一根螺絲釘，與大家同心協力，把三餐管好，才知辛苦。擔心菜煮少了不夠吃，又擔心煮多了吃不完，有時煮到一半沒瓦斯，要臨時更換。大廚體諒孩子的胃口，還精心調配菜餚，凡此種種，當時年輕的我，哪裡體會得到？只知道一上山，師父就會準備好吃的菜，至於菜怎麼來，怎麼去，從來不管。成了大寮一員，菜少了，忍著不要吃，煮多了，自己拚命消化，大寮如此，其他課程的安排，居處的調配，也一定不容易。經過這一次活動，惜福的意義真正了然。

❧ 異鄉吃火鍋 ❧

　　吃火鍋的旺季又到了，我想起幾年前在異鄉吃火鍋的情況。那時我們寓居南非，由於路途遙遠，不方便攜帶家用品，所以大多在當地的二手貨商店買。

　　有一天，天氣很冷，很想吃熱騰騰的火鍋，可是那裡沒有火鍋可以買。隔壁的華僑看我們有個大同電鍋（向當地華僑買的二手貨），就教我們怎麼利用電鍋來煮火鍋。他要我把電鍋的外鍋刷洗乾淨，再把要當湯底的料放進去，然後插上插頭；十多分鐘後，電鍋裡的湯頭熱滾滾，我們再把其他料放進去，邊吃邊放，跟在家鄉吃火鍋一樣。

　　那位鄰居說，他們都是這樣吃火鍋的。我們很感謝他，在氣溫零度左右的異鄉，有生理上和心理上的冷，開著暖爐多穿幾件衣服，生理上的冷很容易克服，而對家鄉味的想望這種心理上的冷，卻被一個另類火鍋給克服了。

❧ 毛毛蟲乾 ❧

　　前不久，毛毛蟲在校園肆虐，許多師生都出現皮膚過敏的症狀。我從小怕毛毛蟲，一被毛毛蟲爬過，身上就會紅腫；有時心裡過敏，即使沒有毛毛蟲，也會這裡癢、那裡癢的。看著螢幕上蠕動的蟲，心裡好毛啊！這幅景象讓我想起南非的「毛毛蟲乾」。

　　在街頭的食品店，看到一包一包黑黑乾乾的東西，我是喜歡品嘗新鮮食物的人，趕緊問店員那是什麼？經過一番比手劃腳，再湊近一看，差點往後彈三公尺，原來那些東西是毛毛蟲乾！我是個連印在紙上的毛毛蟲都不敢看、不敢摸的人，哪裡敢吃，從此我對那東西「畏」而遠之。

　　有一次，我們到黑人居多的商區逛，只見路邊攤上，陳列著大包小包的毛毛蟲乾。黑人小販猛向我們推銷，好像那是多美味的食物，可惜我們無「膽」消受。

　　某天，我和女兒在看電視，螢幕上是一群黑人在野外採東西，他們採的不是果實，而是一隻隻活生生的毛毛蟲。黑人對著鏡頭露出白牙笑，高興大豐收，我們卻已掉了滿地的雞皮疙瘩。鏡頭再轉，採回家的毛毛蟲放在桶中，一個黑婆從桶中取出毛毛蟲，拇指與食指一搯，蟲肚子裡的一霎東西被擠出來，我和女兒同時尖叫，毛骨悚然。只見那黑婆動作俐落，擠扁的蟲放進火裡烤一烤，就成了街頭那些美味的食品。

　　曾經想要惡作劇，買毛毛蟲乾回來送朋友，嚇嚇人，可是我連讓毛毛蟲乾放在行李裡的勇氣都沒有，這種嚇人A計畫只有作罷。如果你藝高膽大，到南非旅遊，可別忘了嘗一嘗毛毛蟲乾！

鬧鬼的小鎮

流浪者的休息站

西元1940年開始，全世界掀起淘金熱，夢想要一夜致富的人，帶著簡單行囊，踏上淘金的路。

南非礦藏豐富，淘金客也蜂湧而至。其中北部川斯瓦省的一個小鎮，叫做「流浪者的休息站」，這小鎮曾經是採金的重要據點，現在被南非政府鬧成「活」的博物館。

小鎮的建築都維持原來的樣子，讓人感覺非常古色古香，有古老的報館、旅店、馬車等，更難得的是他們每天都有知性的活動，並保留原始採金的現場和一些設備，還有解說人員當場解說，旁邊一位黑人跟著示範採金的過程。

據說當時第一個發現這裡有金子的人，並沒有喧嚷開來，是第二個發現的人傳揚出來，並說這裡就是「流浪者的休息站」，所以小鎮就以此為名。這一帶如今是林木的重要產地，山巒連綿起伏，風景相當優美。

海盜之墓

採金的地方畫分為許多小方塊，每一小方塊土地上，都會插一支牌子，寫上主人的姓名，這一塊地方屬於某甲，某乙就不能來開採。有人怎麼都採不到金子，有人卻在一夜之間致富，因此這裡流傳著許多傳奇故事。

有些人沒有自己的地，就以偷採的方式尋找金子，這種人一旦被抓，就要被剃去左半邊的頭髮和右半邊的鬍子，而且永遠不能再回來。

　　就有一個偷採金子的人，受到懲罰還偷潛回來採金子，結果被人用槍打死。小鎮的人死後都埋在一個固定的墳場，這個人被打死後，也被埋在那個墳場。但是鎮上的人不齒那個人的作為，故意把他的墓碑方向，放得和其他人的不同，墓碑上還寫著「海盜之墓」。

　　據說從那以後，小鎮就開始鬧鬼，接二連三死掉好多人，其中有不少是小孩子。最後大家認定這個小鎮鬧鬼了，紛紛往外遷移，有一度這小鎮幾乎成為空鎮。後來南非政府將小鎮買下來，重新規畫為活的博物館，保留早期採金時的模樣，發展成有名的觀光小鎮。

　　我們向解說員詢問鬧鬼的傳說，他鄭重否認，他說可能是流行瘟疫，因為當時的衛生條件不好。

心中有鬼

　　我第一眼就愛上這古色古香的小鎮，決定在這住一晚。夜幕低垂時，觀光客逐漸離去，樹影幢幢，增添一些鬼魅的氣氛。我們在古典的餐廳享用可口的晚餐，燭光搖曳，一隻貓咪在我腳邊摩挲，侍者走過地板，發出特有的聲音。

　　我們住的房間在老街後段，人煙稀少。房間很有古味，兩房一廳，所有擺設也都是古老的。地板和天花板都是木板，好奇的我把耳朵拉得長長的，老感覺到有特別的聲音傳來。

　　躺在舒適的床上，我和女兒卻都睡不著，也許是心裡有鬼，腦中浮起一個被剃掉左邊頭髮、右邊鬍子的洋鬼子。在沒有車聲、人聲的寧靜夜裡，更增加鬧鬼的氣氛，真是難眠又難忘的一晚。

　　隔天天亮，小鎮湧進許多觀光客，鬼的影子早不見了。我們到處逛逛，體會當時淘金的盛況；我一直在思考，那些離鄉背井的流浪者，是否有找到比金子更重要的東西？

❧ 永遠是輸家 ❧

　　賭城，以它「可能讓你一夜致富」的魅力，俘虜多少人的心，也輕易將多少人的財富納進它的無底袋中。曾在某僑居地待過一陣子，聽來一些跟賭有關的故事，令人唏歔……

　　有一位僑商的太太被發現死在自己的轎車後車廂，當時那位僑商正在大陸談生意，曾打電話回去要他太太換美金。事後那筆巨款不翼而飛，經過一番追查，涉案最深的應是僑商的一位好朋友（僑商對他有恩），因為那個人是死者最後接觸的人。那個人後來畏罪而亡命天涯，追根究柢，他因沈溺賭城，把資金都輸光了，死者在換錢的時候，可能有請他幫忙，於是引起他的殺機。據一位看過涉嫌者的人告訴我，那個人看起來不像殺人犯，倒像是個藝術家。如果不是賭城銷盡了他的錢，我想他應不致於恩將仇報，殺死恩人的太太。

　　某個地方有一家賭場，原本生意清淡，都快要關門大吉了，剛好當地政府鼓勵移民投資，去了一大批臺商。這批臺商各個擁著一大筆資金，準備在異鄉大幹一場。白天他們在工廠裡當老闆，晚上無聊就到賭場玩玩，這一玩就欲罷不能了，不知不覺把資金也玩進去，許多人因此拎著包袱回臺灣重新來過。不過那家賭場卻因此大為興盛，所以某位華僑朋友說，賭場的柱子都該刻上臺商的名字。

　　這個國家黑人居多，大部分的黑人都很窮，可是在賭場中不乏黑人在賭，尤其是一些黑婆，她們大多從事勞力的工作，好容易領了錢卻都送給賭場，惡性循環之下，永遠都在貧窮邊緣。

　　我曾站著觀看，看賭者不斷把代幣投進去，那時腦子裡一直迴盪著「花錢如流水」這句話，那不間斷的「流水」聲，流走的不只是錢

財，還有生命啊！賭博時輸錢是小事，但伴隨賭博而產生的許多症候群，才令人害怕。在賭博的世界裡，我們永遠是輸家！

～ 潑水過新年 ～

　　一提到過年，小朋友的腦中是不是出現這些景象：在冷冽的寒冬，大家穿著厚重的衣服，走起路來縮著身體，雙手藏在口袋裡，鼻子被冷風吹得紅咚咚的。除夕夜，一家人圍爐，吃著熱菜，喝著熱湯，把一個年過得「熱烘烘」。你有沒有想過，有的國家選在夏天過年，還彼此潑水來慶祝，過一個「水淋淋」的年？位居東南亞的泰國，就是這樣慶祝他們的新年。

　　泰國的新年是在四月十三到十五日，又稱「宋干節」或「潑水節」。

　　「宋干」這個詞來自梵語，意思是指太陽進入某個星座。太陽在宇宙不停的運轉，當它連續進出十二個星座後，時間上剛好是一年，所以人們把它稱為「宋干節」。這個節日源於印度，是一個宗教性節日，後來佛教傳入泰國，並且成為泰國的國教，因此泰國人相當重視這個節日，也一直保有傳統的慶祝方式。

　　在過年期間，大部分的泰國人都放年假，回到自己的故鄉，和家人團聚在一起。他們準備一些食物，到佛寺去供養佛和僧人，而且在佛像身上洒水祈福，稱為「浴佛」。在家裡，晚輩也會向長輩行洒水禮，祈求長輩的祝福。漸漸的，大家也互相潑水來表示祝福，所以泰國新年又稱為「潑水節」。

泰國是一個土地遼闊、物產豐盛的國家，潑水節在農業上具有特殊的意義。因為這個時節正是泰國的旱季結束，雨季即將開始的當兒，泰國人相信，水潑得越多，表示這一年的收成會越好，何況他們還認為潑水有除舊佈新的意思在內，於是大家就更努力的潑了。

四月是泰國最熱的季節，潑水可以令大家清涼，目前泰國北部的清邁最能保有這種傳統，每年都吸引許多觀光客前往。不管是認識或不認識的人，都互相潑水取樂，把過年的氣氛ｈｉｇｈ到最高點，人人成為落湯雞。未婚的青年男女更把握潑水的機會，向意中人傳達心中的愛意，期望潑水節過後，身旁多個他或她。不過有些人連水溝裡的水都拿來潑人，或在水中加上石灰，被潑到的人或車子，會殘留一層灰白的顏色，那就有點「變調」了。

牙牙學語

到一個陌生的國家，首先要面對的就是語言問題。來到泰國，抬頭一看，滿街像蝌蚪的文字；側耳一聽，一串串像外星人的語言。怎麼辦？學吧！

為了就近學習，找了一家挺克難的補習班，只有一間教室，三位老師同時對不同的學生上課，有點像菜市場。我是初學者，聽不懂別人上課的內容，所以不受干擾；但別人是否被我那怪腔怪調干擾到，就難說了。

年近四十才要學一種完全陌生的語言，記憶力不好，只好找竅門了。我精通國、台語，略通英語，就利用諧音或聯想來學。泰國人

一見面，不管認不認識，都會來一句「三碗豬腳」（用台語念）。聽在耳中感覺非常親切，馬上記住。這句話用得很廣，向人打招呼、問候、道別等，都可以用。

聽泰國人講話，老聽到「賣菜」、「賣米」，不然就是邊點頭邊說「菜菜菜」、「卡卡卡」的。學了才知道「菜」跟「卡」表示肯定，就像我們覺得別人說得有道理，就以「對」或「是」來回應。前面加個「賣」表示否定，「賣菜」意思是「不是」，「賣米」是「沒有」，「賣拗」是「不要」，「賣袋」是「不可以」。初學時常常亂賣一通，朋友之間就互相取笑說「賣錯了」。

在稱呼上也有些好笑的，例如媽媽叫成「妹」，伯母叫成「爸」，女兒叫成「路嫂」，爸爸的音近「破」，丈夫叫成「沙彌」。一位朋友老對著泰國男人叫「屁」，怪的是他們還笑臉回應，原來「屁」這個音在泰語裡表示兄弟。但如果發音不準念成「皮」，可能會惹來白眼，因為「皮」指的是鬼。人們喜愛的狗叫成「馬」，真是「指狗為馬」。

稱讚人美或東西漂亮叫「水晶晶」，跟台語的「水噹噹」意思一樣；嫌東西貴說「騙罵罵」，「騙」字要念成台灣國語，我們就聯想成「騙人所以賣得貴」，一下就記住了。臭跟英語的「男人」同音，剛好師生都是女的，我們就以「臭男人」來記。為了記住臭，我們只好不擇手段，請男士們原諒。

討價還價的時候，數目字很重要，剛好四、八、九的發音和台語完全一樣，我們學得很快，只是一和台語的二一樣，很容易搞錯。

學了一個多月的泰語，已經敢在泰國人面前賣弄，有時音調或文法不對，他們一開始會愣在那裡，等弄懂了，會笑著糾正我，這一招叫「臉皮厚，錯中學」。有時候一急，一個句子裡包含兩三種語言，聽得別人一頭霧水，不得不加上比手畫腳。這種牙牙學語的過程，趣味多多。如果你碰到泰勞，送他一句「三碗豬腳」，他一定嚇一跳呢！

⌘ 印度新年 ⌘

隱約聽到鞭砲聲，好似回到故鄉的過年，經過詢問才知道，印度人要過新年了。

我們這一幢大樓像個國際村，有日本人、韓國人、印度人、非洲人和歐美人等。印度人住二樓，在門外就開始布置，利用芭蕉葉綴滿天花板，地上也有擺飾。大門敞開，看進去有一片黃花簾。主人看到我，熱情的邀我進去吃糖。

我發現飯廳也有一片花簾，其他地方也都可見巧思。我問主人，是不是每個印度家庭都這麼講究？她說隨各家的意願，她的女兒正在讀大學，對布置有興趣，就買了一大堆花來布置。

這種黃色花串，是泰國人用來拜拜的，被這個印度女孩用來烘托他們的新年氣氛。文化的融合也許就是這樣開始，在不同的國度，利用當地的材料，裝點故鄉的節慶，既不忘本，也能融入異國的風味。

我們送他們一瓶金門酒，讓他們家更多一種異國風味。而明年的春節，除了傳統的春聯，也許可以加些東西，過一個有泰國情調的中國年。

⌘ 照相 ⌘

小學畢業紀念冊上，需要一張大頭照，我第一次走進照相館。

走進暗暗的攝影棚，上頭兩把傘打出特殊的燈光；大相機架著，老闆用黑布蓋住頭，在鏡頭後面指揮，調到他滿意的姿勢後，他握住

一個塑膠球，啪一聲，燈光閃了一下。老闆說：「再一次。」燈光又閃了一下，於是我有了第一張正襟危坐的大頭照。後來為了各種原因，多次去照大頭照，由黑白變彩色，不變的是拍照過程，老闆一定拍兩次，從其中挑一張加洗。老闆會把那張底片給我們，以後加洗可以用。

剛到曼谷，女兒需要幾張大頭照，我們找了家相館，看到玻璃墊下有大頭照樣本，就跟闆指指。老闆請我們上閣樓去，光線沒有調暗，也沒看到兩把大傘，更奇怪的是沒有大相機。忽見老闆拿一部像Ｖ８的照相機，要女兒對著鏡頭，他只照了一次就叫我們下去等。過沒有多久，他下來了，拿了四張照片給我們，我們跟他要底片，他雙手一攤，表示沒有那種設備。

第二次，我們特別找了一家看起來比較有規模的相館。店面老，老闆也不年輕，我們特別問他，照完有底片嗎？他說有。我看他有一包一包的大頭照，卻都沒有底片在裡面，他說底片由他保留，不給顧客的。走上窄窄的樓梯，見到熟悉的攝影棚，暗暗的，有兩把大傘高懸。不過相機是由老闆親自捧著，連續照了四張。

在自己的國家，從小到大一些習以為常的事，換個國家，卻常有「哪ㄟ安呢？」的疑惑。我們慢慢認知到，任何事都沒有一定的標準，自己的觀念要跟著時空改變，這就叫「入境隨俗」吧！

⊶◇≈≫「錢」比三家≪≈◇⊷

　　到任何國家旅遊，吃喝拉雜都離不開錢，所以兌換當地的錢幣是旅遊第一要務，而換錢也大有玄機呢！

　　話說十年前，我和朋友到雲南自助旅行，當地的友人教我們到公園去換錢。公園裡有許多少數民族婦女，她們穿著傳統服飾，專門販賣民俗藝品。那些婦女來自偏僻落後的地區，都長得黑黑瘦瘦的，為了賣觀光客十元、二十元東西，跟前跟後，空下來雙手不停的編織小東西，有的還背著孩子。她們看起來滿面風霜，一副貧苦樣，卻不知為什麼個個身懷巨款，可以和觀光客換取大量美金？

　　我猜想可能有專門換錢的黑市集團，怕被政府官員抓，就利用她們攤販的身分，做換錢的媒介，讓她們賺一些外快，也可以減低風險。由於匯率較高，知道門路的觀光客都跟她們換。前年再訪雲南，沒有看到她們。待旅遊到沿海省份，店家連新台幣都收，一時忘了自己身在何處！

　　後來在幾個國家居住或觀光，也依各國狀況而兌換，有時是黑市，有時在銀行換，但是換錢的地方都不多。初來曼谷，發現換錢的地方簡直是三步五步就一站，都是各銀行設立的支點。我們住在許多外籍人士居留的地區，一般觀光客也川流不息，為了方便大家「血拼」，這種換錢站就應運而生。只要看到「EXCHANGE」（交換）的招牌，就可以換，他們會在窗口貼上當天的匯率。這時候你要把握「錢比三家不吃虧」的原則，因為各家的匯率不一樣，比一比，找最高的那一家換。匯率天天有變動，有時候昨天不換，今天就後悔了；有時候看了今天的匯率，後悔昨天為何要換？老天好像故意跟人過意

不去，小孩繳學費的期限到了，匯率偏偏很低（國際學校的學費可是一大筆），等你忍痛換完繳完，才發現匯率怎麼變高了？

我們這種升斗小民，平常沒什麼大錢要換，匯率高低影響不大，可是沒事看看匯率表也挺有趣。一般來說，旅行支票匯率比較高，美金現鈔還分三級，一、二元的最低，五元、十元次之，五十、一百的最高。印尼因政治動盪不安，幣值一日三變，搞得人心惶惶；泰幣雖因金融風暴而有升貶，但是政情隱定，差價不大，生活沒有不安定感。人在國外，不求發財，但求民生安定，各種族的人和平相處，共同創造美好生活。

對於要來泰國玩的同胞，可以在街頭比比價，享受「錢比三家」的樂趣。

地神

早就聽說泰國的廟宇很多，初來乍到的我們，街頭巷尾走一回，心想，怎麼會多到「家家有廟宇」呢？後來才弄清楚，這些隨處可見的小廟，是泰人供奉地神用的。

不管是獨門獨院的住宅，或是公寓、商業大樓，一定會在庭院的一角，築一座（或兩座）小廟，地點、方位要請風水師來選。廟雖小卻也金碧輝煌，外圍有象偶、小人偶等，平常要以鮮花供奉。泰國的花販一大早就忙著串花環，以各種花混合，編成各式花環，人們買回去掛在地神四周。怪的是裡面的神不一樣，有的是四面佛，有的是一般的神像，有的是現代人打扮（泰國人非常崇拜國王、皇后，乾脆請他們進駐吧！）有的什麼神也沒擺，拜的是無形的神。

由於地神可以保佑人平安，所以居住在祂管轄範圍內的人，都虔誠供奉。最有名的地神是 SOGO 百貨公司旁的四面佛，各國的人都會來參拜，大家一面一面拜，求平安、富貴、智慧等，因為香火實在太鼎盛了，花環隨時堆積如山，管理員要拿大鐵筒來收。許多人在此許願，還願的人就請一旁的樂團演奏，請舞團跳舞，跳舞的人數不同，價碼也不同。還願的人跪在舞者旁，等她們跳完才可起來。

舞者穿著泰國傳統服飾，跳泰國舞。聽說有個泰國明星，未成名前許下一願：成名後親自裸舞還願。當她成名後，果然以裸舞還願。四面佛靈不靈我不知道，但一般泰人非常尊敬祂。有一次我們搭計程車路過，那司機突然雙手合十，向四面佛的方向拜。（車子正在急駛中，我們嚇出一身汗。）可見四面佛頗靈的，如果你要許願，最好別許那種「不可能的任務」一類的願。

在一個傳統市場旁，有一個中國式的土地神，上面的牌匾寫著「有求必應」。神是中國式的，祂的身上和供桌上卻都是泰式花環。市場裡的菜飯，有很多是潮州來的華僑，他們融合中泰文化特色，讓神明保佑他們生意「旺旺」。

在曼谷搭公車

在台北，我一向以公車代步，初來曼谷這個陌生的城市，看到公車滿街跑，卻因不通他們的語言和文字，沒有勇氣跨上去。女兒又不知道從哪裡聽來，說曼谷的公車上有跳蚤，我就更「望車興嘆」了。

後來，粗通泰語，加上一位朋友的帶領，我跨上曼谷的公車。我個人偏好「古早味」，所以選老舊、沒有冷氣的來搭，那洞開的窗戶，迎進有塵煙味的空氣，地板是木板拼成，乘客的腳印為它踩出歲月的痕跡。我一時有「回到從前」的感覺，不久，身旁出現一個穿制服的車掌，時光拉回二十年前 ......

在台灣，「車掌」已成為歷史名詞，現在都是「一人服務車」了。早期的公車上，有一個車掌專屬的座位，乘客一上車，就得圍繞在車掌旁，買了票才能安心坐下。有人要下車，車掌吹哨子通知司機停車，乘客上、下完畢，又是一聲尖銳的哨子通知司機開車。那時的車掌可是個重要角色！

曼谷的車掌（有男有女）沒有專屬的位子，乘客一上車就四散走，車掌得一一到他們身邊售票。他們手中拿著一個亮晃晃的錢筒（跟存錢的竹筒類似），收到錢，打開鐵筒，裡面分好幾格，有的放銅板，有的放車票。車票滾成圓筒狀，每次撕一小張給乘客。走向乘客的當兒，他們會搖出聲音，算是通告乘客買票。

曼谷塞車嚴重，車速快不起來，公車的門索性開著，耐不住塞車的人，隨時可以下車。公車有大型的，有小型的，還有兩節的，在擁擠的馬路上，兩節公車像龐然大物般，坐在裡面，讓我也有威風八面的感覺。公車的視野比計程車高曠，可以從不同角度看街景。公車站牌和目的地往往有一小段距離，我一路走過，可以多認識一些地方。

　　到「旅遊服務處」要到一份公車路線圖,很高興又成為公車族。搭了幾趟下來,沒有跳蚤上身,女兒也敢搭了,當她一個人外出,搭公車比搭計程車還讓人放心呢!何況有些計程車司機,一看我們是外國人,會故意繞遠路,搭公車可絕對公道。有時不太知道路,其他乘客會熱心幫我們注意,告訴我們哪裡下車。此外,公車票價便宜,融合這麼多優點,不搭可惜啊!

血濃於水

　　今年的亞運在泰國舉辦,全泰國人好像都動員起來。我自小對運動競技興趣不大,何況又是個異鄉人,對亞運也就用一雙冷眼看著。

　　隨著各項競賽開始,家裡電視的開機率不知不覺增加了,外子和女兒很有「臨場感」,時時喊出加油、好球、啊—等讚嘆語,讓我也被亞運暴風圈掃到,會佇足瞧一瞧。看報紙一向略過體育版,這會兒也細細讀,關心各國得標的情況,中華隊的動態更成為焦點。

　　熱心的同胞甚至提供車子,讓遠途的人可以到現場加油,於是我搭上加油列車,為棒球隊加油。一面大鼓咚咚咚的鼓舞士氣,其他人也沒閒著,在空的寶特瓶裡放入幾枚銅板,猛力搖晃,以壯我方聲勢。那時候我好像被捲入亞運的暴風圈,心情被球場的戰況牽引著。得分了,手舞足蹈;失分了,捶胸扼腕。一個滿壘的全壘打,帥得讓啦啦隊歡聲雷動,如果心情有色彩,那一定有成堆的彩色氣球,高飛在藍天上。

　　球場的變化很戲劇性，輸贏沒有定數，一路贏，可能在最後半場江山變色。觀眾都打得一「嘴」好球，會評論這球該怎麼打，那球又該怎麼守。球員何嘗不想有漂亮的表現，只是各種因素造成失誤，這跟人生一樣，人人都想成功，可是真正成功有幾人？我想該問的是，有沒有「盡其在我」吧！

　　可貴的是在啦啦隊群中，我發現了「血濃於水」的同胞之情，我們的啦啦隊，有定居泰國的僑胞，有因工作關係，暫時住在泰國的同胞，有專程從台灣渡海來加油的同胞，每當打了好球，我們就「真情流露」，不約而同地站起來，有的叫，有的跳；反觀日本隊的啦啦隊席上，真正的日本人不多，倒是有一些穿著制服的泰勞，日本隊得分時，他們頂多晃一晃手中那一面日本國旗，跟我們這邊全體動起來的熱勁，形成強烈的對比。

　　啦啦隊的情緒跟著球員的表現而起舞，球員的心情，也多少會隨啦啦隊的表現而起伏吧！我們啦啦隊的陣容，一次比一次堅強，雖然失去爭冠亞軍寶座的機會，與大陸隊爭銅牌那一場，啦啦隊依舊踴躍。一開始，因一條布條上有「台灣」二字，遭對方抗議，但政治可以在形勢上取得象徵性的「贏」，卻無法把我們愛國的情操贏走。那一場，大陸隊的啦啦隊少得出奇，剛開始，兩隊都打得沒勁，一直沒破零，後來意外的由大陸隊先得兩分，我們的啦啦隊像恨鐵不成鋼的父母，傾盡全力鼓舞，終於，我隊在一局中拿下七分，奠下勝利基礎。最後一局結束時，我們的啦啦隊同時拋出手中彩帶，形成一片五彩繽紛的景象，美麗而壯觀，場面令人感動。我想不管我國的代表隊在何方，當地的同胞一定都會熱情去加油吧，因為這種「血濃於水」的情感，是與生俱來的。

❦ 國際節 ❦

曼谷是個國際都市，各色人種都有，因此有許多國際學校，而這些國際學校也幾乎是民族大熔爐，各國學生都有。

女兒讀的是英國國際學校，每年有一個國際節，在這一天，學校希望大家穿著自己國家的傳統服飾，在操場遊行一圈。學校會提供園遊會的攤位，販賣富有家鄉味的東西，重頭戲是要表演一個有民族特色的節目。

女兒從小到大的校慶，我幾乎都沒有錯過，這次更要把握機會大開眼界。果然，許多家長都盛裝參加，好像一場民族服裝秀。我們的節目是跳山地舞，小朋友穿上山地服，在遊行時就已經吸引許多鏡頭來獵取。媽媽們也儘量穿著中國式服飾，大家高舉國旗，高唱梅花，精神非常抖擻。

印度婦女的衣服色彩很鮮艷，披披掛掛在身上；日本女孩穿著和服很秀氣，韓國人的高腰裙把身材弄得圓圓胖胖，很可愛。泰國人的衣服和他們的廟宇一樣，金碧輝煌；另外，荷蘭和巴西也各有特色。有一個紐西蘭原住民—毛利人家族，服裝、長相都很特別，也成為大家的焦點。

攤位上吃的、用的、玩的都有，各國的食物大都出自家長的手，只要敢嘗試，就好像周遊列國一樣，酸甜苦辣任你嘗。

表演節目以歌舞為主，大多是具有民族特色的舞，有的還配合現代動感音樂，富於青春活力。我們的山地舞是由媽媽們合力編、導，在鈴噹聲中圓滿跳完。最特別的是那個毛利人家族，一家人載歌載舞。那對夫妻都在學校任教，爸爸和兒子為了表現勇猛氣概，以嚇退敵人，不時睜著銅鈴大眼，又叫又吼的，還必需把舌頭伸長做鬼臉，簡直不計形象。

在海外，想表演富有民族特色的節目，常囿於道具不足，這時候就要靠大家群策群力。當然，什麼樣的表演最能表現我們的民族特色，也要好好想一想，諸位看官，如果你人在海外，會想表演什麼呢？

附記：第二年台灣家長因為太忙，決定不再準備節目，女兒的日本同學都有節目，她認為「輸人不輸陣」，還是要有個節目，於是跳出來，找個同學一起去學一首功夫舞，以「瀟灑走一回」的音樂編成。那天天氣本來不錯，我們的節目排在很前面，由於功夫舞比較少見，觀眾看得非常專注。沒想到她們表演完不久，突然下起大雨來，接下來的節目全「泡湯」了！

古笑今談

男人與女人的笑話

古代有個關於女人的笑話，內容如下：

某人以怕太太出名，有個朋友對他說：「女人有三威，難怪你要怕她們。」

某人趕緊追問哪三威？

朋友說：「剛娶進門時，女人端莊得像活菩薩，誰能不怕？生了兒女後，女人就像家中的老虎，誰能不怕？等到年老色衰，臉皮皺的跟鬼一樣，誰能不怕？」

現代有個關於男人的笑話，內容如下：

甲、乙、丙三個男人一起去釣魚，浮標同時有動靜，三個人猛力絞回，發現他們共同釣到一條美人魚。

美人魚對他們說：「如果你們放了我，我可以各實現你們一個願望」。甲乙丙同意了。

甲說：「我要比現在聰明兩倍。」結果甲會背《莎士比亞全集》。

乙說：「我要比現在聰明五倍。」結果乙懂得了愛因斯坦的「相對論」。

丙一看他們的願望都實現了，決定獅子大開口，不浪費這千載難逢的機會，他說：「我要比現在聰明十倍。」結果丙變成「女人」。

諸位看官，這古今兩個笑話，是否博君一笑？還是因「妳」被比喻是母老虎、鬼而生氣；「你」被說成只有女人的十分之一聰明而生氣？

有一次，我把第二個笑話講給學生聽，女生沒有意見，男生反彈得非常厲害，我笑說這「純屬笑話，請別當真」。

在文學的範疇裡，笑話是不入流的，但笑話這個輕薄短小的文字，卻是時空座標中的星星點點，有它的歷史人文背景，讓它們佔有

一席地位。由這個笑話的點，可以追溯其產生的情境。古代是男權主導的社會，老婆怕老公是天經地義的事，相反的，老公怕老婆是一種逆反現象，所以常被寫成具有「挪揄、嘲弄」成分的笑話形式。

第一個笑話裡的朋友，對主人公的懼內大不以為然，所以想挪揄他，也藉此表達出他對女人的看法。不過他這種三階段式的比喻，也有些道理在。以前是媒妁之言，男女在婚前往往沒見過面，因此他由新婚說起。現在則男女普遍經由自由戀愛而結婚，在戀愛階段，女人的身價好，姿態可以擺得高，男人為追到手，奉若神明，態度恭謹，這大概可以維持到新婚燕爾的階段。生兒育女後，女人的生活起了很大的變化，為了「管教」兒女，嗓門越來越大，形象越來越差，有時候真有「母老虎」的架勢。等兒女長大成人才要鬆口氣，攬鏡一照，蠟黃的臉，眉禿眼濁、唇黑齒黃，的確七分像鬼。這時老公可能在事業上小有成就，在外慣看年輕的鶯鶯燕燕，回家見到老婆，當然視為鬼了。（也許老公們也該攬鏡自照一番）

女性朋友看到這些可別咒罵，因為女人一不小心，就會順這三個階段演化一生。 所幸現代女性大多已經擺脫這種宿命，十幾年前還流行「女人四十一枝花」這句話，放眼一看，周遭不少四十上下的朋友都還青春有活力，有如蓓蕾一般，相夫教子之餘，不忘充實自己。認真過生活的女人永遠美麗，平常在各項活動裡看到的阿嬤們，可以當這句話的佐證。

這個笑話倒是給女人一個啟示：做一輩子的「活菩薩」，以慈心教養兒女，以慈心走入人群，結善緣、做善事。

至於第二個笑話，我想有自信的男人不會當真。笑話的解讀方式因人而不同，這笑話很值得探討的是：愛因斯坦的相對論必定優於莎士比亞的作品嗎？（假設甲、乙原本的聰明度差不多）男人一定優於女人，或女人一定優於男人嗎？

　　愛因斯坦與莎士比亞對歷史的貢獻都很碩大，且是在不同領域，比較其優劣原本就是無意義的事。而男人與女人也只能說有才情之不同，無優劣可言。兩性相協調、相砥礪，可以創造更優質的生活。這個笑話之誕生，自有其時空背景，因現在男女受教育的機會均等，女性們得以在各個領域嶄露頭角，比起傳統時代的女性，會有「女人變聰明了」的錯覺。其實，女人的聰明才智本具，端看外在環境有沒有機會讓她們發揮罷了。

　　何妨期許自己做個「新好男人」或「新好女人」，發揮個人最大的聰明才智，攜手共創美好前景？

攀龍附鳳

　　在一條大江上，舟楫往來，好不熱鬧。某位高僧卻說江上只有兩條船在行駛。旁人不解，問他，他說：「一條『名』船，一條『利』船。」

　　自古以來，人們汲汲於名利之途，能像陶淵明一樣「不慕榮利」的畢竟是少數。但名利也不是追求就可得來，有的人混了大半輩子，混不出名堂，名利之心一轉，轉為攀龍附鳳，拿別人的光環來映出自己的「偉大」。

　　古時就有這種笑話。話說有個叫艾子的人，某天和他的朋友走在路上。遠遠來了一頂轎子，似乎來頭不小。朋友拉拉艾子說：「轎子裡坐的是我一個當官的親戚，為了不麻煩他下來打招呼，咱們躲到一邊去吧！」

不久，又來了一輛馬車，朋友又說：「這次轎子裡坐的是我一個有錢的朋友，我怕他要拉我去喝酒，咱們再躲躲吧！」

一路上，艾子陪著朋友躲了不少有錢有勢的朋友。最後，前面來了一個耍蛇的，一個變魔術的（都是走江湖的藝人），他們衣衫襤褸，看來和叫化子沒兩樣。

艾子趕緊拉拉朋友說：「前面來的是我的親戚，我們躲躲吧！」

朋友不屑的說：「你哪來這麼多窮親戚啊？」

艾子答：「有錢有勢的都被你認走了，我有什麼辦法？」

其實艾子和這朋友交往應不是一天兩天的事，朋友有幾多斤兩，艾子早就摸透。一早無事，陪著朋友演演戲，做做攀龍附鳳的夢，最後以認窮親戚來調侃他。

記得外子將要到泰國履薪之時，一位極少來往的親戚打電話來，剛好外子不在，這位親戚也不浪費機會，對我這「嫂」字輩的人天花亂墜了一番。歸納起來，不外乎他生意做很大，認識泰國許多政經界的重量級人物。口氣自滿而權威，好像要透過他，我們在泰國才好立足。還好我可改名叫「康淵明」，一生不慕榮利，隨他說得龍鳳滿天飛，我口氣還是淡淡的。我讀過師大、淡大，就是沒讀過「夏（嚇）大」，要唬我沒那麼簡單。他的措詞有許多是「我的朋友吳敦義……」這一類的（當時吳是高雄市長），把那些龍鳳拿掉，我不知他是誰，充其量只是一隻假虎而威的狐罷了。他還煞有其事地宣稱，泰國總理乃川是外子的堂兄弟，因以族名來排，名字都有乃（迺）字。他並誇口若我們願意，可以安排我們和乃川先生見面。他還臭屁說只要先通知泰國當局，他一下飛機，就會有警車來幫忙開道；還說有一天他找不到一位泰國友人，是透過泰國的八號分機幫著找到的；他還曾是劉泰英的得力助手，別人見劉先生要通過層層關卡，他可以

262

直接推門進去；他想要去會會索羅斯，罵索氏為何把世界經濟搞得一團糟……。我的感覺是：「好大一張牛皮啊！」

這兩年，這位偉大的親戚幾度來泰，不見什麼鳥朋友去接他，反而每次都要外子去接，並要外子介紹一些人給他認識。住旅館也斤斤計較差價，絲毫不像大企業家。最後來的這一趟挺落難的，什麼生意做不好啦，被別人騙了，連護照都丟了，而在國內太太工作也是有一

件沒一件的（不久前他還誇她績效第一），無法匯錢給他，落得要借錢才回得了家。

哎，光靠一張嘴巴叱吒風雲，其實是個空殼子，真是悲哀呀！

第一次見他是他讀中學時，眉清目秀，彬彬有禮，因他自小父親亡故，我還替他母親慶幸，有個好兒子。第二次見他，他已是社會新鮮人，說自己在公司多重要，沒想到那時他已表露吹牛皮的端倪。一個口才、人才都不錯的年輕人，若能腳踏實地，一定能開創出自己的局面。惋惜啊，榮利之慾望俘虜了他。

至於乃川先生是不是外子的堂兄弟，答案很簡單，如果他是，那全泰國的男人都是，因為他們的名字都加一個「乃」字！這一來，國會殿堂的袞袞諸公是我們堂兄弟，路邊的乞丐也是，真應了「四海之內皆兄弟」這句話！

❦ 貪便宜 ❦

　　貪便宜之心，人皆有之，上菜市場買菜，不忘跟菜販多要些蔥；逛百貨公司，老往打折的地方擠。如果買到「俗擱大碗」的東西，難免沾沾自喜，所以說貪便宜之心，是普遍存在的。但若過度貪便宜，就醜態百出了。

　　古時候有個好貪小便宜的人，鎮日裡沒事，守在家門口，只要有人拿東西從他家經過，他總要想法子「Ａ」些好處，久了，人家都寧可繞道而行，也不願經過他家。有一天，某村人拿一塊砂石要回家，他因砂石太重不想繞遠路，暗忖貪便宜的人不可能從砂石身上得到什麼好處，就打那貪便宜的人家門口過。沒想到那貪便宜的人一看，迅速進屋裡拿把刀，在砂石上狠狠磨它幾下才放行。看官，這招夠狠吧。

　　不過，比起現代的貝太太，那位古人還不多夠狠。話說那個貝太太有一對兒女，請一位音樂老師到家裡為孩子上課，一個孩子一個鐘點。原本是兩小時的課，那位老師總是提早到，義務多上半小時的課。

　　有一次，女兒因事不能上，老師想既然來了，就替那個兒子義務再多上一個小時。結果貝太太嘗到甜頭，從此總是「很巧合的」，每次會有一個孩子沒辦法上課。老師察覺到，當又有一個不能上的時候，他就上足一個半鐘頭，但貝太太可不高興了，覺得是老師虧了她一小時。

　　貝太太頭腦真的很好，有一次他們有事要外出三天，把兩個小孩託在音樂老師家，老師每天得照顧三餐，還要陪小孩練琴。貝太太規定小孩每天要打電話給她，以便她審問孩子，老師有沒有給牛奶喝、給肉吃之類的。看官，這款身教，孩子的琴藝再精也是枉然吧！

264

　　貪便宜之心，人皆有之，但要「貪而有道」啊。希望我們都不是貝太太。看官，倒是哪裡有「俗攔大碗」的東西好買，別忘了通知我呀！

聽某嘴，大富貴

　　小時候喜歡聽大人聊天，尤其喜歡聽他們用一些諺語來為周遭的人、事做註解。那些諺語口耳相傳，一代傳一代，不斷被引用，其中必有道理存在。我對「聽某嘴，大富貴」、「打某豬狗牛」的印象特別深刻。為什麼呢？

　　傳統觀念中，有所謂「女子無才便是德」的說法，女人不需要受太高的教育，更不能太有主張，否則「牝雞司晨」這頂帽子一扣，罪過大矣！長得太漂亮的女子，還常因為被有權勢者恩寵或搶著要，造成男人身敗名裂，甚至亡國，那就以一句「女人是禍水」為結論！我們真不知道該為那些女性同胞所擁有的巨大力量慶幸，還是悲哀？

　　在我成長的年代，重男輕女的觀念非常普遍，女孩子在家裡的地位不高，出嫁後要端婆家的飯碗，更要懂得委曲求全。被認為不懂事的媳婦，丈夫可以打，公公也可以打，有時回娘家訴說，還要遭父兄的罵。聽太多、看太多對女人不公平待遇的事例，才會讓我對這句諺語的印象特別深刻。

　　後來讀了歷史、文學作品，還目睹許多婚姻故事，深覺這句話不可以片面解說。「聽某嘴，大富貴」並非必然的關係，要看看那個「某」說了什麼話。有的女人心眼小，自私自利，又喜歡搬弄是非，丈夫聽她的話，可能會忤逆父母，與兄弟友朋反目成仇，即使大富大

貴也沒有意義。有的女人才幹、見識都好，當丈夫在做人處世上有困境時，她可以適時提出意見，丈夫聽了她的話，困境因此迎刃而解，那種平安順利就可媲美大富大貴了。

下一句「打某豬狗牛」，把打太太的人比喻成畜牲，其實畜牲還不興打太太這種事，所以打太太的人應該比畜牲都不如。傳統觀念裡，婦女處於「附屬」地位，所謂「在家從父，出嫁從夫，夫死從子」，女人永遠沒有可以自主的時候。現代是男女平權時代，法律對婦女權益的保障，只有在男性覺醒到「兩性應該相互尊重」時，才能落實，否則因婚姻暴力吵吵鬧鬧到法院，也只是人間鬧劇，男人女人都沒有尊嚴。

聰明的丈夫應該學會「聽」話的藝術，妻子言之成理，聽之無妨；妻子言之無理，請曉以大義，讓她脫離三姑六婆之列。至於「打某」這種行為最好不要有，君不見現代的女人，很多都「恰北北」，到時候不知是誰打誰，不妙啊！

——◎❧ 天生我材必有用 ❧◎——

我有一雙大腳丫，買鞋時最懊惱，明明在架子上看到一雙美麗秀氣的鞋，待店員拿來夠我腳丫尺寸的鞋，就像船一樣，一副矬像。我的鼻子尺寸也不小，某個朋友說，老遠看到我，會先看到一隻大鼻子，這隻大鼻子一度也令我很懊惱。後來凡事往好處想，這些缺點都成了優點了。看官，請細看我的分析。

一雙大腳丫，讓我走起路來又穩又快，還可行遍天涯海角。一隻大鼻子，每次吸進的氣多，省點力，而且讓我這平板的五官，總算有個「凸出」之處。這些優點不是人人都能擁有的，我還嫌棄什麼？有棵樹長得很大，竟然沒被砍去蓋房子或製造家具，原來這棵樹非棟樑之材，用處很少，可是它因此得以不受砍殺之苦，還可提供鳥類築巢，提供人們納涼，自有他的用處。

古代有個人長得矮，卻因他妙用這項特點而逃過一劫。話說這人姓刑，人人喚他刑矮。有一次他在路上遇到土匪，土匪不但搶了他的財物，還想取下他的頭。刑矮急中生智，對土匪說：「平常人家都叫我刑矮，如果你們砍了我的頭，那我不是更矮了嗎？」土匪一聽，哈哈大笑，饒他一命。

晏子是歷史上最著名的矮子，當他出使楚國時，楚王想羞辱他，對他說：「你們楚國沒人了嗎，不然怎麼會派矮子出來？」晏子從容地回答說：「我們齊國人才很多，我們大王把有才幹的人派到好的國家，我晏嬰實在不才，就被派到貴國來了。」你看，楚王羞辱晏子不成，反而自取其辱。

天生我材必有用，看官，趕快找面大鏡子，發揮正面觀想的功能，化自己的「腐朽」為神奇，重新去認識自己，去愛自己吧！

朋友

古代有一則笑話，主角是甲、乙、丙三人，他們是一起吃喝玩樂的酒肉朋友。他們常在半夜翻過鄰居的牆去嬉鬧，惹得鄰居很不高興，鄰居於是在牆下挖個糞坑。

甲、乙、丙三人並不知道這件事，某一天，他們又要翻過鄰居的牆去嬉鬧。甲一馬當先跳下去，發現自己跌進惡臭的糞坑，他故作鎮定，趕緊招呼乙下來。乙跳下來後，發現自己掉進糞坑，急著要警告丙，卻被甲掩住嘴巴。丙不知道也跟著跳下來，一起跌進糞坑。甲這才對乙說：「這樣他才不會笑我們。」

這算什麼，有難同當嗎？真悲哀啊，朋友是這樣當的嗎？朋友的可貴之處在於意氣相投，所謂「酒逢知己千杯少，話不投機半句多」。好朋友的感情甚至勝過手足之情，因此有所謂的刎頸之交、生死之友；友誼的深厚，可以用「肝膽相照」來形容。

在我們的一生當中，可以結交許多朋友，我想結交朋友的基本原則是坦誠，不以虛偽的面孔，不以功利的心態。自己走過的冤枉路，能成為朋友的借鏡；有好的經驗，能與朋友分享。不要像笑話裡的甲，先以小人之心度人，為了不被取笑，索性讓朋友有相同的遭遇。如果你是乙或丙，你會繼續與甲交往嗎？

朋友的好處是說不完的，但是交朋友也是一門學問，交到損友，可能誘你做壞事，可能借錢不還，可能倒你的會，可能出賣你……凡此都要靠自己小心。要判斷某位朋友可不可以交往，最好自己多觀察，別人對那人的評論只可當參考。因為若不小心交到喜歡造謠生非的朋友，那麼你很可能會對其他人下錯誤判斷，你不但因此錯失結交益友的機會，還可能跟著在是非中打轉。

當然，當人家的朋友，也要守住分際，不要造成別人的壓力。有些人對別人三分好，就要人回報五分；有些人管太多，連人家的家務事都管進去；有些人只把朋友當垃圾桶，一而再，再而三，吐相同的苦水，朋友給的忠告，卻完全不加以參考、改進。

我很慶幸周遭多益友，有「好康的」都會相告知，因此我們一起觀看好展覽，一起去健身，一起去買便宜又健康的食品等等。我稱

這些朋友為陽光之友，歡聚時都把光明帶給彼此，讓彼此的生命能量相乘，讓友誼的芬芳不斷擴大。朋友們，交朋友本著初發的那一股至誠，莫讓友誼走味，一如隔夜的茶。努力讓自己成為別人的益友，你的人生會更豐碩。

碰見庸醫

　　人吃五穀雜糧，難免會有病痛，有了病痛要找醫生。我們說醫生的學問大，可是看醫生的學問更大，若是看錯醫生吃錯藥，包準你「藥到命除」。在古代的笑話裡，有不少庸醫的糗事記，隨便摘幾則給看倌們塞牙縫。

　　某個庸醫老是醫死人，有一戶人家心有不甘，強迫庸醫全家人為亡者抬棺，還要唱輓歌哀悼死者。於是有了這幾句絕妙輓詞：

　　庸醫唱：「祖公三代做太醫，呀呵呵！」

　　妻子唱：「丈夫醫人連累妻，呀呵呵！」

　　小兒子唱：「無奈死人重分兮，呀呵呵！」

　　大兒子唱：「將來只挑瘦子醫，呀呵呵！」

　　瞧這一家人，醫死人不知愧疚，一個個哎哎叫，反成了受害人一樣。兒子們有心克紹箕裘，但決定不重蹈父親的覆轍；他只挑瘦子醫，以免抬棺時難以負荷。看倌，如果你夠瘦，就有可能成為庸醫眼中的「理想病人」喔！

　　另有個庸醫醫死人，被死者家屬綑綁，準備送官法辦。半夜，庸醫掙脫繩子，泅著水回家。回到家，看見他的兒子正在看醫書，急急對兒子說：「先別急著看醫書，先學會游泳要緊。」好一個「對症下

藥」的經驗教學法。看倌，如果你的醫生是早泳會會員，那，請你多保重。

有個樵夫不小心撞到村裡的庸醫，庸醫很生氣，作勢要打樵夫。樵夫趕緊求道：「請用腳踢我！」同伴笑他傻，說用腳踢比較痛，樵夫答：「經他的手，要活命很難喲！」奉勸醫生，練一腳好腿力，萬一碰到這種「知道內情」的人，用腳也可以置他於死地。

有個老爺的孫子被醫死，老爺很氣憤，派幾個伶牙俐嘴的僮僕去罵庸醫，準備罵他個祖宗八代不得超生。沒想到僮僕不久即回，老爺嫌他們罵得不夠，僮僕道：「老爺，罵他的人太多，我們根本插不上嘴。」也許該送副對聯給庸醫：「鬧哄哄門庭若市，活跳跳皆非病人。」橫批：「手下無活口。」

有些庸醫開的處方，藥力勇猛無比。例如有戶人家的兒子生病就醫，吃了藥以後腹痛不已。那做爸爸的飛快跑去告訴庸醫，庸醫信心十足地說：「這是藥正在和病魔搏鬥。」終於，小病人死了，庸醫說：「你看吧，我的藥本領比較大，連你的兒子都鬥不過。」乍聽之下好像言之有理，你能說他「庸」嗎？

另一則是說庸醫因醫死人，被綁在死者棺木一旁，耳聽得未亡人在哭：「夫君啊夫君，何日再相見？」庸醫說：「要相見不難，你把那藥渣子拿來熬一熬，服下後可在陰間相會。」看，連藥渣都可以置人於死地，足見那庸醫下手之狠。

古代的醫生多是師徒相授或父子相傳，審核制度並不嚴格，因此庸醫誤人的事件很多。現代醫學昌明，醫生的培養也自成一套系統，整個醫療水準提高很多。記得有位牙醫對我說，現在一流的人才都跑去學醫，姑不論他的話是否誇張，可以肯定的是，要考上競爭激烈的醫學系，要讀七年的書，那些人的毅力都過於常人。經過如此嚴格品管的醫生，總該與「庸」字絕緣了吧！事實卻不然，多的是診斷錯

誤、開錯刀、拔錯牙，還有傷口縫合才發現把手術器材遺留在患者腹中等烏龍事。前不久還發生醫護人員「配錯種」，把多對不孕夫妻的精子、卵子黑白配，造成甲家太太懷了乙家先生的種，而甲家先生的種可能植入丙家太太的腹中，真是一場人倫大錯置。

庸醫固然可惡，而沒有良心的「黑醫」更可惡，竟有割取病患器官去賣的行為，不惜置人於死地，此與劊子手有何異！在社會上，醫生是高收入者，社會地位也很受人敬重，到這等利慾薰心到奪人性命的地步，令人髮指。

人們都期盼有醫術與醫德劃等號的良醫，但在這緊張忙碌的功利社會，醫生和病人很難建立一種較人性化的關係，只好退而求其次，希望醫生善待我們的病。現在庸醫並非醫術不好，往往是態度草率造成的。我女兒小時候感冒，都是在鎮上的一家診所看。那家診所雖小，患者卻很多，常大排長龍。也因此，醫生的看病速度很快，那流程令我想到工廠的生產線，規律地流動著。女兒有時「看到」醫生，病就先好了三分，走出診所的門，看到街上好玩的事物，病大概好了七、八分；陪她吃吃玩玩，剩下的兩三分病，就靠醫生的藥治好，幾乎不必看第二次。有一回，女兒老是燒不退，我帶她去診所，特別向醫生強調，她沒有咳嗽、流鼻水，只是發燒不退。還提醒他，女兒身上起紅包包，不知是不是貓身上的跳蚤咬的？我話沒講完，他已寫好處方，不耐煩地揚揚手制止我，之後把女兒送下就診椅，馬上呼叫下一號。等我們回家，把藥包拿出來一看，治流鼻涕、咳嗽的藥都有，獨缺退燒藥，顯然醫師根本沒把我的話聽進去，只依照病歷表開藥，我只好帶女兒去台北的大醫院看，才對症下藥，把病醫好。從此，我再也不敢踏入那家診所。

以前還沒有實施全民健保，我們這些公教人員都到公保大樓看病。門診的醫生來自各大醫院，病患都會互相打聽，哪一個醫生比較

好。想掛名醫，在掛號時間開始前兩個小時先去排隊，掛到號離就診時間又是兩個小時左右；就診時間到了，還得等，因為醫生普遍遲到半小時以上。什麼都慢，就是問診時間特別快，症狀尚未講清楚，醫生藥方已開好。那時因為懷孕、生產，與婦科特別有緣。有一次沒掛上原來醫生的號，聽說一個女醫生不錯，也跟著掛。哇，怎麼形容那女醫生呢？好像剛從千年雪庫出來，一張臉冷冰冰，講話冷冰冰外加點兇氣，她的診療方式也奇怪，患者一進門，護士就兇巴巴地下命令：脫褲子。這時醫生還在看另一個病人呢。兩個兇巴巴的女人配合得很好，時間一點也不浪費，問題是那種口氣，讓人覺得很沒有尊嚴。男醫師大多先口頭問問，需要進一步診療，會請護士先拉上簾子，那些護士也不會大聲叫「脫褲子」！所以非不得已，我不會掛那女醫師的號。有一回，我一進去，護士又大聲命令，我心裡暗笑，跟她說：我是來「看」報告的。脫褲子放屁被譏為「多此一舉」，脫褲子看報告不知有相關的成語可比喻否？看了報告，有進一步治療的需要，醫生拿出一張名片，要我到她的私人診所去。因為在公保看，若需較重大的醫療，公保沒有相當的設備，醫生就會將病人轉到他服務的醫院。

幾天後，我按地址找到那診所，輪到我看時，還以為走錯了，因為醫生換了另一副嘴臉，非常無懈可擊地和藹可親，像極了姨媽、姑姑對我的關愛。如果不認識在公保大樓的她，我會當她是和煦的春風，可是，那時只覺得非常錯愕，心裡猛起疙瘩。如果她再度一貫的冰霜，我反而會尊重她一些。原來她這診所是私人的，診療費大多納入口袋，難怪....。我結束了與她的醫生病人的關係，因為我實在無法忍受如此的雙面人。

為了遠離醫生，我拚命鍛鍊身體，如今除了慢性咽喉炎偶爾發作外，其他都還好。

鹹魚的笑話

　　這個笑話的場景是古代的某個窮鄉僻壤吧！人物是一個父親帶著兩個兒子過活。他們很窮，三餐只能以稀飯果腹。某日，父親買了一條鹹魚回家，但卻對兒子們說魚是用來看的，不是用來吃的。兒子不解，他進一步解釋說：「看一眼魚配一口稀飯。」小兒子很遵守規矩，可是他發現哥哥不老實，於是告狀說：「爹，哥哥不聽話，他看了好幾眼的魚，才配一口稀飯。」那個當父親的安撫小兒子說：「哥哥不聽話，就讓他鹹死吧！」

　　笑話的原文非常簡短，但卻讓我感覺很震撼。歷史上描寫貧窮的小說、散文、詩、戲曲等不勝枚舉，以笑話呈現的篇章不多，用這種不合邏輯的方式來寫更少。笑話中，父親買一條不易腐壞的鹹魚，佐餐的方式由「物質性」轉化為「精神性」，要讓視覺帶動味覺這樣餐餐都有鹹魚可配。這是窮到沒有辦法的阿Q方式。

　　妙的是他可能只是順口教兒子「看一眼鹹魚配一口稀飯」，沒想到小兒子奉為圭臬，並舉發哥哥的犯規行為，這位高度幽默的父親以一句「讓他鹹死」做結，令人莞爾之餘，也為他們的貧窮感到深沉的悲哀。

　　早些年物資不充裕，老一輩的人做鹽漬的菜都做得很鹹，一方面讓菜不易壞，一方面讓大家不會吃太多菜。曾幾何時，物資充裕了，人們開始注重健康，鹽漬菜被列為「易致癌」物，少吃為妙。一般菜餚講究清淡，人們的飯量也減少了，以前是「飯配菜」，現在是「菜配飯」（菜多飯少），還不辭上山下海去搜奇，以滿足口腹之慾。

　　當我們的嘴巴越刁，面對滿桌佳餚卻提不起胃口時，想想這則「鹹魚」的笑話吧！

把浪漫種起來

忘了我是誰

古時候有個土財主，他花錢買了一個小小官職。當他穿起官服後，急忙在鏡子前，左瞧瞧，右看看，越看越得意。

土財主急著把老婆叫過來，問她說：「妳看看鏡中的人是誰？」他老婆看他那副得意忘形的憨狀，沒好氣地對他說：「你連自己都不認識啦！」

人之通病，在於一旦得志，就很容易忘了我是誰。尤其在這種以名利為取向的社會，名位高，頭銜多，走起路來，昂首闊步，鼻孔朝天，有不可一世之態。其實，人俯仰天地之間，各安其分，各行其事，誰都有其尊貴處。

在民主時代，人們有較均等的機會去實現個人的理想，有幸居高官，享厚祿者，應知官祿來自人民的託負，更應謙誠為民服務，而非反過頭來瞧不起市井小民。有時人民給你厚祿是為了買你的命，因為你為大家去擔當危險的職業，這種買命錢，你值得用來享受，但不必驕以炫人。

可笑的是，有些人在位卑時，拚命對上位者哈腰弓背，極盡諂媚送禮之能事，一朝「爬」上高位，就忘了我是誰，只聽好話，只看好色，只收好禮，恨不得別人把他捧上天。他忘了，當初自己也是如此

畏瑣狀；他不知，在面前講盡好話的人，往往是背後罵他最多最毒的人。孔子不是說：「巧言令色，鮮矣仁！」因為真正忠於職責的人，他不屑靠討好功夫去掩蔽工作能力之不足，再說也沒時間修「巧言令色」這一門學分。

　　我是誰，誰是我？一輩子了然於胸，就不會被外在的假象耍了。

卷八

與詩同行

生命之流，有詩同行
～談對詩的一些感動

「詩」這個字，看著看著，念著念著，別有一番浪漫的感覺。在我還沒認真寫詩的時候，我就以「濕人」自居，不過此「濕」非彼「詩」，因我住的小鎮多雨，我們常生活在一片濕濕潤潤的世界，

我又特別喜歡在雨中漫步，於是自封為「濕人」。那時，並沒有以寫詩為職志的豪情，只是偶爾胡謅些句子給朋友們瞧瞧，朋友有時戲稱我是詩人，久了，我也把自己那濕潤的「濕人」等同於寫詩的「詩人」，因為我對「詩人」的定義很寬鬆，認為只要心中恒有詩意流竄，生活也過得詩意的人，都可入於詩人之流。

在此，我想先問問諸位，您有多久沒讀詩了？或者說，您有多久沒有坐下來，好好地品味一首詩？

您可還記得「春眠不覺曉，處處聞啼鳥，夜來風雨聲，花落知多少？」那些耳熟能詳的詩，曾經豐富過我們的童年？

我們中華民族是一個源遠流長的民族，詩的萌芽極早，詩的大川源遠流長，與我們民族的命脈相始終。孔子早就看出詩教的價值，他對弟子說：「詩可以興，可以觀，可以群，可以怨；邇之事父，遠之

事君；多識於鳥獸草木之名。」也就是說，詩的內容包羅萬象，多讀詩，可以抒發情志，可以學到做人的基本道理，可以增長知識見聞等等，所以他鼓勵弟子多讀詩。在那個時候，諸侯與諸侯之間來往的外交場合，常有詩的唱和，因此，詩在外交舞台上，曾經扮演過非常重要的角色。

自《詩經》以後，詩的繁衍更為多采多姿，每一個時代都有詩，多情的詩人為我們寫許多詩篇，一代一代傳誦下來，薰陶我們民族的靈性。此外，許多詩的雅好者為我們搜羅、編彙成詩集，還為我們寫下賞析、評論，讓詩之流源源不絕，且日益波瀾壯闊。在我們豐富的文學寶庫裡，詩像是一盞長明燈，永遠照耀著。

詩人透過含蓄蘊藉的手法，表達人們共通的情感，如對愛情的謳歌、對生命的探索、對家國的熱愛、對暴政或戰爭的控訴……在讀詩的時候，彷彿走入不同的歷史場景，與各時代的詩人共哭共笑。

就個人的生命而言，詩也很早與我們發生關係。當我們在搖籃裡的時候，母親所哼唱的搖籃曲，無疑就是我們生命中最初始的詩。爾後，我們在順口溜的童謠裡，進入詩語言的世界。爾後，少男少女的情懷總是詩，蠢蠢欲動的詩情，伴隨著青澀的年華。我們可能因此成為詩國的漫遊者，不管是古代的、現代的、中國的、外國的，年少時的一懷心緒像個共鳴箱，拚命尋找可以彈自己心曲的弦。甚至自己也吟哦起來，不管成不成調。

我不知道是不是每個人都有這樣一段與詩同行的浪漫過程。當我們漸漸長大，當我們面對生命中很實際的問題時，我們往往也活得很實際。在爾虞我詐的社會上載浮載沈，精力用在養家活口，或追求更高的名位上，與詩漸行漸遠。尤其現在是由工商業主導的時代，競爭是生存的基本手段，我們活得忙碌，也活得盲目，好像還沒攀到天，就不輕易放手。結果呢，我們活得很茫然，我們的心和這個過度開發的地球一樣，已是滿目瘡痍，疲老不堪！

　　我們對人的評價，不再以他的生命內涵為主，而是以他擁有多少不動產、多少存款，或者名片上有多少頭銜為評斷標準，人存在的價值量化得非常科學。當然，許多人自我肯定的方式也跟著這套邏輯走。讀詩、寫詩似乎是「古古人類」的事，套句古人的話，就是一肚子的不合時宜。

　　詩的語言是那麼凝練，詩的音韻是那麼優美，詩的情感是那麼真切，詩的意境是那麼空靈。詩的含融性很廣，古人盛讚王維的詩，說他詩中有畫，其實大部分的詩，在我們讀的時候，自然會呈現畫面，甚至有情節。短短幾句詩，往往就是一種綜合藝術的表現。像李白寫的〈黃鶴樓送孟浩然之廣陵〉那首詩，首句是「故人西辭黃鶴樓」，我們彷彿看到兩個微醺的詩人，剛喝完餞別酒，一路來到渡口，兩人互相作揖告別，之後長袖一揮，孟夫子上船去了。李白佇立江畔，惆悵地望向四周，正是「煙花三月」的時節，渡口送往迎來的人很多，李白心裡卻只惦記著正要下揚州的好友，所以外在的繁華更顯出他內心的孤獨，他的眼光帶領我們隨著船在大江中遠去，江上來來往往的船，他只見好友乘的那一艘，接著寫下「孤帆遠影碧山盡，惟見長江天際流」，鏡頭拉遠，詩的結尾無垠無涯，詩的意境也無邊無際，留給讀者無限的想像空間。

　　現代人的精神壓力大，患有精神方面疾病的人也越來越多，除了藥物治療，醫學界也運用美術和音樂，做為治療的輔助工具，其實詩也可以是很好的治療媒材。當然，「預防勝於治療」，如果在平常的生活裡，就加入詩的質素，那麼對身心的舒展必大有助益，自然少有這方面的疾病。何妨暫時緩下腳步，審視我們的生命之流，是否變色了？是否乾涸了？我們的心是否缺乏柔軟度，不再輕易感動？且讓詩泉再從我們的心靈湧現。

記得在我近三十歲時，對自己的生命型態起一番大省思，最後，下了一個革命性的抉擇，準備離開教職（這可是一般人心目中的鐵飯碗），去考研究所。那時候的研究所競爭很激烈，而我已經離開學校七八個年頭，能否考上還是個未知數，何況當時還沒有留職停薪的制度，我沒有回頭路可走。親友們看我平日就是一副不太管人間煙火的個性，兩袖「藏」風，怕我生計難以為繼，多人勸我要深思熟慮。

奇怪的是，在那種「四面楚歌」的情況下，我的腦子裡竟然詩意泉湧，寫下許多真情的告白，例如「鐵飯碗其實更像一副枷鎖／鎖住你豐富的心田／讓你永遠飢渴／飢渴於自由地騰躍……」；還有「你只堅持飛／飛颺的心靈／化成藍空下一隻／豪鷹」，真是躊躇滿志！有的朋友問我，如果沒考上研究所怎麼辦？我瀟灑地寫下「在每個節慶時賣些應景品／除夕賣春聯／元宵節賣花燈、湯圓」一路賣下去，一直到「泊來的耶誕賣卡片」，甚至「示威遊行時賣小國旗和雞蛋」我都給它寫進詩裡；我還不忘調侃自己「你註定終身的職業是－夢想家」。那時，喜歡在詩裡把自己給化身為第二人稱，由詩外的「我」與詩裡的「你」對話，大玩文字與意念的遊戲，對前（錢）途早就置之度外。總之，那一段日子，似乎是用詩在寫日記，任何題材都可入詩，也不管他什麼流派，也不打算發表，一種全然地自得其樂。我想就是詩渡我走過那段人生的不確定期，外人看我，像是驚濤駭浪中的一葉扁舟，我卻自以為徜徉在風平浪靜的詩海裡，雲光山色看飽，如今想來，還真是一段「如歌的行板」。

現在，我寫詩雖不勤，但仍愛讀詩，也鼓勵朋友們多讀詩。前不久在《世界日報‧繽紛版》讀到〈遇見愛詩人〉，比起此文作者，和文中她所提到的愛詩人，我覺得自己談詩是小巫見大巫，可堪安慰的是「吾道不孤」！現在台灣有很多兒童讀經班，都把《千家詩》或《唐詩三百首》列為必讀的書目，看那些小朋友搖頭晃腦地讀詩，心

裡很感動。我們不必一定是作詩的人，我們可以是一個鑒賞者，家中備有幾本詩集，興來翻開來吟詠一番，讓我們用朗朗讀詩聲，與詩人千古談心吧！

　　當然，有些詩是不需語言文字的，一片落葉自樹梢翩然飄下，一泓清水在山澗幽幽流過，一個孩子在媽媽耳邊講悄悄話……，這些都是詩啊！古人說「萬物靜觀皆自得」，我們可以改為「萬物靜觀皆是詩」；笛卡兒說「我思故我在」，我們何妨舌頭一捲，說成「我詩故我在」，讓詩隨我們的生命長流。

　　最後，讓我以一首童詩作結：題目是〈一起來讀詩〉

　　　　我喜歡讀詩
　　　　讀雲朵在藍空中漫遊的詩
　　　　讀小花在微風中跳舞的詩
　　　　讀船兒在流水上划過的詩
　　　　讀小貓在草地上打滾的詩
　　　　讀……

　　　　哇　大自然真會寫詩
　　　　一首又一首
　　　　讀也讀不完
　　　　朋友們
　　　　讓我們一起來讀詩

❧ 詩香、酒香、人間味 ❧

　　我學佛，我吃素，滿桌山珍海味，我獨享菜根香，一副老僧入定狀。但一聞酒香，就凡心大動。朋友問：「酒是素的嗎？」我歪解：「酒是穀類或水果釀成，當然是素的！」

　　溯我飲酒的源頭，該來自生命胚胎初成時，因我老爸嗜酒。小時候，拜拜過後的米酒，我會一咕嚕把它喝掉，然後大睡一頓，家人未曾阻止。在我們家，賭博是大忌，喝酒卻是天經地義。老爸的酒量好，酒品更好，印象中他沒有醉過，也未曾借酒發瘋，或把家用拿去喝酒。清醒時喜歡罵人的他，喝酒後會脫去那嚴肅的外表，還會唱首歌或跟我們開開玩笑。酒在我的初始概念中，是有情有味的。我沒遺傳到老爸的好酒量，但酒品是百分百Copy。想聽我唱歌，先來點酒吧！（不保證歌聲佳！）

　　接觸詩辭歌賦後，發現詩中酒氣醺人，不飲自醉。原來詩人多愛酒，酒的作用大矣哉！遣懷送別或宴飲助興，有酒則情深味濃，餘韻無窮。翻開詩冊，與酒有關的詩句，俯拾皆是！可巧，今日無酒，就讓我打開詩冊，向古人尋酒去。

　　且讓我從魏武帝曹操開始。這位聰明蓋世的亂世梟雄，為遂自己稱霸的野心，害人無數，在歷史定位上，貶多於褒；但在文學史上，由他們父子及建安七子的作品所形成的「建安風骨」，卻頗有其不朽的地位。曹操<短歌行>一開始即吟道：「對酒當歌，人生幾何？譬如朝露，去日苦多。慨當以慷，幽思難忘。何以解憂，唯有杜康。」曹操一生專擅權謀，他愛才卻也妒才，身邊謀士有不少被他殺掉。也許他是極度沒有安全感，隨時怕被「取而代之」，對於有威脅性的

人物，使盡謀略去消除。英雄寂寞啊，尤其在面對短暫的人生，無常的世事，他內心深處更多的是惶恐不安。這些是他的權謀算計不到的，難免幽思不已，唯有把握當下，對酒歌詠了。

曹操汲汲於黃袍加身，集天下大權於一身；東晉詩人陶淵明卻淡泊名利，不為五斗米折腰。陶淵明可算是詩酒知己，詩，信手拈來，渾然天成；酒，信口喝來，非常率性。在＜歸去來辭＞中，他自述回家看到熟悉的屋宇，以「載欣載奔」的雀躍情狀投入家園的懷抱，在童僕、稚子的簇擁下進入屋子，首先映入眼簾的是「有酒盈樽」，迫不及待「引壺觴以自酌」，一杯在手以後，才優閒地望向庭院的樹，慶幸將蕪的田園裡，松菊猶存，足以讓他飲酒賦詩。有時外面風雨大作，平地一片汪洋，他還咏著「有酒有酒，閑飲東窗」。和鄰里故舊詠諧，有數斗酒助興，他就能「閑飲自然歡」，他樂於田園生活，因此吟道「春秋多佳月，登高賦新詩。過門更相呼，有酒斟酌之」。在那裡，人與人之間不造作、不設防，相濡以詩酒，安貧且樂道。這位有酒必暢飲的詩人，有一天，不知哪根筋不對了，竟寫下一首＜止酒＞詩，但他也老實招供「平生不止酒，止酒情無喜。暮止不安寢，晨止不能起…」想來戒酒應是他一時的「醉話」，因為有詩無酒非淵明，他那些飲酒詩，可不是憑空寫下的。

若說陶淵明是詩酒知己，那李白就是「詩酒神仙」了。杜甫在＜飲中八仙歌＞中如此描摹：

李白一斗詩百篇，長安市上酒家眠；
天子呼來不上船，自稱臣是酒中仙。

這幾句詩，讓李白這號人物呼之欲出。李白的想像力超曠，落筆奇逸，他的酒詩寫得酣暢淋漓，以他慣用的誇示手法，讓讀者恍如

乘著酒興的羽翼，隨他遨遊於詩酒仙境。最具代表性的是那首＜將進酒＞，他感嘆時光易逝，生命苦短，所以他說「人生得意須盡歡，莫使金樽空對月」，「烹羊宰牛且為樂，會須一飲三百杯」（好大的口氣）！他奉勸朋友「鍾鼓饌玉不足貴，但願長醉不願醒」若沒錢買酒，他也不惜「五花馬，千金裘，呼兒將出換美酒，與爾同銷萬古愁」。

　　李白生於盛唐時期，原也想要有一番作為，但那時唐朝處於由極盛轉衰的關鍵期，唐玄宗正優寵楊貴妃，對政事荒怠，讓他有志難伸。安史之亂後，他投效永王李璘，李璘爭王位失敗，李白也被流放夜郎。半途雖遇赦免，但他一生漂泊大江南北，看盡人事滄桑，內心是孤寂而悲憤，吟下「自古聖賢皆寂寞，惟有飲者留其名」的詩句。他醉心酒鄉，是有其深沉的生命悲情，正如他的詩句所寫「抽刀斷水水更流，舉杯消愁愁更愁」自年少即使劍走天涯，想要一展抱負的李白，成為詩酒神仙，恐怕不是他的初衷吧！

　　李白的壯志，被殘酷的現實銷磨殆盡，在＜把酒問月＞中，他對浩紗長空，吟下：

　　　青天有月來幾時？我今停杯一問之。
　　　今人不見古時月，今月曾經照古人。
　　　古人今人若流水，共看明月皆如此。
　　　惟願當歌對酒時，月光長照金樽裡。

　　最後，他用曹操＜短歌行＞的句子，說服自己把握當下，啜一杯滿滿的月色酒！這位「斗酒詩百篇」的酒中仙，連死亡都有浪漫的傳說，傳說他是為撈水中的月亮而死，果真如此，那他一定是在醉後醺然的狀態下，為他詩酒人生畫下一個美麗的句點。

　　李白與杜甫是詩史上的兩大巨星，一般學者把李白歸為浪漫派，把杜甫歸為寫實派。杜甫一生希聖希賢，憂國憂民，曾吟「安得廣廈千萬間，大庇天下寒士俱歡顏，風雨不動安如山」，寫出他救世濟民的廣大心懷。可惜他一生遭逢離亂，自己溫飽尚且不及，如何大庇天下寒士？因此，他這位寫實派詩人，也在酒國裡暫忘現實之痛，低吟「數莖白髮那拋得？百罰深杯亦不辭……，此身飲罷無歸處，獨立蒼茫自詠詩。」無邊的落寞盡付杯中。

　　在＜醉時歌＞一詩裡，杜甫更借他人酒杯，澆自己心中塊壘，慨然寫下「得錢即相覓，沽酒不復疑。忘形到爾汝，痛飲真吾師。清夜沉沉動春酌，燈前細雨簷花落。……儒術於我何有哉？孔丘盜跖俱塵埃。不須聞此意慘愴，生前相遇且銜杯。」他悲痛自己空有滿懷治國平天下的儒術，卻毫無用武之地，不「痛飲」又能奈何？

　　杜甫的詩多愁苦，喝的酒也是苦酒多，所幸在聽到故鄉收復的消息時，高興得涕淚縱橫，「白日放歌須縱酒，青春作伴好還鄉」咏出他欣喜若狂的心境，喝的酒自也是香醇無比了，未經離亂，不知故鄉的美，一路由異鄉醉回故鄉，該是另一種「痛飲」（痛快地飲）吧。

　　詩中尋酒處處香，寸管難盡。最後談談王維的＜渭城曲＞，詩云「渭城朝雨浥輕塵，客舍青青柳色新。勸君更盡一杯酒，西出陽關無故人。」陽關是古代出西域的重要關口之一，一出陽關，地理與人文的環境都不同，好像到了另一個世界，何日再見不可預期，益顯別情之濃郁。王維在此送別元二出使西安，他深知老友此去，是一條漫漫的砂磧路，一路上也沒有其他朋友可招呼，因此一再勸酒。這首詩成為送別絕唱，景寫得美，情寫得濃，傳唱成「陽關三疊」，把朋友之間的依依離情，唱得蒼涼而迭宕，餘韻裊裊。

　　詩中有品不完的酒香，在此只請大家淺酌。日前與數位長輩共餐，席間杯觥交錯，飲酒的氣氛甚佳。有位長輩提及善飲者有三原

則，即「舉杯輕、眉頭平、入喉深」，這似乎已涉「酒姿」範圍，素來大家只談酒量、酒膽、酒品，還少談及酒姿。酒中豪傑們趕緊握個酒杯，對鏡瞧瞧自己的酒姿吧！

禪心一點詩境寬

在佛門中，許多高僧大德修佛坐禪，於生命中有湛然的體悟，發而為詩，成為詩的國度中一股清流。那篇篇禪詩猶如一池錯落有致的蓮花，予人清淨之感。這些文字般若，在喧擾的人世間讀來，清涼直透心田，並常有振聾啟瞶之效用。如果你常覺得熱腦煎心，就一起來讀讀佛門詩偈吧！

> 不結良緣與善緣，苦貪名利日憂煎；
> 豈知住世金銀寶，借汝閒看幾十年。（晉‧跋陀羅）

自古以來，名利二字最誘人，恆在嘴邊心上掛著。為了貪名好利，不惜與人鬥盡心機，不惜踩別人頭上，什麼善緣良機，太抽象，也太不實際了。人一旦有了名，利就隨之而來，累積夠多的利，又可以去買更高的名。如此名滾利，利滾名，金銀財寶享之不盡。只可恨人生短短數十寒暑，任你有金山銀山，當兩眼一閉，兩腿一伸，什麼也帶不走。若偏要兒孫在棺槨中鋪滿金銀珠寶，還恐盜墓人尋來，落了個屍骨不全，魂魄不寧。

　　一生汲汲營營，求名求利，求來金銀財寶緣，是真擁有嗎？非也！佛家說「緣來則聚，緣滅則散」，只是「借汝閒看幾十年」！現代人心不古，名貴的金銀珠寶，一般人不敢輕易放在家裡，得為它們租保險箱藏著。要看它們一眼，還得驗明正身，再經過重重關卡，而且，在那門禁森嚴之處，恐怕那些金銀寶物也只能發出寒光，賞之無味。何況尚有「懷璧其罪」之累，時機夕夕，手上戴著名貴寶貝，有遭歹徒砍手的危險。所以早在千多年前的跋陀羅，就已看出金銀珍寶的虛幻，他苦勸人們，多積累良善之緣，別被那些身外之物牽著鼻子走。

> 萬事無如退步人，孤雲野鶴自由身；
> 松風十里時來往，笑揖峰頭月一輪。（宋・慈受懷深）

　　也許你會說這詩偈第一句就頗不合時代精神，現在可是廿一世紀，資訊之發展一日千里，人與人之間的競爭激烈，誰還在那裡吟詠「萬事無如退步人」，那就要被e世代的人笑是「山頂洞人」了（一退數萬年）！

　　可是諸位啊，拚命向前衝，並不就是收穫最豐盛的人。常聽年輕人說：「我在幾年內要賺到人生的第一個一百萬。」為了這個目標，他們埋頭苦幹，犧牲與家人、朋友共聚的時光，犧牲運動、休閒的時間。某一天，真的讓他們賺到了生命的第一個一百萬，第二個一百萬又頻頻向他們招手了。還有第三個……第N個一百萬呢，只怕他們沒那個命去賺，更沒那個命去享受！等他們老病時回頭一看，也許會驚覺失去的東西更多。

　　就拿爬山來說，你如果一心想當第一個登上峰頂的人，你可能要錯過沿路的風景了。因為有的景點要回頭看，有的景點要退幾步看，

才會有更佳、更開闊的視野。你也許可以蹲下來邂逅一隻可愛的四腳蛇，也許可以觀察多采多姿的野花草，如此一路走下去，心靈必更為豐實。

試問，有多少人能如孤雲野鶴般身心自由呢？讀慈受懷深這首詩偈，身心彷彿也自在起來。停下腳步，十里松風松香，峰頭明月笑看，活在廿一世紀的你我，幾曾置身此中情境呢？

> 春有百花秋有月，夏有涼風冬有雪；
> 若無閒事掛心頭，便是人間好時節。（宋・無門慧開）

一年有三百六十五天，一天有二十四小時，我們有多少時間，真正享受到「人間好時節」呢？也就是說，我們何時沒有閒事掛心頭？

許多人平常不打坐沒事，一學打坐，才發現自己雜念紛飛，無有已時。他們以為自己不適合打坐，或是還不夠資格打坐，要修練到相當程度才能嘗試打坐，以免坐壞了。其實不是打坐時才雜念紛飛，是打坐時心靜下來，像面對一面鏡子，觀照出自己一顆小小的心，原來是雜念的競技場。尤其女性朋友意念更如牛毛多，一坐下來，念頭紛至沓來：晚餐要煮些什麼菜？女兒的鋼琴課要不要換老師？兒子的英文課進度到哪裡了？老爸的高血壓、老媽的失眠症好一點沒？婆婆生日到了，該送什麼禮？老妹在美國鬧離婚，要不要飛去幫她打官司？老同學失業了，該不該找她出來喝咖啡？糟了，明天老闆的企劃案還沒搞定！整個人從座上彈起，一看錶，還坐不到五分鐘哩！

在人際關係那一張錯綜複雜的網上，每一個人都可以是一個中心點，由此點「牽連」出去，有多少網線關係，每一條網線關係，都可能有多種問題。例如子女，他們讓你牽掛的不會是單一問題吧！所以說，我們的心能不忙嗎？

春有百花秋有月，夏有涼風冬有雪，這是四時循環不已的景象，本身無悲喜可言，能對之產生喜悲的是人們內在的心境。一樣是萬紫千紅的春天，去年你有相知相愛的戀人相伴，那花紅柳綠勝似仙境；今年負心人離去，物是人非事事休，那紫那綠都塗抹上你心上的傷痕，彷彿走過煉獄，受盡鞭笞。

所謂「境隨心轉」，若能安住這顆心，還有什麼可以難倒你的？有的人一顆心鬧紛紛，特別找高僧幫他安心，高僧要他把心拿出來，才好幫他安。其實心是了不可得的，六祖惠能的偈不是說：「菩提本無樹，明鏡亦非台；本來無一物，何處惹塵埃？」所謂閒事，所謂塵埃，都是因「執無為有」而產生。六祖這首偈是回應神秀的偈，神秀在牆上寫下「身是菩提樹，心如明鏡台；時時勤拂拭，勿使惹塵埃。」偈語寫就，其他弟子均認為境界很高，不愧是五祖座下傑出弟子的體悟詩。五祖讀後，知他尚未「明心見性」，但是這境界，一般人若肯修，也可以是良方，所以他鼓勵眾人，亦可依此偈而修。這兩首偈，很可以放在一起來看，可以看出六祖的偈直指「空」性，難怪五祖要傳他衣缽。

很多事情，我們在事過境遷之後，才後知後覺其「本來無一物，何處惹塵埃？」可惜，事情發生時，我們大家都攪進那一池春水，惹一身濕黏黏的塵埃。

諸位，塵埃本無，沒事多吟吟慧開禪詩這首詩偈，不掛閒事，心才能閒啊！小民在此借力使力，也吟一首偈吧！

　　若要人間好時節，心頭閒事須斷絕；
　　春有百花秋有月，夏有涼風冬有雪。

讀詩挺有趣，不是嗎？

在曼谷，女兒就讀的國際學校，每個月有個「親師早餐會」，由中學部校長主持，歡迎家長參加，討論各種與教育有關的主題。某次，我看到校刊上說，為配合校方舉辦的「讀詩週」，當月的早餐會歡迎家長去朗誦詩歌，並且說可以用自己國家的語言朗誦。我一看認為機不可失，既可宣揚中華民族的「詩威」，也可觀摩其他國家的詩。於是翻開《唐詩三百首》，選來選去，選了崔顥的七言律詩《黃鶴樓》，用我這低啞的嗓音朗讀一番，準備登台去。

當天，我興沖沖地跑去，發現會場由小會議室改到比較大的教師休息室，裡面排出許多椅子，一旁茶點豐盛的擺出一副「歡迎光臨」的樣子，我心情很興奮，猛清喉嚨，準備大展詩喉。時間到了，來了幾個學生，校長來了，還有兩位老師也出席。想像中該出現的各國學生家長，一個影子也 嘸 ，記得以前我偶爾參加，總會有六、七個家長來，怎麼……。過了近二十分鐘，校長面帶尷尬的要我們圍坐到一角的沙發上，宣布讀詩會開始。由學生開始，他們不管是哪一種民族，全都用英文朗誦自己作的詩。有的人把詩護貝過，放在裝滿水的玻璃瓶裡，很有創意。每個人都得到稀落的掌聲，因為人實在太少了。最後輪到我，我也儘量鏗鏘有力地朗讀：

> 昔人已乘黃鶴去，此地空餘黃鶴樓。
> 黃鶴一去不復返，白雲千載空悠悠。
> 晴川歷歷漢陽樹，芳草萋萋鸚鵡洲。
> 日暮鄉關何處是？煙波江上使人愁。

詩如黃鶴，不知何處去了嗎？吟著吟著禁不住些許寂寥感。真是寂寞的讀詩週啊！

去年十一月，我開始在朱拉大學中文系任教，我很驚訝系上竟然沒有開詩詞方面的課程。詢問其他老師，他們說以前有開過，但學生認為他們需要更實用的課程，詩詞課被當成「不實用」而取消。我告訴學生，學習一國的語文，不能只停留在語文層面，而應更深入學習背後所蘊含的文化層面。每一民族均有其特殊的民族性格及風格，文化方面的資產，從文學最能學得其中精髓。中華民族的詩學不但源遠流長，內容更是上窮碧落下黃泉，雅俗兼蓄。若要論實用，現代的商品廣告用語，有相當程度的詩化現象，如「心靈之寶，君子好逑」是寶石廣告；「縱橫天下在青山」是語文補習班的廣告詞；還有一段如詩的廣告詞：「沙漠連著戈壁／戈壁牽著草場／草場直漫天空／通到雪峰邊緣……」這是在介紹一本「知性的隨身旅遊書」。許多膾炙人口的詩詞都編入教科書，成為全民的口語素材。此外，歌詞也大量應用押運的特性，唱起來更是「韻」味十足。凡此種種，不正顯示出詩詞的普遍性與實用性嗎？

讀了四年中文系而未接受古典詩詞的薰陶，如入寶山卻空手而回，我於是想出了變通的辦法。我擔任四年級的文學史課，剛巧要上詩的黃金時代——唐朝文學，我就選一些代表作讓學生背。朱大學生的課業很重，文學史這門課有不少文學史料要理解、記憶，背詩成為額外負擔。為了引起他們的動機，有些詩利用「帶動唱」來記，有些詩附上後人所改編的歪詩增加趣味性，有些詩放入考試。默寫、賞析、個人觀點都包括在內。就這樣，上起課來生動得多，其他老師還告訴我，他們把詩抄在小卡片上，利用等車的時間在背。

在此，我分享一些小小心得。最適合帶動唱的詩是王之渙的〈登鸛鵲樓〉：「白日依山盡，黃河入海流。欲窮千里目，更上一

層樓。」這首詩對仗工整，順便可以把中國語文對偶的特性做一番說明。學生分組出來表演，互相觀摩，滿堂歡笑。期中考前，有學生問要不要考畫圖？我想了想，答應考一題畫圖。結果同樣一首詩，畫出來的圖五花八門：印象派、抽象派都有；有人畫成一幅夏日海灘勝景，椰子樹、螃蟹都上場了。有人把主角畫成金髮高鼻的外國人。有人一句一句，把分解動作畫得非常逼真。改完後，全班奇畫共賞，又是滿堂笑。

至於改編後的歪詩，最有趣又合詩味的詩，大約是孟浩然的〈春曉〉了。原文是：「春眠不覺曉，處處聞啼鳥。夜來風雨聲，花落知多少？」改後的歪詩是：「春天不洗澡，處處蚊子咬。夜來巴掌聲，不知死多少？」配上各組的自創動作，也是「笑」果甚佳。由這些簡短易記的小詩入門，讀詩也可以是輕鬆有趣的親子活動。再說也是有許多詩歌的詠唱調可以吟唱，詩樂合一，若製作成卡拉ＯＫ帶，成為全民運動更佳。

古代人也作歪詩，正規的名字叫「打油詩」，因唐代有個叫張打油的人，戲作一首〈雪詩〉：「江上一籠統，井上黑窟窿。黃狗身上白，白狗身上腫。」後人因此稱俚俗的詩為打油詩（或叫打狗詩）。這種詩其實不好作，要有詩學基礎，還要有插科打諢的本事，自古至今，佳作不多。其中唐伯虎的祝壽詩大概最為人津津樂道，話說唐伯虎為一位富鄰的母親祝壽，先畫一幅「蟠桃獻壽」圖，接著大筆一揮，寫下一句：

這個老婦不是人

旁觀的賓客都變臉了，他老兄不慌不忙再寫下：

王母娘娘下凡塵

真是高明啊，一捧捧上了天。接著又寫道：

　生下兒子是個賊

一見這「賊」字，富鄰變臉了，唐伯虎老神在在揮就：

　偷得蟠桃獻母親

寫這首打油詩像在下險棋，不是高手無法下手。

大家都知道，和長官打球或是打牌都是最難的，「技巧」不好，可能會失寵。若在古代，可能遭來殺頭罪，還好，作首「拍龍屁」的打油詩可免禍。話說明朝永樂皇帝以叔叔篡姪兒的王位，本身是梟雄性格的狠角色。某日，大臣解縉陪永樂皇帝在御花園釣魚。解縉的竿子特別有魅力，御魚們紛紛上鉤，皇帝那廂卻悄無動靜。解縉一看，苗頭不對，趕緊作一首打油詩說：

　　數尺絲綸落水中，
　　金鉤一拋蕩無蹤。
　　凡魚不敢朝天子，
　　萬歲君王只釣龍。

他以此詩說明魚都知進退，凡魚只配凡人釣，至於真龍天子，當然要等著釣龍了。您說，這「龍屁」拍得可好？

打油詩若作得好，也深寓意旨，具警世作用。例如清代詩人袁枚，就寫了一首耐人尋味的〈詠錢詩〉：「萬物皆可愛，唯錢最無趣。生前常不來，死後帶不去。」錢是人人皆愛的，袁枚竟說它最無趣，原因在於「生前常不來，死後帶不去」，想想這兩句話傳神地表達了「金哥哥（戈戈）」的特性，能不「心有戚戚焉」嗎？

　　今逢讀詩月，想到去年寂寞的「讀詩週」，想到中文系學生不讀詩，感慨良多。到老祖宗的遺產去找些好玩的詩與您分享，您看，讀詩挺有趣，不是嗎？

✥ 沃野千里──我的文學原鄉 ✥

　　我的文學種籽，大概就深埋在一大片相思林裡吧！在我的記憶還處於混沌的年代，那一大片蓊蓊鬱鬱的相思林，就埋下我的文學種籽。穿過陡峭、蜿蜒的山徑，父母兀自進入「林深不知處」去幹活，把我留給寂靜的相思林。哥哥姊姊上學了，父母可以把我留在家裡和姪兒姪女玩，為何帶我上山？想來跟我小時候「愛哭又愛跟路」的習性有關；若沒讓我跟上，會哭得一佛出世、二佛升天。這倒好，讓我在相思林裡，邂逅了「孤獨」。小小心靈乘著想像的羽翼，逡巡過林木，升騰至林梢，最後，在無垠無涯的天宇翱翔。寂無人煙的相思林，我享受到孤獨一個人自由自在的滋味。

　　在我大字不識一個的時候，與孤獨相契於相思林，一顆包藏萬象的生命種籽，在那裡安住了。往後的人生路上，有人相伴固然可喜，無人相伴時，正可享受孤獨的況味，別有乾坤。

　　孤獨內化為生命的素質，生命之流不曾止息，似由深土裡要生根萌芽，這時到了呼朋引伴的年紀，周遭熱鬧起來。很懷念那種「門雖設而常開」的日子；門子是一家一家串，有好玩的絕不藏私，最喜歡把玩女眷們陪嫁的妝台，不同年代有不同款式，百玩不厭。除了串鄰

里鄉親的門子外，我們還去串大自然的門子。山邊水湄一大片沃野，是我們尋幽探祕的花花世界。綿延不絕的清溪、冒著熱氣的磚窯、廢棄的防空洞、碑石林立的墳地……，何處沒有留下我們的腳跡？何處不迴蕩我們的笑聲？

　　每顆小腦袋瓜都充滿想像力，先為自己取個很有「綠林味」的名號（飛天龍、鑽地鼠之類的），接著就是各種尋幽探祕的活動。黝黑的防空洞，我們撥開荒煙蔓草，欲尋找日軍留下的寶藏。戰戰兢兢魚貫而入，隨便一句「有鬼啊！」這烏合之眾馬上抱頭鼠竄。也常用有限的認字能力，去朗誦墓碑上的文字，去想像墓中人的一生。辦起家家酒，每個人都集編、導、演於一身，搬演未曾經歷的悲歡人生。

　　文學的初胚，來自天空中日月星雲的嬗遞，來自山川大地一草一木的成長，來自泥土的芬芳……，我們閱讀大自然，也從大自然汲取養分。大自然有取之不盡、用之不竭的素材。爬上一棵大樹看的世界，與爬上一幢高樓看的世界，怎麼會一樣？現代文明逼退大自然，也逼退小朋友的想像空間。錄音帶播送的「大自然樂章」，哪裡比得上躺在沃野上，去感受夜露的溼度和此起彼落的蟲鳴？

　　為了給女兒講故事，我走上寫童話的路，而寫作的靈感，多來自那一片童年的沃野。在野地裡戲耍，要體力也要智力。例如：什麼野果可食，什麼不可食？從這棵樹要爬到那棵樹，交錯的枝枒是否承受得了我們的體重？大雨過後的溪中，有更多的蝦螺可以取，但暴漲的溪水要如何涉渡？在各種狀況下，我們的觀察力、反應力都培養出來了。各種遊戲都玩遍了，怎麼辦？創新吧！另訂一些遊戲規則，於是創造力激發了。現代人說的「腦力激盪」，我們很早以前就在激盪了。

　　每次寫童話故事，就好像重回童年的沃野，一個不知天高地厚的大自然子民，赤足奔馳，心在飛揚！曾被大自然那樣豐豐厚厚地滋養過，也願透過一篇篇故事，來滋養小朋友的心靈。

297

　　當然，文字是工具，喧鬧的童年生活，蓄積了許多素材，當它落幕時，我進入「為賦新詞強說愁」的階段，閱讀小舟，渡我入文化大海。

　　驚訝於心裡釐不清的情緒，卻已被千年前的詩人，用生花妙筆描繪得淋漓盡致；身處亞熱帶，卻被冰天雪地的作家，寫出的冰雪故事感動。原來文學是宇宙間永恆的星芒，不因時空、種族、宗教等條件阻隔。古今中外，那些心靈的囈語，只要你願意，都可以與之對談。

　　有些作品寫實得人生肌理畢現；有些則恍兮惚兮，如遊走於天際；有些恬靜如秋月，有些狂烈如颱風。我的閱讀小舟行色匆匆，看不盡一路的綺麗風光。正嗜書的時候，枕上、廁上、茶几上、飯桌上、矮櫃上都有看一半的書，人在哪兒就翻哪本，書的性質饒或不同，看到腦子裡卻不會搭錯線。明知「生也有涯，書也無涯」，還是要利用有限生命與它賽跑。最想坐擁書城，如古代詩人所云「四壁圖書中有我」。於今，有些視茫茫，還是忍不住輕盪閱讀小舟，泛於文學海中。

　　我的文學種籽埋於相思樹林，於童年沃野中生根萌芽，於文學大海裡添枝加葉。一路走來，有孤獨、有熱鬧，有悲、有喜。

～✤ 民歌歲月 ✤～

詩歌篇：

　再聽校園民歌
　已是悠悠廿載後
　朋友　可記否

298

校園的青草地上
隨著吉他的旋律
我們用歌聲吟詠
青春夢囈

我們都酷愛那首
流浪者的獨白
唱到
浪人的朋友是孤獨
想像自己背著行囊
蹣跚於坎坷途
行囊裡盡是
美麗與哀愁
只為尋找一份真摯的愛
只為覓一個小小的愛情窩

那是個強說愁的年代
沒有皺紋的臉上
非要刻劃幾許滄桑
爾後民歌消歇
朋友星散
而今他鄉聽曲
在我幾許滄桑的容顏
因著熟悉的旋律
再現昔日的
青春風采

散文篇

青青子衿，悠悠我心；
但為君故，沉吟至今。
（魏武帝〈短歌行〉）

　　有些歌、有些調，會在記憶深處沉吟、迴盪，一路走來，從年輕到白頭。只因那些歌、那些調深烙心田，足堪「留予他年說夢痕」。年少情懷總是詩，在我上大學時，校園民歌像和風，溫煦學子的心。那時節，我們剛由聯考桎梏下解脫，時間表不再被排得密密麻麻；我們有選課的自由，也有翹課的自由。University 被巧妙地翻譯成「由你玩四年」，於是，乘著校園民歌的翅膀，我準備優游度過那四年。

　　一個年代有一個年代的歌，小時候是群星會時代，那些流行歌曲我們都琅琅上口，至今不忘，但那純粹是為歌而歌，歌曲內容與我們的年紀不符。校園民歌就不一樣，彷彿舉著年輕人的旗幟，與青年的心理若合符節，歌詠出我們的心聲，打動我們的心弦。民歌內容也豐富多姿，有的輕快俏皮，有的溫馨感人，更多的是歌詠愛情，而愛情，據稱是大學生必修的學分啊！

　　往往是一人輕撥吉他，其他人聚攏而來，清清純純的歌聲就這樣漾開來，民歌成了心靈共通的語言。我的歌聲不佳，但和大夥酣快地唱，用心地唱，你的歌聲，我的歌聲，融成一片青春專屬的浪漫旋律。

　　幾年後，民歌退燒，而我因為教書，嗓子益不能歌，興趣轉移到「聽」西洋歌或純音樂。直到卡啦 OK 氣勢如虹，人人可以當歌手的年代，我因不忍虐待別人的耳朵，極少「插一嘴」，國語歌壇、台語歌壇誰擅勝場，我全然不知。

女兒進入小少女時代，開始把偶像歌手的CD、卡帶買回家，我被強迫日也聽、夜也聽，就是聽不出滋味。看她有板有眼跟著哼唱，一副陶醉狀，我心中直呼「沒營養」。

今年寒假返台，陪女兒去唱片行採購，瞥見「校園民歌專輯」，趕緊握在手中，如握住老朋友。再看歌名，彷彿讀出歲月的痕跡，它們也與我一起老嗎？興匆匆買回來聽，校園、朋友，當年的歌聲隱約浮現。不知不覺跟著吟詠，也是一副陶醉狀。

聽了幾次以後，女兒忍不住批評道：這些歌「好可笑」！她很難想像這些可笑的歌，當年可是火燒火燎，為我們青春的歲月紋身啊。

每個年代有它專屬的歌，屬於我們那個年代的，就是校園民歌，它的旋律、它的韻味，即使我到了八十歲，還是會被它感動……。

小記：端午節專輯——同題詩文系列（泰國世界日報湄南河副刊 2000.06.10 詩人節專刊）

聽，詩神在呼喚

是一個清晨吧！我急匆匆要到小鎮的另一頭辦事，為了「抓緊」時間，我抄捷徑，半斜著身體以利於在人潮中鑽進。傳統市場已展現買賣的熱力，攤販們高八度的吆喝聲，喧騰了早市的氣氛，肉攤、菜攤、衣服攤、日用品攤，全簇擁著婦女們。好容易穿過那條狹長而擁擠的市場，我來到老街，老街還沉睡著，因觀光客尚未光臨。我得以把身體擺正，放大步伐前進。

原以為很繁瑣的事情，竟然順利完成，憑空來個浮生半日閒，我信步踅入河堤，沿河漫步。一河悠悠，河的那一端，觀音山在靜定中，

許久沒有享受小鎮這一種清幽的景象，這才是它的本來面目啊！

我正走在一排老榕樹的清蔭裡，記得前幾天帶友人來欣賞落日，這一帶可是座無虛席，人們排排坐，吃著、喝著、聊著，看落日緩緩西沉。竟是這樣一個初春的清晨，我獨自擁有一片美麗的境界。哦，不，是幾隻野貓和我共享這片美麗境界。牠們也像互不相識的路人，各自漫步著。有的攀爬榕樹那盤根錯節，有的在石椅上舔著身子。有一隻很輕巧地跳上一幢老屋的窗，牠的背影就停格在窗框間，好像在思考，該不該進這老屋探險一番？

水面上，水波「斯文」地湧來岸邊、消失。繫在岸邊的小舟，隨波擺盪，輕輕地，似乎誰也不願破壞清晨的寧靜。此時，幾句像詩的句子，也像水波般向我湧來。雖然殘篇斷句，但我知道，詩神在呼喚著我。

不久後，我把詩完成，興匆匆地背給老公聽，我那務實的老公聽完後，半認真半開玩笑地說：「就這幾句可笑的句子也能賣錢啊！？」唉，看官們，詩人多寂寞呀，在這個「寫詩的人比看詩的人還多」的時代，知音難尋……

　　以我個人寫詩的經驗，我認為詩是靈感與詩人在剎那的邂逅中所
激盪出來的火花，所以，我曾經以〈靈感〉為題，寫出它「可遇不可
求」的特性，詩如下：

　　　你偶爾會不請自來
　　　讓我的思緒
　　　隨風的歌聲遠颺
　　　隨浪的羅裙款擺
　　　有時　在我的心絃上徘徊
　　　把心事一遍遍撫過
　　　我用筆輕輕撩撥
　　　依著你的節奏

　　　有時　你是躲貓貓的高手
　　　我問遍秋天的每一片落葉
　　　它們說
　　　也許
　　　只能在楓果裡松尖上
　　　尋你

　　對我來說，靈感何時來不可預期，但「情境」似乎是一個重要
的因素。往往處在一個孤絕的環境裡，靈感就會不請自來，可是若不
加以把握，它就會消失無蹤，彷彿不曾與你相遇過。斗室裡的一盞燈
下，山中一條清幽的小徑，都可以是孤絕的情境，足以醞釀詩篇。我
有幸生在山水之鄉，可以聆聽山與河的對話，又可以聆聽河與海的對
話（小鎮位於河海交會處）。有一陣子，我常以相機抓住剎那的感
動，隨著小鎮風貌的改變，那些相片也成了「歷史的見證」，我得以
用詩篇還原它們的面貌。這大塊山水是一個絕佳的情境，我這踽踽而

行的女子，身上掛著一台相機，布包裡一支筆、一本小冊子，隨時隨地可以抓住靈感的羽翼，吟出詩人的囈語。在這大塊山水之間，我曾有一首〈無題〉如此鋪陳：

> 小雨初霽
> 鄉野裸露清新
> 天空是最大的畫布
> 烏雲仍雄霸一隅
> 藍天哪肯示弱
> 拉鋸戰僵持不下
>
> 鬆鬆的白雲來當和事佬
> 在觀音山上
> 炫它的變裝秀
>
> 海呢？
> 謙卑地退了好遠好遠
> 留大片沙原供騁足
>
> 投入海天的懷抱
> 狂奔一段湍水的天光雲影
> 肢體散在風中
> 魂魄逸入宇宙

在大自然的懷抱中，肉體與精神都處在「徜徉」的狀態，當然容易聆聽到詩神的呼喚。此時，對生命中的一點一滴內省一番，不管是歡愉的或是煩憂的，均可以透過詩的語言滌清，心境又將澄明，如東坡所言「也無風雨也無晴」。

　　最近，在報端到沈奇的〈藍貝殼詩話〉，其中有一段深得我心，錄在文末，與文友們分享：

> 詩，不僅是對生命存在的特殊言說；
> 詩，也應是生命存在的一種特殊儀式。
> 在這種儀式中，個體生命瞬間澄明、自信而真誠，並與天地同在！

附註：林煥彰先生告知八月將赴曼谷，參與一場「談詩與散文」之文藝雅集。林先生問我是否要以「筆」與文友們在紙上相會？我想文友們正磨筆霍霍，為雅集編織色彩，遂不揣淺陋，在海天一隅遙相呼應，拉雜成文，尚請指教。

國家圖書館出版品預行編目

把浪漫種起來 / 康逸藍著. -- 一版. -- 臺北市 ：
秀威資訊科技, 2008.01
面； 公分. -- （語言文學類；PG0169）

ISBN 978-986-6732-62-1（平裝）

855　　　　　　　　　　96025587

 語言文學類　PG0169

把浪漫種起來

作　　者 / 康逸藍
發 行 人 / 宋政坤
執 行 編 輯 / 詹靚秋
圖 文 排 版 / 郭雅雯
封 面 設 計 / 蔣緒慧
數 位 轉 譯 / 徐真玉　沈裕閔
圖 書 銷 售 / 林怡君
法 律 顧 問 / 毛國樑　律師
出 版 印 製 / 秀威資訊科技股份有限公司
　　　　　　台北市內湖區瑞光路583巷25號1樓
　　　　　　電話：02-2657-9211　　傳真：02-2657-9106
　　　　　　E-mail：service@showwe.com.tw
經 銷 商 / 紅螞蟻圖書有限公司
　　　　　　台北市內湖區舊宗路二段121巷28、32號4樓
　　　　　　電話：02-2795-3656　　傳真：02-2795-4100
　　　　　　http://www.e-redant.com

2008 年 1 月　BOD 一版
定價：360 元

讀 者 回 函 卡

感謝您購買本書，為提升服務品質，煩請填寫以下問卷，收到您的寶貴意見後，我們會仔細收藏記錄並回贈紀念品，謝謝！

1.您購買的書名：_____

2.您從何得知本書的消息？

　　□網路書店　□部落格　□資料庫搜尋　□書訊　□電子報　□書店

　　□平面媒體　□ 朋友推薦　□網站推薦 □其他_____

3.您對本書的評價：(請填代號　1.非常滿意 2.滿意 3.尚可 4.再改進)

　　封面設計____　版面編排____　內容____　文/譯筆____　價格____

4.讀完書後您覺得：

　　□很有收獲　□有收獲　□收獲不多　□沒收獲

5.您會推薦本書給朋友嗎？

　　□會　□不會，為什麼？_____

6.其他寶貴的意見：_____

_____

_____

_____

讀者基本資料

姓名：_____　年齡：_____　性別：□女 □男

聯絡電話：_____　E-mail：_____

地址：_____

學歷：□高中(含)以下　□高中　□專科學校　□大學

　　　□研究所(含)以上 □其他_____

職業：□製造業 □金融業 □資訊業 □軍警 □傳播業 □自由業

　　　□服務業 □公務員 □教職　□學生 □其他_____

To：114

台北市內湖區瑞光路 583 巷 25 號 1 樓

秀威資訊科技股份有限公司　　　收

寄件人姓名：

寄件人地址：□□□

（請沿線對摺寄回,謝謝!）

秀威與 BOD

BOD（Books On Demand）是數位出版的大趨勢，秀威資訊率先運用 POD 數位印刷設備來生產書籍，並提供作者全程數位出版服務，致使書籍產銷零庫存，知識傳承不絕版，目前已開闢以下書系：

一、BOD　學術著作—專業論述的閱讀延伸
二、BOD　個人著作—分享生命的心路歷程
三、BOD　旅遊著作—個人深度旅遊文學創作
四、BOD　大陸學者—大陸專業學者學術出版
五、POD　獨家經銷—數位產製的代發行書籍

BOD 秀威網路書店：www.showwe.com.tw
政府出版品網路書店：www.govbooks.com.tw

　　永不絕版的故事・自己寫・永不休止的音符・自己唱